annabac
SUJETS & CORRIGÉS 2024

SES
SPÉCIALITÉ

Tle générale

- **Denis Martin**
  Inspecteur d'académie – Inspecteur pédagogique régional
- **Franck Rimbert**
- **Thomas Dautais**
- **Cécile Gauron**
- **Séverine Bachelerie-Marteau**
- **Sylvie Godineau**
- **Sylvain Leder**
- **Céline Le Feuvre**
- **François Porphire**
- **Gilles Seurin**

Avec la collaboration de Denise Maréchal

 ISSN 1168-3775 ISBN 978-2-278-10572-4

Achevé d'imprimer par Macrolibros en Espagne
Dépòt légal n° 10572-4/01 - Août 2023

PAPIER À BASE DE FIBRES CERTIFIÉES

Hatier s'engage pour l'environnement en réduisant l'empreinte carbone de ses livres. Celle de cet exemplaire est de : 700 g éq. CO_2
Rendez-vous sur www.hatier-durable.fr

Hatier

Avec votre Annabac, préparez-vous à l'épreuve

SOMMAIRE GÉNÉRAL

1 **S'échauffer,** s'approprier les méthodes

2 **S'entraîner** sur chaque thème du programme

3 **Préparer l'épreuve écrite : le sprint final**

4 **Réussir le Grand Oral**

de SES et au Grand Oral **en 4 étapes !**

Les sujets et les fiches classés par thème

Pour chaque thème, voici les ressources de votre Annabac.

Indiquez sur cette liste l'avancement de vos révisions.
☐ À retravailler encore ☒ Désormais ok !

Économie

Quels sont les sources et les défis de la croissance économique ?

Comment expliquer les crises financières et réguler le système financier ?

Quelles politiques économiques dans le cadre européen ?

Sociologie

Comment est structurée la société française actuelle ?

Quelle est l'action de l'École sur les destins individuels et sur l'évolution de la société ?

Quelles mutations du travail et de l'emploi ?

Regards croisés

Quelles inégalités sont compatibles avec les différentes conceptions de la justice sociale ?

- Coordination éditoriale : Gaëlle Messé et Grégoire Thorel, assistés de Rachel Le Nouail
- Édition : François Capelani
- Graphisme : Dany Mourain et le studio Favre & Lhaïk
- Prépresse : Hatier et Nadine Aymard
- Illustrations : Juliette Baily
- Schémas : STDI
- Mise en page : STDI
- Iconographie : Hatier illustration

S'échauffer, s'approprier les méthodes

INFOS et CONSEILS sur les épreuves

Quatre sujets ÉTAPE par ÉTAPE

1 En quoi consiste le programme de SES en Terminale ?

Le programme de l'enseignement de spécialité de SES en Terminale s'articule autour de 12 questions, dont 7 sont évaluées lors de l'épreuve écrite.

A Science économique

1. Quels sont les sources et les défis de la croissance économique ?

Notions : croissance économique, progrès technique et innovation, productivité, productivité globale des facteurs, institutions, inégalités de revenus, croissance soutenable, limites écologiques.

2. Quels sont les fondements du commerce international et de l'internationalisation de la production ?*

Notions : dotations factorielles et technologiques, spécialisation internationale, commerce international, chaîne de valeur (fragmentation, internationalisation), compétitivité, libre-échange, protectionnisme.

> REMARQUE **Les thèmes 1 (économie) et 6 (sociologie et science politique) sont chaque année au programme de l'épreuve écrite.
> Les thèmes 2, 3, 8, 10 et 12 sont au programme les années impaires ; les thèmes 4, 5, 7, 9 et 11 les années paires.
> Pour le Grand Oral, tous les thèmes doivent être maîtrisés.**

3. Comment lutter contre le chômage ?*

Notions : chômage, sous-emploi, taux de chômage, taux d'emploi, chômage structurel, chômage conjoncturel, salaire minimum, salaire d'efficience, politiques de lutte contre le chômage.

4. Comment expliquer les crises financières et réguler le système financier ?

Notions : crise financière, bulle spéculative, panique bancaire, instruments de régulation du système bancaire et financier.

5. Quelles politiques économiques dans le cadre européen ?

Notions : marché unique, zone euro, politique européenne de la concurrence, politique monétaire, politique budgétaire, choc asymétrique.

B Sociologie et science politique

6. Comment est structurée la société française actuelle ?

Notions : espace social, structure socioprofessionnelle, théories des classes et de la stratification sociale.

7. Quelle est l'action de l'École sur les destins individuels et sur l'évolution de la société ?

Notions : égalité des chances, taux de scolarisation, taux d'accès à un diplôme ou à une formation, massification, démocratisation, inégalités de réussite scolaire.

8. Quels sont les caractéristiques contemporaines et les facteurs de la mobilité sociale ?*

Notions : mobilité sociale intergénérationnelle, tables de mobilité, mobilité structurelle, fluidité sociale, mobilité ascendante, reproduction sociale, déclassement, mobilité selon le genre.

9. Quelles mutations du travail et de l'emploi ?

Notions : travail, activité, statut d'emploi, chômage, modèles d'organisation (taylorien, post-taylorien), intégration sociale.

10. Comment expliquer l'engagement politique dans les sociétés démocratiques ?*

Notions : vote, militantisme, paradoxe de l'action collective, variables sociodémographiques, action collective (objets, acteurs, répertoires).

C Regards croisés

11. Quelles inégalités sont compatibles avec les différentes conceptions de la justice sociale ?

Notions : inégalités économiques et sociales, rapport inter-quantiles, courbe de Lorenz, coefficient de Gini, top 1 %, corrélation de revenu parents-enfants, formes d'égalité, justice sociale.

12. Quelle action publique pour l'environnement ?*

Notions : action publique, construction des problèmes publics, mise à l'agenda politique, politiques environnementales, échelle, instruments de la politique climatique, bien commun.

* *Thème non évalué lors de l'épreuve écrite de la session 2024.*

2 Quelles sont les épreuves du nouveau bac en SES ?

Vous avez choisi la spécialité SES en Terminale. Vous devrez donc passer l'épreuve écrite correspondante, mais également préparer une question en SES en vue du Grand Oral.

A En résumé

L'épreuve de spécialité (coeff. 16) →

DÉROULEMENT
- Quand ? en mars
- Durée : 4 heures
- Structure : 2 sujets au choix :
  - dissertation
  - épreuve composée
- Barème : 20 points

Le Grand Oral (coeff. 10) →

TRAVAIL EN AMONT
Sur deux questions dont l'une au moins se rapportant au programme de SES

DÉROULEMENT
- Quand ? au 3e trimestre
- Durée : 20 min
- Structure : exposé sur l'une des deux questions + entretien

B L'épreuve écrite

1. La structure de l'épreuve

- Vous avez le **choix entre deux sujets** de nature différente :

– une **dissertation** s'appuyant sur un dossier documentaire ;

– une **épreuve composée** comportant trois exercices : mobilisation des connaissances, étude d'un document, raisonnement s'appuyant sur un dossier documentaire.

- Les sujets sont conçus de manière à couvrir **plusieurs dimensions du programme** :

– la dissertation et le raisonnement portent sur des champs différents (science économique ; sociologie et science politique ; regards croisés) ;

– la dissertation et chaque partie de l'épreuve composée portent sur différentes questions du programme.

> **CONSEIL** **Les deux sujets proposés couvrent donc au total quatre questions du programme. Cela signifie que vous ne devez faire aucune impasse, mais aussi que les questions sur lesquelles vous êtes le plus à l'aise sont susceptibles de tomber.**

2. Comment s'y préparer ?

● Vous devez bien évidemment fournir un **travail régulier** toute l'année, afin qu'au moment des révisions, vous n'ayez qu'à vous remettre en tête les notions déjà maîtrisées. Cela vous permettra également de mieux gérer votre stress le jour J !

> **CONSEIL** **Il est important de mémoriser au fur et à mesure les points essentiels du cours : notions, mécanismes, indicateurs et leur mode de calcul, etc. Pour cela, faites des fiches et vérifiez régulièrement que vous n'avez pas oublié ce que vous avez appris.**

● Vous devez aussi **vous entraîner en temps limité**, dans les conditions de l'épreuve. Cela vous permettra de mieux vous organiser dans les différentes étapes de votre travail : lecture et analyse du sujet, compréhension des documents, mobilisation de vos connaissances, formulation de la problématique, élaboration du plan…

C Le « Grand Oral »

1. Les trois temps de l'épreuve

Les trois temps du Grand Oral

1. LA PRÉPARATION
- **Sur la question choisie par le jury (parmi les deux que vous avez travaillées)**
- **20 min. pour mettre en ordre vos idées et préparer un support à remettre au jury**

2. L'EXPOSÉ
- **Présentation synthétique en 5 min.**
- **Debout, sans notes**

3. L'ENTRETIEN
- **D'abord sur l'exposé (10 min)**
- **Puis sur votre projet de poursuite d'études (5 min)**

2. Comment s'y préparer ?

▶ Reportez-vous à la section « **Réussir le Grand Oral** », en fin d'ouvrage.

3 Comment réussir la dissertation ?

L'épreuve de dissertation consiste à répondre à une question en utilisant 3 ou 4 documents factuels. La problématique, la construction du plan et le soin apporté à la rédaction sont des critères de réussite essentiels.

A Quels sont les objectifs de la dissertation ?

Pour réussir une dissertation, vous devez :
- construire une **argumentation** à partir d'une **problématique** ;
- mobiliser les **documents** proposés et vos **connaissances** ;
- rédiger un **développement cohérent** en ménageant l'équilibre des parties.

B Comment structurer la dissertation ?

1. L'introduction

L'introduction comporte cinq phases :

1. Une accroche, pour montrer l'actualité et la pertinence du sujet
2. La définition des termes importants du sujet
3. La définition du cadre spatio-temporel
4. La reformulation du sujet et la présentation de votre problématique
5. L'annonce du plan précisant les grandes parties de votre argumentation

2. Le développement

- Le développement, que vous devez organiser en **deux ou trois parties** repose sur le **plan** que vous aurez préalablement élaboré au brouillon.

- Chaque partie comprend :
  - une brève **introduction** présentant l'idée directrice de la partie ;
  - des **sous-parties** (un paragraphe pour chacune) ;
  - une **conclusion partielle** synthétisant l'idée directrice de la partie.

CONSEIL **Prévoyez une transition pour passer d'une partie à l'autre.**

3. La conclusion

- La conclusion fait d'abord le **bilan** de l'argumentation, en reprenant les grandes idées de chaque partie et en répondant à la problématique.

- Elle se termine par une **ouverture** vers d'autres questions liées au sujet.

4 Comment réussir l'épreuve composée ?

L'épreuve composée comprend trois parties, qui portent sur trois questions du programme et sur au moins deux champs (économie ; sociologie et science politique ; regards croisés).

A La mobilisation des connaissances (4 points)

- Ce premier exercice est constitué d'**une seule question**. Pour y répondre, vous devez faire appel à vos connaissances.
- Analysez la question, **définissez** les notions et **organisez** votre réponse en deux ou trois paragraphes. Commencez par une brève introduction et synthétisez l'essentiel en conclusion.
- Restez bien dans le cadre de la question et utilisez un vocabulaire précis.

B L'étude de document (6 points)

- Le document proposé, de nature **statistique** (graphique, tableau…) est accompagné de deux questions : la première évalue votre compréhension du document ; la seconde vous demande de l'exploiter, en faisant si besoin appel à vos connaissances.
- Adoptez une **démarche méthodique** de collecte de l'information : repérez les unités, allez du général au particulier, et faites quelques calculs simples.
- Prenez appui sur les données du document et citez-les pour répondre.

> CONSEIL **Tout au long de l'année, travaillez sur les savoir-faire : ils sont indispensables pour analyser des documents statistiques.**

C Le raisonnement (10 points)

- Le sujet est accompagné de **2 ou 3 documents** de nature différente. Il vous invite à développer un raisonnement, à rassembler et à mettre en ordre des informations pertinentes issues du dossier documentaire et de vos connaissances personnelles.
- Votre raisonnement doit comporter une **introduction** (analyse du sujet), un **développement** (2 à 3 paragraphes argumentés) et une **conclusion**.

> REMARQUE **Le dossier documentaire doit vous aider à construire votre argumentation. Vous devez vous appuyer sur tous les documents, mais il est indispensable de les compléter par vos connaissances.**

- Commencez par analyser le sujet, puis étudiez chaque document : en quoi est-il utile pour traiter le sujet ? Enfin, déterminez deux ou trois **arguments**.

Catégories socioprofessionnelles et structure sociale

4 h
20 points

Dans quelle mesure les catégories socioprofessionnelles restent-elles un instrument pertinent pour définir une structure sociale hiérarchisée ?

Ce sujet comporte 4 documents. Pour les besoins liés à l'explication de la méthode de la dissertation, nous les avons placés à l'étape 3, p. 19 à 21.

ÉTAPE 1 au brouillon Analyser le sujet

20 min

Commencez par identifier le thème du programme auquel se rattache le sujet, et isolez les mots ou notions clés.

Il s'agit d'un sujet de sociologie, portant sur le thème 6 du programme : « Comment est structurée la société française actuelle ? »
Il s'articule autour de deux notions : « catégories socioprofessionnelles » (CSP) et « structure sociale hiérarchisée ».

Étudiez la formulation du sujet : définissez les notions et déterminez comment le sujet les met en relation.

Dans quelle mesure — *Le sujet est formulé sous la forme d'une question qui appelle une discussion et une réponse nuancée.*

les catégories socioprofessionnelles — *Nomenclature définie sur des critères professionnels et regroupant des personnes présentant des propriétés sociales communes.*

restent-elles — *Le sujet suggère que les CSP sont toujours pertinentes, mais qu'elles ne sont pas suffisantes.*

un instrument pertinent pour définir — *Il faut mettre en évidence le lien entre CSP et structure sociale hiérarchisée.*

une structure sociale hiérarchisée — *Différenciation d'une population en groupes sociaux occupant des places distinctes dans l'espace social.*

Précisez le champ temporel et spatial concerné.

Le champ temporel et spatial est défini par le programme : la société française aujourd'hui.

D'après les informations précédentes, déterminez ce que l'on vous demande. S'agit-il :

– de présenter un phénomène (sujet analytique) ?

– de discuter une affirmation (sujet dialectique) ?

Nous avons affaire à un sujet dialectique : sa formulation invite à montrer en quoi les CSP sont un instrument pour définir une structure sociale hiérarchisée, et à nuancer cette affirmation pour la France d'aujourd'hui.

ÉTAPE 2 au brouillon

Dégager la problématique

20 min

Posez-vous les questions que fait naître le sujet :

• Comment les CSP permettent-elles de définir une structure sociale hiérarchisée ?
• Dans la société française aujourd'hui, les seules CSP suffisent-elles pour définir la structure sociale hiérarchisée ?
• Quels sont les différents instruments permettant de définir la hiérarchisation de la structure sociale ?

Mobilisez vos connaissances personnelles permettant de répondre à ces différentes questions.

• Outre les CSP, il existe différents facteurs pour définir la structure sociale de la France d'aujourd'hui : le revenu, le diplôme, la composition du ménage, la position dans le cycle de vie, le sexe, le lieu de résidence.
• Ces différents facteurs permettent d'établir une hiérarchie dans la structure sociale.

Définissez la problématique, le plus souvent sous la forme d'une question qui résume l'ensemble du travail effectué.

PROBLÉMATIQUE
Si les catégories socioprofessionnelles continuent à définir une structure sociale hiérarchisée, quels sont les autres critères caractérisant cette structure sociale dans la société française aujourd'hui ?

ÉTAPE 3 au brouillon

Exploiter les documents

1 h

Vous pouvez maintenant vous lancer dans l'étude des documents. Ceux-ci doivent venir illustrer vos analyses. Vous devrez bien entendu les compléter par vos connaissances personnelles.

Notez la nature du document (texte, tableau statistique, graphique), ainsi que sa date et sa source. Ne retenez que les informations nécessaires au traitement de votre problématique.

DOCUMENT 1 Les catégories socioprofessionnelles

Le Code des catégories socioprofessionnelles (CSP) élaboré par Jean Porte en 1951 a constitué pendant près de 30 ans la principale grille de lecture du monde social [...]. Cette classification n'a pas été construite à partir d'une théorie sociologique mais plutôt de façon pragmatique, dans le but d'obtenir des corrélations assez fortes entre les personnes classées et des groupes de pratiques sociales différenciées. Elle repose sur un classement de la population en [groupes] socioprofessionnels [...] qui sont subdivisés en une trentaine de catégories, selon un découpage qui combine plusieurs critères. [...]

Le succès de cette nomenclature tient en partie au fait qu'elle a pu formaliser des représentations sociales déjà fortement ancrées dans la société. De plus, elle présente l'intérêt d'être exhaustive, dans le sens où chaque individu – actif ou inactif – peut être identifié à la catégorie qui lui correspond. C'est d'ailleurs à ce titre qu'elle a constitué le support scientifique de nombreux travaux sociologiques et politiques faisant de l'appartenance de classe le critère principal d'identification dans l'espace social. [...] Le Code des catégories socioprofessionnelles

REMARQUE
La nomenclature des CSP est d'abord une construction statistique.

REMARQUE
Elle est utilisée par les sciences sociales pour étudier la structure sociale et la place de chaque individu dans l'espace social.

(CSP), réalisé à l'occasion du recensement de 1954, a d'abord été utilisé par les statisticiens de l'Insee pour formaliser le lien entre une appartenance professionnelle et des comportements économiques, démographiques et sociaux. Dès les premiers temps, il est utilisé pour mesurer l'évolution des structures sociales, les trajectoires professionnelles et les formes de mobilité sociale.

Source : Emmanuel Pierru et Alexis Spire, « Le crépuscule des catégories socioprofessionnelles », *Revue française de science politique*, vol. 58, n° 3, 2008.

DOCUMENT 2 **Niveau de vie médian[1] selon la catégorie socioprofessionnelle (en euros 2017 constants)**

	2012	2013	2014	2015	2016	2017
Agriculteurs, artisans, commerçants, chefs d'entreprise	20 350	19 960	19 540	20 310	20 550	20 610
Cadres et professions intellectuelles supérieures	33 520	32 740	32 800	33 170	33 240	33 090
Professions intermédiaires	24 550	24 440	24 120	24 210	24 560	24 520
Employés	19 530	19 600	19 620	19 720	19 590	19 720
Ouvriers	18 660	18 590	18 760	18 670	18 860	18 870
Ensemble des actifs ayant déjà travaillé	22 100	22 010	21 940	22 160	22 290	22 340

Sources : Enquêtes *Revenus fiscaux et sociaux*, Insee-DGFiP-Cnaf-Cnav-CCMSA, 2012 à 2017.

1. Niveau de vie par rapport auquel 50 % d'une catégorie socioprofessionnelle a un niveau de vie inférieur et 50 % un niveau de vie supérieur.

REMARQUE
En 2017, le niveau de vie médian des cadres et des professions intellectuelles supérieures est environ 1,8 fois supérieur à celui des ouvriers.

DOCUMENT 3 **Revenu salarial mensuel moyen des hommes et des femmes en 2015 (en euros)**

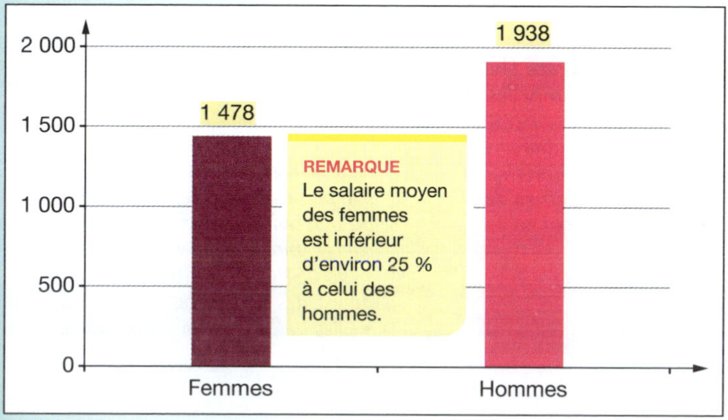

Source : lafinancepourtous.com, d'après l'Insee, 2019.

DOCUMENT 4 **Quelques caractéristiques des quartiers prioritaires (en %)**

	Quartiers prioritaires métropolitains[1]	Unités urbaines environnantes[2]
Taux de scolarisation des 16-24 ans	52,9	63,9
Part des emplois précaires	21,4	14
Part des familles monoparentales	24,1	17,6

Source : *Portrait des quartiers prioritaires*, Observatoire national de la politique de la ville, 2016.

1. Les quartiers prioritaires de la politique de la ville (QPV) sont des territoires sur lesquels le revenu moyen par habitant est faible.
2. Les zones urbaines environnantes sont les quartiers non prioritaires à proximité des quartiers prioritaires.

REMARQUE
Dans les quartiers prioritaires, le taux de scolarisation des 16-24 ans est plus faible de 11 points ; la part des emplois précaires (+ 7,4 points) et des familles monoparentales (+ 6,5 points) est plus élevée.

Regroupez les informations relevées dans les documents, en y ajoutant les connaissances nécessaires. Cela vous aidera à rédiger votre développement.

Document 1

Ce texte retrace l'histoire de la nomenclature des catégories socioprofessionnelles (CSP).

Utilisation
- Les critères de la nomenclature des CSP
- L'utilisation qui en est faite

Connaissances
- La nomenclature des CSP repose sur plusieurs critères : activité ou inactivité, profession, statut de l'emploi, niveau de qualification
- Les CSP rassemblent des individus ayant des propriétés sociales communes
- Elles définissent une hiérarchie sociale

Document 2

Ce document est un tableau statistique qui compare les revenus médians selon la catégorie socioprofessionnelle.

Utilisation

Les données statistiques mettent en évidence des inégalités

Connaissances
- Le rôle du revenu dans la hiérarchisation de la structure sociale
- Le lien entre CSP et revenu

Document 3

Le graphique représente le revenu salarial moyen en fonction du sexe, pour l'année 2015.

Utilisation
- L'inégalité entre les salaires des hommes et ceux des femmes

Connaissances
- Les caractéristiques de l'emploi des femmes
- La discrimination professionnelle

Document 4

Ce tableau de données compare quelques caractéristiques sociales selon les quartiers.

Utilisation
- La situation dans les zones prioritaires
- Le lieu de résidence et la structure sociale

Connaissances
- Le lieu de résidence comme facteur de hiérarchisation
- Le rôle de la composition de la famille dans la hiérarchisation de la structure sociale

ÉTAPE 4 au brouillon

Construire le plan

20 min

Vous avez désormais un ensemble d'éléments pour répondre à votre problématique. Votre réponse doit s'articuler autour de deux ou trois arguments, qui constitueront les deux ou trois grandes parties de votre plan.

Dans l'énoncé de ces parties, reprenez les termes clés du sujet.

Partie I

Les CSP sont un instrument pour définir une structure sociale hiérarchisée.

Partie II

Il existe d'autres critères que les CSP pour définir une structure sociale hiérarchisée.

Au sein de chaque partie, dégagez deux ou trois idées qui constitueront des sous-parties. Pour chaque sous-partie, faites appel à vos connaissances pour trouver des arguments, et illustrez-les à l'aide des documents.

Voici ce que pourrait donner ce travail pour la partie I.

Partie I

Les CSP, un instrument pour définir une structure sociale hiérarchisée

Argument 1

Les CSP sont une construction des sciences sociales.

EXPLICATIONS :

- *À l'origine, les CSP sont une construction statistique « pragmatique » (document 1), élaborée à partir de plusieurs critères.*
- *Cette nomenclature des CSP est devenue « le support scientifique de nombreux travaux sociologiques et politiques » (document 1).*

Argument 2
Les CSP permettent de faire apparaître une hiérarchisation de la structure sociale.

EXPLICATIONS :

- Les CSP font apparaître une hiérarchie reposant sur les revenus, lesquels varient en fonction des professions exercées (document 2).
- Cette hiérarchisation a des effets sur les plans culturel et social (exemple, le niveau de diplôme).

Il faudra ensuite procéder de la même façon pour la partie II.

ÉTAPE 5 au propre — Rédiger l'introduction

20 min

L'introduction formalise le travail d'analyse que vous avez effectué : elle présente le sujet, définit les mots clés, formule la problématique et annonce les principaux éléments de réponse, c'est-à-dire les grandes parties du plan.

Elle doit être soignée car elle donne une première impression au correcteur ; il est donc préférable de la rédiger d'abord au brouillon.

[accroche] *Depuis les années 1950, la répartition de la population française en catégories socioprofessionnelles (CSP) a connu d'importantes mutations. Cette évolution est liée aux transformations de la société.*

[présentation du sujet et définition des mots clés] *Mais on peut se demander dans quelle mesure les CSP restent un instrument pertinent pour décrire une structure sociale hiérarchisée. Celle-ci peut être définie comme la différenciation d'une population en groupes sociaux occupant des places distinctes dans l'espace social. Les CSP sont une nomenclature reposant sur des critères professionnels et regroupant des personnes aux propriétés sociales communes.*

CONSEIL
Une phrase d'accroche est nécessaire pour permettre d'énoncer le sujet. Cette accroche peut faire référence à l'actualité du sujet et à sa pertinence.

CONSEIL
Définissez les mots clés du sujet afin de montrer que vous maîtrisez les notions clés du programme.

[problématique] Se poser la question de la pertinence des CSP comme instrument pour définir une structure sociale hiérarchisée revient à se demander si cette dernière n'est pas déterminée par d'autres facteurs.
[annonce du plan] Pour répondre à cette interrogation, nous montrerons que les CSP restent un facteur déterminant d'une structure sociale hiérarchisée [I], puis nous verrons qu'il existe d'autres critères [II].

ÉTAPE 6 au propre

Rédiger le développement

1 h 15

Le développement consiste à *développer* l'argumentation répondant à la problématique du sujet. Il doit suivre le plan conçu au préalable en illustrant l'argumentation grâce aux documents.

Chaque partie doit être introduite en précisant son idée principale ainsi que les axes (sous-parties) qui seront développés. Elle se clôt par une conclusion partielle, qui en fait la synthèse et amène à la partie suivante.

I. Les CSP, un instrument pour définir une structure sociale hiérarchisée

[introduction de la partie] Les CSP sont une construction utilisée par les sciences sociales afin de définir une structure sociale hiérarchisée.

LÉGENDE
Argument
Explication
Illustration

1. La construction des CSP par les sciences sociales

• La nomenclature des CSP est, à l'origine, une construction statistique. Le « Code des catégories socioprofessionnelles (CSP) » (document 1, l. 1) a été conçu dans les années 1950 par l'Institut national de la statistique et des études économiques (Insee). Reposant sur la situation professionnelle des Français, il est déterminé selon un certain nombre de critères : activité ou non, profession, statut, qualification.

CONSEIL
Indiquez le document utilisé pour illustrer votre argumentation.

• Les sciences sociales se sont emparées de cette classification pour étudier la structure sociale. Les CSP permettent de déterminer des « comportements économiques, démographiques et sociaux » (document 1, l. 29-30), et de regrouper des personnes ayant des propriétés sociales communes.

2. CSP et hiérarchisation de la structure sociale

• L'utilisation des CSP comme instrument de la structure sociale permet de mettre en évidence une hiérarchie sociale fondée sur les professions. Chacune d'elles donne en effet accès à des ressources différenciées sur le plan économique. Ainsi, le niveau de vie médian des cadres et des professions intellectuelles supérieures est environ 1,8 fois supérieur à celui des ouvriers en 2017 (document 2).

• La hiérarchisation économique de la structure sociale s'accompagne d'une hiérarchisation culturelle et sociale. Le niveau de diplôme plus élevé des cadres et des professions intellectuelles supérieures leur donne accès à des pratiques sociales et culturelles plus valorisées par la société. Dès lors, on considère que la position sociale des cadres et des professions intellectuelles supérieures est plus élevée que celle des professions intermédiaires, cette dernière CSP occupant une position supérieure à celle des employés et ouvriers.

[conclusion de la partie et transition] Si à l'origine la nomenclature des CSP est une construction statistique, les sciences sociales l'ont utilisée pour définir la hiérarchie de la structure sociale. Cependant il existe d'autres critères de différenciation sociale.

MOT CLÉ
On peut définir la position sociale comme la place occupée par une personne ou un groupe de personnes dans la hiérarchie sociale. Généralement elle est déterminée par le statut professionnel.

CONSEIL
Distinguez bien la transition par une phrase séparée de chaque partie de votre développement

II. D'autres critères pour définir une structure sociale hiérarchisée

[introduction de la partie] La hiérarchie de la structure sociale dépend non seulement de l'appartenance à une CSP, mais également du genre et du lieu de résidence.

1. Le genre

• Le genre crée un type de hiérarchie dans la structure sociale. Selon l'Insee, en 2015 en France, le revenu salarial mensuel moyen des femmes était inférieur à celui des hommes de près de 25 % (document 3). Ainsi, les femmes ont moins accès que les hommes aux ressources valorisées comme le revenu.

• On peut expliquer une partie des inégalités de revenus entre les hommes et les femmes par la nature des emplois occupés, résultat d'une division genrée du travail : aux femmes les tâches les moins valorisées socialement comme les activités domestiques, l'aide à la personne, etc. Mais cette explication n'est pas suffisante et ne reflète pas les évolutions récentes. En effet, alors que les femmes sont aujourd'hui plus diplômées que les hommes, elles n'ont pratiquement pas accès aux postes les plus élevés dans l'entreprise. Elles connaissent ainsi une véritable discrimination dans leur vie professionnelle.

MOT CLÉ
La discrimination est une différence de traitement de personnes ou de groupes sociaux en application de critères pourtant interdits par la loi : genre, origine ethnique, handicap.

2. Le lieu de résidence

• Le lieu de résidence apparaît également comme un facteur de hiérarchisation de la structure sociale. L'État, dans le cadre de la politique de la ville, distingue les quartiers prioritaires qui ont pour caractéristique principale une population ayant un faible revenu moyen par habitant. Celle-ci connaît, comparativement aux personnes vivant dans d'autres quartiers, de plus grandes difficultés à accéder à des ressources socialement valorisées. Le taux de scolarisation des 16-24 ans y est moins élevé, la part des emplois précaires plus importante (document 4).

• Dans ces quartiers prioritaires, les familles monoparentales sont aussi relativement plus nombreuses (document 4). Or, celles-ci ont le plus souvent des revenus moins élevés et des conditions de vie plus précaires. Si la composition de la famille peut être un instrument caractérisant la hiérarchie de la structure sociale, d'autres critères peuvent être utilisés pour différencier les groupes sociaux, notamment la position dans le cycle de vie en fonction de l'âge.

À NOTER
La politique de la ville est une politique menée par les pouvoirs publics pour maintenir la cohésion sociale dans les quartiers défavorisés.

[conclusion de la partie] *Le genre et le lieu de résidence sont des critères de différenciation sociale : les femmes et les habitants des quartiers prioritaires occupent, le plus souvent, des positions sociales moins élevées dans la structure sociale aujourd'hui en France.*

ÉTAPE 7 au propre — Rédiger la conclusion

15 min

La conclusion doit être rédigée avec soin. Elle fait le bilan de l'argumentation afin d'apporter une réponse à la problématique. Elle comporte également une ouverture vers d'autres questions en lien avec le sujet.

[bilan] *Les CSP, construction statistique fondée sur la situation professionnelle, restent un instrument caractérisant une structure sociale hiérarchisée. Non seulement, elles regroupent des personnes ayant des propriétés sociales communes, mais l'appartenance à une CSP détermine également une position dans la hiérarchie sociale. Cependant, l'appartenance socioprofessionnelle n'est pas le seul critère de différenciation sociale. Le genre (homme-femme) et le lieu de résidence (quartier prioritaire ou non) en sont également des facteurs déterminants.*
[ouverture] *Aujourd'hui, l'espace social voit s'accentuer les inégalités, notamment celles existant au sein même des CSP. Or, cette évolution risque de remettre en cause la cohésion de la société.*

ÉTAPE 8 au propre — Se relire

10 min

Il est indispensable de relire sa copie afin de corriger les fautes d'orthographe qu'une rédaction trop rapide au propre rend quasi inévitables.

Droits de propriété et croissance économique

30 min
4 points

▶ Comment les droits de propriété favorisent-ils la croissance économique ?

ÉTAPE 1 au brouillon — Comprendre la question

10 min

Commencez par identifier le thème du programme auquel se rattache le sujet.

Il s'agit d'un sujet de science économique, portant sur le thème 1 du programme : « Quels sont les sources et les défis de la croissance économique ? »

Étudiez la formulation du sujet : définissez les notions et déterminez comment elles sont mises en relation.

Comment : *Le sujet est formulé sous la forme d'une question qui implique une analyse expliquant la relation entre deux notions.*

les droits de propriété : *Institution qui est un droit, garanti par l'État, de disposer d'un bien dans le cadre de la loi.*

favorisent-ils : *Le sujet implique de considérer les droits de propriété comme un facteur positif.*

la croissance économique : *Augmentation soutenue et durable des richesses créées dans une économie. Elle est mesurée par le taux de croissance du produit intérieur brut (PIB) réel.*

Précisez le champ temporel et spatial concerné.

Le sujet ne définit pas de champ temporel et spatial. Il faut donc répondre d'une manière générale et non en fonction d'une époque ou d'un pays.

ÉTAPE 2 au brouillon — Rassembler ses connaissances

5 min

Recherchez dans le cours les éléments liant institutions et croissance économique. Partez des relations générales entre droits de propriété et croissance, pour affiner ensuite les mécanismes à l'œuvre.

Quel rôle jouent les droits de propriété dans la vie économique ?
→ Comment les droits de propriété créent-ils un climat de confiance ?
→ Les entrepreneurs sont-ils alors incités à développer leur activité ?
Par quels mécanismes les droits de propriété favorisent-ils la croissance économique ?
→ On détaillera le fonctionnement des brevets.
→ Quel est le lien entre brevets et innovation ?

ÉTAPE 3 au brouillon — Déterminer les axes de la réponse

5 min

Le sujet étant de type analytique, chaque axe de votre réponse formule un argument mettant en relation les notions du sujet.

Axe I

Les droits de propriété sont une incitation à entreprendre et à investir, ce qui favorise la croissance économique

Axe II

Les droits de propriété favorisent l'innovation, facteur de croissance économique

ÉTAPE 4 au propre

Rédiger la réponse

10 min

Structurez votre réponse sous forme de paragraphes bien distincts. N'oubliez pas de prévoir une introduction et une conclusion.

Introduction

[définition des notions du sujet] Le droit de propriété est une institution qui est un droit, garanti par l'État, de disposer d'un bien dans le cadre de la loi. La croissance économique représente l'augmentation soutenue et durable des richesses créées dans une économie.
[rappel du sujet] La question est de savoir comment les droits de propriété favorisent la croissance économique.

CONSEIL
L'introduction doit définir les notions à mobiliser (droits de propriété et croissance économique) et rappeler le sujet.

Développement

Les droits de propriété présentent un cadre juridique qui favorise l'esprit d'entreprise. En effet, les entrepreneurs sont incités à investir car ils sont assurés de bénéficier des profits générés par leur travail. Si le droit de propriété n'est pas respecté, il est possible de faire appel à la justice. Le profit dégagé par l'activité de l'entreprise sera investi, d'où une accélération de la croissance économique.

Les droits de propriété encouragent l'innovation car celle-ci est protégée par les brevets. Ces derniers assurent aux entrepreneurs qui en sont détenteurs une situation de monopole, ce qui doit favoriser la hausse de leurs profits. Et l'innovation permet d'accroître les gains de productivité, source de croissance économique.

LÉGENDE
Argument
Explication

MOT CLÉ
Les brevets sont des droits de propriété sur des inventions qui garantissent aux innovateurs le monopole de leur exploitation.

Conclusion

Les droits de propriété offrent aux entrepreneurs un cadre juridique qui les incite à investir et à innover. Ces incitations favorisent la croissance économique.

CONSEIL
La conclusion résume les arguments des paragraphes.

3 L'étude de document *étape* par *étape*

Les déterminants de l'engagement

1 h
6 points

DOCUMENT **Répartition socioprofessionnelle des Gilets jaunes interviewés (en %)**

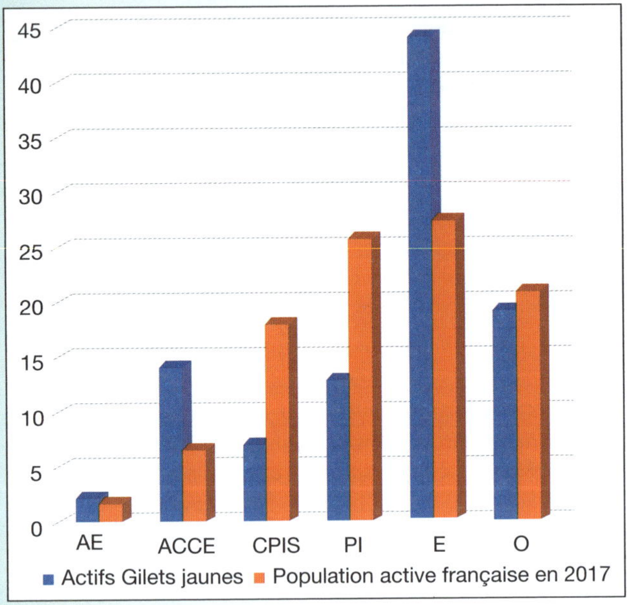

Source : Enquête *Gilets jaunes* réalisée auprès de 166 personnes les 24 novembre et 1er décembre 2018, *Le Monde*, 11 décembre 2018.

AE : agriculteurs-exploitants
ACCE : artisans, commerçants et chefs d'entreprise
CPIS : cadres et professions intellectuelles supérieures
PI : professions intermédiaires. E : employés. O : ouvriers

▶ **1.** Comparez le poids des employés parmi les Gilets jaunes et dans la population active.

▶ **2.** La répartition socioprofessionnelle des Gilets jaunes est-elle conforme au profil sociologique des personnes traditionnellement engagées ?

ÉTAPE 1 au brouillon

Analyser le sujet

20 min

Il faut d'abord identifier le **thème du programme** à partir du document et des deux questions posées.

Le mouvement social des Gilets jaunes évoque la question de l'engagement politique, qui relève du thème 5 du programme de sociologie et science politique « Comment expliquer l'engagement politique dans les sociétés démocratiques ? ». Il porte plus spécifiquement sur les variables sociales qui influencent l'engagement.

Étudiez **chacune des questions** et définissez-en les **mots clés** afin d'expliciter le travail attendu.

QUESTION 1

- **Comparez** : Repérez dans le document deux données et effectuez un calcul pour mettre en évidence un écart.
- **Gilets jaunes** : Mouvement social qui s'est développé en France au cours de l'hiver 2018, portant des revendications autour du pouvoir d'achat, des inégalités sociales et de la justice fiscale.
- **population active** : Population qui occupe ou cherche un emploi.

QUESTION 2

- **La répartition socioprofessionnelle** : Poids de chaque catégorie socioprofessionnelle (CSP) en pourcentage de l'ensemble de la population considérée.
- **personnes engagées** : Participation personnelle à diverses actions pour porter collectivement des idéaux et des revendications.
- **conforme au profil sociologique** : Il s'agit de comparer les caractéristiques sociologiques des Gilets jaunes avec celles des personnes qui s'engagent d'une façon générale.

ÉTAPE 2 au brouillon — Comprendre le document

10 min

Repérez sa **source**, son **auteur** éventuel, sa **date** de publication.

Le document présenté est issu d'une enquête menée auprès des Gilets jaunes, publiée le 11 décembre 2018 par Le Monde, considéré en France comme le quotidien national de référence.

Identifiez le **type de document statistique**, la **nature et la signification des données** qui y sont présentées.

• Il s'agit d'un diagramme en bâtons construit avec des données exprimées en pourcentage.
• Ces données permettent de comparer la répartition socioprofessionnelle des Gilets jaunes interrogés et celle de la population active française.

ÉTAPE 3 au brouillon — Préparer ses réponses

10 min

Établissez la méthode à mobiliser pour répondre à la **question 1**.

Quel est l'intérêt méthodologique de la comparaison demandée ?
→ On peut ainsi observer des CSP sous-représentées et d'autres sur-représentées au sein du groupe des Gilets jaunes interrogés.
Comment montrer ces catégories sur-représentées et sous-représentées ?
→ Ces constats peuvent être observés en relevant les différences de hauteur des bâtons de l'histogramme.
→ Ils doivent ensuite être établis par des calculs d'écarts absolus entre deux valeurs pour une même CSP.

Structurez la réponse à la **question 2**.

• Il faut caractériser, données à l'appui, la répartition socioprofessionnelle des Gilets jaunes interrogés et la comparer à celle de la population active pour identifier les CSP sur- et sous-représentées.
• En s'appuyant sur le cours, on montre que le profil sociologique des Gilets jaunes diffère de celui des personnes engagées dans leur ensemble.

S'ÉCHAUFFER

ÉTAPE 4 au propre

Rédiger ses réponses

20 min

1. Les employés représentent près de 45 % des Gilets jaunes actifs interrogés, contre un peu plus de 25 % de la population active française en 2017.

2. [introduction] Une enquête statistique sur les Gilets jaunes a permis de mettre en évidence certaines spécificités sociologiques des personnes de ce mouvement social.

CONSEIL
En introduction, présentez brièvement le document sur lequel va s'appuyer votre développement.

Développement

La répartition socioprofessionnelle des Gilets jaunes est marquée par la forte présence des catégories populaires et moyennes – les trois quarts sont employés, ouvriers et professions intermédiaires – et la faible place des cadres (6 %). Les employés y sont sur-représentés (44 % contre 26 % dans la population active), tout comme les artisans-commerçants et chefs d'entreprise – des artisans-commerçants pour la plupart – (14 % contre 5 % dans la population active).

La structure socioprofessionnelle des Gilets jaunes qui apparaît ici n'est pas conforme aux caractéristiques sociologiques des personnes traditionnellement engagées. En effet celles-ci ont en moyenne un niveau de diplôme et de revenu élevé et appartiennent plus souvent à des catégories moyennes-supérieures (cadres et professions intellectuelles supérieures).

LÉGENDE
Argument
Explication
Illustration

MOT CLÉ
Une CSP sur-représentée parmi les Gilets jaunes signifie que son poids dans cette population est supérieur à son poids dans la population de référence (ici la population active).

Conclusion

On peut donc affirmer, au vu de cette enquête, que le mouvement des Gilets jaunes s'est largement appuyé sur une mobilisation de personnes qui ne correspondent pas au profil sociologique de celles habituellement engagées.

À NOTER
Il faut être prudent dans l'exploitation de l'enquête qui porte sur des effectifs limités. Les marges d'erreur statistiques peuvent donc être importantes.

Commerce international et inégalités

2 h 30
10 points

▶ À l'aide de vos connaissances et du dossier documentaire, vous montrerez que le commerce international a des effets sur les inégalités entre les pays et au sein des pays.

Ce sujet comporte 3 documents. Pour les besoins liés à l'explication de la méthode du raisonnement, nous les avons placés à l'étape 3, p. 38 à 40.

ÉTAPE 1 au brouillon — Analyser les termes du sujet

10 min

- Déterminez à quel thème du programme se rattache le sujet.

Il s'agit d'un sujet d'économie, portant sur le thème 2 du programme : « Quels sont les fondements du commerce international et de l'internationalisation de la production ? »

- Étudiez la formulation du sujet : repérez les notions, définissez-les et observez comment le sujet les met en relation.

vous montrerez : *On vous demande d'expliquer les conséquences positives et négatives du commerce international.*

commerce international : *Échanges commerciaux de biens et de services entre pays.*

inégalités entre pays : *Écarts de niveaux de vie et de développement entre pays.*

inégalités au sein des pays : *Écarts de revenus entre les agents économiques à l'intérieur d'un pays.*

Précisez le champ temporel et spatial concerné.

Le champ spatial est défini par le sujet : il s'agit de tous les pays insérés dans le commerce mondial. Le champ temporel retenu est celui des documents, soit de 1980 à aujourd'hui.

Identifiez le type de sujet auquel vous avez affaire. Est-ce un sujet :
- analytique (présenter un phénomène) ?
- didactique (discuter une affirmation) ?

Ce sujet est ici de type analytique. Il s'agit d'analyser les conséquences positives et négatives du commerce international sur les inégalités.

ÉTAPE 2 au brouillon Mobiliser ses connaissances

15 min

Seuls les notions et mécanismes figurant dans le programme sont attendus. Ici, il faut mobiliser ceux qui concernent les effets du commerce international à deux niveaux : entre les pays et à l'intérieur des pays.

Quels sont les effets du commerce international sur les inégalités entre les pays ?
→ Quel est le lien entre la hausse des débouchés et la croissance ?
→ On étudiera les effets positifs de la spécialisation internationale.
Quels sont les effets du commerce international sur les inégalités au sein des pays ?
→ On prendra en compte les revenus d'activité (salariée ou non) et du capital (dividendes, intérêts...).
→ Les effets du commerce international doivent être distingués selon le type d'agents économiques (salariés, cadres, dirigeants, actionnaires).

ÉTAPE 3 au brouillon

Exploiter les documents

25 min

Les documents ne doivent pas borner votre réflexion : cette étape est donc postérieure à l'étude du sujet.

Interrogez-vous et mobilisez vos connaissances pour bien exploiter les documents. Quelles informations retenir pour traiter le sujet ? Quels liens éventuels établir entre les documents ? Comment puis-je enrichir le dossier documentaire grâce à mes connaissances ?

Il convient de lire correctement les données statistiques et de faire éventuellement quelques calculs simples pour mieux les exploiter.

DOCUMENT 1 **Évolution du PIB par habitant pour quelques pays entre 1980 et 2018 (indice base 100 = monde)**

	1980	1985	1990	1995	2000	2005	2010	2015	2018
France	231	235	252	261	269	255	234	215	206
Japon	194	221	256	267	247	235	215	205	198
Corée du Sud	63	83	114	156	172	184	193	188	n.r.
Chine	14	23	22	29	32	43	63	82	99
Brésil	147	133	121	126	114	106	109	95	83
Monde	**100**	**100**	**100**	**100**	**100**	**100**	**100**	**100**	**100**

Source : WID.world (Base de données mondiale sur les inégalités), mars 2020.

n.r. : non renseigné.

REMARQUE
L'indice de base, ramené à 100 pour chaque année, est celui du produit intérieur brut (PIB) par habitant mondial ; mais ce dernier n'est pas constant pour autant. Quand l'indice du PIB/habitant d'un pays diminue, cela signifie que l'écart de croissance par rapport au PIB mondial/habitant diminue et non pas que le PIB par habitant du pays baisse.

DOCUMENT 2 Inégalités nationales, inégalité mondiale

[Un double retournement est en cours. D'une part, après deux siècles de hausse continue, l'inégalité des niveaux de vie entre pays a commencé à décroître : si l'on vivait vingt fois mieux en France ou en Allemagne qu'en Chine et en Inde il y a vingt ans, l'écart a aujourd'hui diminué plus que de moitié. D'autre part, l'inégalité a augmenté au sein de nombreux pays, souvent après plusieurs décennies de stabilité. Ainsi aux États-Unis, l'inégalité est revenue aujourd'hui à un niveau jamais observé depuis un siècle. [...] Parce que l'on a tendance à regarder autour de soi plutôt qu'au-delà des frontières, la montée des inégalités nationales a tendance à éclipser la baisse – pourtant incontestable – de l'inégalité mondiale.] [...] Dès qu'on l'aborde sous ce double aspect national et international, la relation entre mondialisation et inégalités se révèle plus complexe qu'il n'y paraît. [...] [Bien sûr, ces deux perspectives ne sont pas indépendantes. L'extension des échanges internationaux, la mobilité du capital et de la main-d'œuvre, la diffusion des innovations technologiques comblent peu à peu le fossé entre pays riches et pays en développement. Mais, en même temps, elles contribuent à modifier la répartition des revenus au sein même de ces économies. La croissance du commerce mondial explique que certaines lignes de production émigrent des pays les plus développés vers les pays émergents, que la demande de main-d'œuvre non qualifiée diminue dans les pays les plus avancés – entraînant une chute des rémunérations relatives –, que, partout dans le monde, le haut de la distribution des salaires s'aligne sur le pays où l'élite économique est la mieux rémunérée et que, partout aussi, les revenus du capital s'accroissent plus vite que ceux du travail.]

Source : François Bourguignon, *La Mondialisation de l'inégalité*, Seuil, 2012.

LÉGENDE

[1re partie : constat]
[2e partie : explications, facteurs]
- Idée principale du texte
- Baisse de l'inégalité entre pays
- Hausse des inégalités au sein des pays

DOCUMENT 3 **Évolution de la part du décile supérieur dans le revenu national dans quelques pays (1980-2018, en %)**

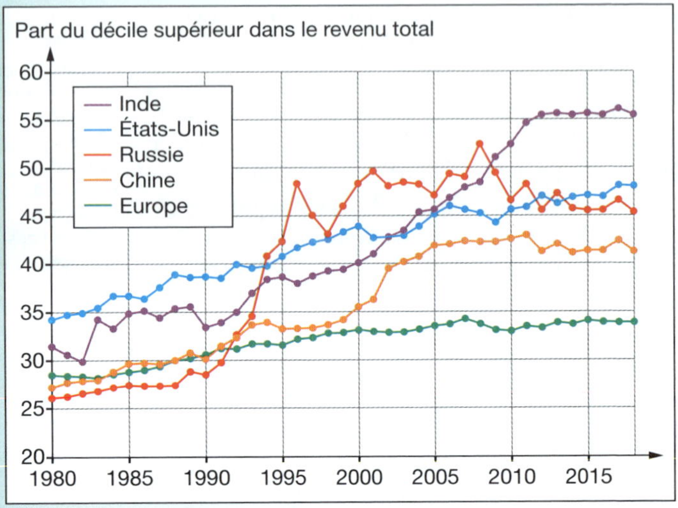

Source : http://piketty.pse.ens.fr/files/ideologie/pdf/G0.3.pdf.

Lecture : La part du décile supérieur (les 10 % des revenus les plus élevés) dans le revenu national total était de 26 % en 1980 en Russie.

REMARQUE

La lecture de ce graphique permet de mettre en évidence les inégalités de revenus : si les revenus étaient également répartis au sein de chaque pays, le décile supérieur percevrait 10 % du revenu national.

Au brouillon, regroupez les informations utiles pour traiter le sujet et ajoutez-y vos connaissances nécessaires.

Document 1

Ce tableau présente l'évolution du produit intérieur brut (PIB) par habitant de quelques pays de 1980 à 2018, par rapport au PIB par habitant au niveau mondial

Utilisation	Connaissances
Depuis 1980, on constate une baisse des écarts de PIB par habitant entre pays industrialisés et économies émergentes.	Les inégalités de niveaux de vie entre pays baissent.

Document 2

Ce texte, rédigé par un économiste, dresse un bilan contrasté de l'effet du commerce international sur les inégalités.

Utilisation	Connaissances
Les effets du commerce international sur les inégalités sont contrastés : • baisse des inégalités entre pays • hausse des inégalités internes dans les pays développés.	• Les inégalités entre pays diminuent nettement. • Les inégalités internes augmentent : selon le niveau de qualification et le statut, les agents économiques ne vont pas tirer les mêmes revenus de la mondialisation des échanges.

Document 3

Ce graphique met en évidence les évolutions de la part du décile supérieur dans le revenu national de quelques pays et de l'Europe depuis 1980.

Utilisation	Connaissances
La part du revenu national détenue par le décile supérieur augmente dans tous les pays : • dès 1980 (États-Unis, Europe), • plus nettement à partir des années 1990 (Inde, Russie, Chine).	Les plus riches ont tendance à s'enrichir : ce phénomène est la conséquence de la hausse des revenus du capital détenus par une élite, par rapport à ceux du travail.

ÉTAPE 4 au brouillon

Déterminer les grands axes de la réponse

20 min

Formulez deux ou trois arguments permettant de répondre à la question posée : ils deviendront les axes de votre réponse.

Reprenez les questions posées à l'étape 2 et l'étude du dossier documentaire (étape 3) afin de faire ressortir les arguments principaux.

Argument 1

Les inégalités entre pays ont tendance à se réduire dans un contexte de mondialisation croissante.
Explication : La hausse des débouchés et la spécialisation des économies insérées dans le commerce mondial favorisent la croissance.
Illustration : Cette source de croissance permet aux pays émergents comme la Chine ou la Corée du Sud de combler leur retard.

Argument 2

Les inégalités au sein des pays insérés dans le commerce mondial s'accroissent.
Explication : L'essor du commerce mondial profite inégalement aux agents économiques.
Illustration : Ce sont les salariés les plus qualifiés ou encore les actionnaires et les dirigeants qui voient leurs revenus s'accroître le plus.

ÉTAPE 5 au propre

Rédiger l'introduction

15 min

Pour le raisonnement, les attentes en matière d'introduction sont moindres que pour la dissertation. Préparez-la tout de même au brouillon. Rédigez une phrase d'accroche, avant de faire figurer *a minima* les termes du sujet (mots clés) et l'annonce des étapes du raisonnement.

[accroche et définition des mots clés] *Le commerce international, c'est-à-dire les échanges de biens et de services au niveau mondial, est en progression constante depuis la seconde moitié du XXe siècle.* [reprise du sujet] *Quelles en sont les conséquences sur les inégalités ?* [étapes du raisonnement] *Notre analyse se déploiera sur deux échelles. Nous montrerons que le commerce international conduit à une réduction des inégalités entre les pays* [I], *mais qu'il a tendance à accroître celles à l'intérieur des États* [II].

ÉTAPE 6 *au propre*

Rédiger le développement

50 min

Le développement doit être structuré : il reprend les arguments énoncés dans l'introduction.

Une bonne copie est celle qui fait apparaître clairement la logique de l'argumentation (méthode AEI) : il faut énoncer l'idée principale en en-tête de paragraphe, la scinder en arguments secondaires (A), développer l'explication articulant mécanismes et notions (E), avant d'illustrer grâce au dossier documentaire (I).

I. Le commerce international, facteur de baisse des inégalités entre pays

Les échanges commerciaux sont facteurs de profit et de croissance. Conformément aux thèses favorables au libre-échange, le commerce international permet aux pays de se spécialiser dans la production pour laquelle ils ont un avantage comparatif ou des dotations factorielles ou technologiques favorables. Cette spécialisation est ainsi source de gains de productivité et de baisse des coûts de production, lesquels se conjuguent aux économies d'échelle liées à la hausse des débouchés.

LÉGENDE
Argument
Explication
Illustration

À NOTER
Les pays vont produire les biens qui nécessitent un usage intensif de facteurs de production abondants sur leur sol.

Cette mondialisation des échanges participe à diminuer les inégalités de développement entre pays. En effet, la croissance permet une hausse du niveau de vie, mesuré par le PIB par habitant. Alors qu'en Chine il était environ cinq fois plus faible que le niveau de vie moyen mondial en 1990, il lui est comparable en 2018 (document 1). La hausse du niveau de vie va ainsi contribuer à augmenter l'espérance de vie ou encore le niveau d'éducation. Un tel mécanisme est commun aux économies émergentes depuis une trentaine d'années – cela a été le cas également de la Corée du Sud.

II. Insertion dans le commerce international et augmentation des inégalités de revenus

L'insertion dans le commerce international profite inégalement aux firmes. Si la pression concurrentielle peut nuire aux industries insuffisamment compétitives, les firmes les plus productives peuvent, au contraire, à la fois mieux résister à la concurrence sur le marché intérieur et augmenter leurs débouchés à l'international. La conséquence en est une hausse de leur chiffre d'affaires et des revenus d'activité et du capital des actionnaires et des dirigeants. En Inde, les 10 % des revenus les plus élevés représentent 55 % du revenu national en 2018 contre 32 % en 1980 (document 3). Dans une moindre mesure, les inégalités de revenus s'accroissent également dans les pays développés : en Europe, entre les mêmes dates, 34 % du revenu national sont détenus par le décile supérieur contre 28 %.

MOT CLÉ
Les revenus qui rémunèrent les facteurs de production sont dits « primaires ». Ils englobent les revenus d'activité (salariée ou non) et les revenus du capital (dividendes, loyers, intérêts).

Les effets de la mondialisation sur les salariés sont contrastés. Les plus qualifiés, plus polyvalents et plus productifs, recherchés par les firmes multinationales, voient leurs revenus augmenter. A contrario, les peu qualifiés, dans les pays développés, peuvent subir du chômage en raison de la concurrence des pays émergents ou encore être condamnés à des emplois faiblement rémunérateurs. Cette polarisation des emplois favorise la hausse des inégalités internes de revenus (document 2).

À NOTER
La polarisation des emplois renvoie à l'accroissement de la part des emplois plus qualifiés et de ceux moins qualifiés et à la baisse de la proportion des emplois au milieu de l'échelle des qualifications.

ÉTAPE 7 au propre — Rédiger la conclusion

10 min

La conclusion doit synthétiser les arguments et répondre clairement au sujet (bilan). L'ouverture vers d'autres questions en lien avec le sujet n'est pas exigée, mais elle est appréciée par les correcteurs.

[bilan] *Les effets du commerce international sur la réduction des inégalités sont contradictoires : s'il y a une diminution des différences de niveaux de vie entre les pays, l'inégal partage du supplément de richesses accroît les inégalités intérieures.*
[ouverture possible] *Néanmoins le repli sur soi ne constitue pas la solution : les effets du protectionnisme peuvent être délétères sur les économies (mesures de rétorsion, perte de débouchés, hausse des prix, etc.).*

ÉTAPE 8 au propre — Se relire

5 min

Une rédaction claire et soignée est attendue : une relecture attentive est donc indispensable pour éliminer les fautes d'orthographe.

S'entraîner
sur chaque thème du programme

Croissance économique et limites écologiques

30 min
4 points

INTÉRÊT DU SUJET • Cyclones, inondations, incendies, sécheresses : la multiplication des catastrophes naturelles au cours de ces dernières années renforce les débats sur les limites écologiques de la croissance.

▶ **À l'aide d'un exemple, vous montrerez que la croissance économique se heurte à des limites écologiques.**

LES CLÉS DU SUJET

Définir les mots clés

- La **croissance économique** est l'augmentation des richesses créées mesurée par le taux de croissance du produit intérieur brut (PIB) réel.
- Les **limites écologiques** désignent la dégradation de l'environnement comme la pollution de l'air, la disparition de ressources naturelles, etc.

Structurer la réponse

- On expliquera en quoi **la croissance favorise le réchauffement climatique**, avec l'exemple des émissions de dioxyde de carbone (CO_2).
- On montrera que l'ampleur du réchauffement climatique remet en cause la possibilité d'une **croissance soutenable**.

5 CORRIGÉ GUIDÉ

Les titres des parties ne doivent pas figurer sur votre copie.

Introduction

La croissance économique, c'est-à-dire l'augmentation des richesses créées mesurée par la variation du produit intérieur brut (PIB) réel, connaît certaines limites, notamment écologiques, car elle a pour effet de dégrader l'environnement. Dès lors, une croissance trop rapide peut remettre en cause sa propre soutenabilité. On peut le montrer avec l'exemple des émissions de dioxyde de carbone (CO_2) qui provoquent le réchauffement climatique.

Développement

• Le CO_2 est un gaz que l'on retrouve dans l'atmosphère et qui participe à l'effet de serre. Il est produit naturellement par les organismes vivants. Cependant, de par leurs activités économiques, les êtres humains libèrent de plus en plus de CO_2 en consommant des combustibles fossiles (pétrole, charbon, gaz naturel) qui sont utilisés dans la production industrielle principalement. L'accélération de la croissance provoque ainsi une augmentation des émissions de CO_2.

• La hausse des émissions de CO_2 due à la croissance économique rend celle-ci difficilement soutenable. En effet, leur augmentation cause un effet de serre responsable du réchauffement climatique. Et la hausse des températures provoque des dégâts environnementaux qui ont des conséquences néfastes pour les populations : crises alimentaires, risques sanitaires, migrations forcées, etc. Dans de telles conditions, il ne sera pas possible d'assurer les besoins des générations futures.

MOT CLÉ
La croissance soutenable est la croissance qui permet de satisfaire les besoins des générations présentes et d'assurer l'amélioration du niveau de vie des générations futures.

Conclusion

La croissance est un objectif central de l'activité économique. Aujourd'hui, cette dernière est à l'origine d'importantes émissions de CO_2 qui sont responsables du réchauffement climatique. Dès lors, une telle croissance n'est plus soutenable.

6 France métropolitaine, mai 2022

ÉTUDE DE DOCUMENT

Les contributions à la croissance

1 heure
6 points

S'ENTRAÎNER

INTÉRÊT DU SUJET • La croissance économique est recherchée dans tous les pays du monde. Mais d'où vient-elle ? Ce sujet permet d'approfondir cette question complexe, notamment grâce à la notion de productivité globale des facteurs.

▶ **1.** À l'aide du document (voir page suivante), vous présenterez les sources de la croissance du Danemark en 2019. (*2 points*)

▶ **2.** À l'aide des données du document et de vos connaissances, vous montrerez que l'accroissement de la productivité globale des facteurs est une source de croissance économique. (*4 points*)

DOCUMENT **Taux de croissance du PIB (en %) et contributions à la croissance du PIB (en points de %) dans quelques pays (2010-2019)**

	2010	2011	2012	2013	2014	2015	2016	2017	2018	2019
France										
Contribution du facteur travail	0,5	0,9	0,0	– 0,6	0,0	0,2	0,6	0,1	1,0	0,7
Contribution du facteur capital	0,5	0,5	0,6	0,6	0,5	0,6	0,6	0,7	0,7	0,7
Contribution de la PGF[1]	0,9	0,8	– 0,3	0,6	0,4	0,3	– 0,1	1,5	0,0	0,1
Taux de croissance annuel du PIB	**1,8**	**2,2**	**0,4**	**0,6**	**1,0**	**1,0**	**1,0**	**2,4**	**1,8**	**1,5**
Corée du Sud										
Contribution du facteur travail	0,6	0,5	0,7	0,6	0,6	1,0	0,1	– 0,9	– 0,6	– 0,1

	2010	2011	2012	2013	2014	2015	2016	2017	2018	2019
Contribution du facteur capital	1,4	1,4	1,4	1,4	1,4	1,4	1,3	1,4	1,2	1,0
Contribution de la PGF[1]	4,7	1,7	0,3	1,1	1,2	0,5	1,5	2,6	2,3	1,1
Taux de croissance annuel du PIB	**6,8**	**3,7**	**2,4**	**3,2**	**3,2**	**2,8**	**2,9**	**3,2**	**2,9**	**2,0**
Danemark										
Contribution du facteur travail	– 1,4	0,7	– 1,2	0,1	0,0	0,6	1,4	0,7	– 0,1	0,9
Contribution du facteur capital	0,6	0,4	0,4	0,4	0,5	0,5	0,7	0,6	0,6	0,5
Contribution de la PGF[1]	2,6	0,3	1,0	0,4	1,1	1,2	1,1	1,5	1,6	1,4
Taux de croissance annuel du PIB	**1,9**	**1,3**	**0,2**	**0,9**	**1,6**	**2,3**	**3,2**	**2,8**	**2,2**	**2,8**

Source : OCDE, 2021.

1. Productivité globale des facteurs.
Note : la somme des différentes contributions n'est pas toujours parfaitement égale à la croissance du PIB en raison des arrondis.

LES CLÉS DU SUJET

Définir les mots clés

• La **croissance économique** correspond à un accroissement quantitatif durable de la production d'un pays mesuré par la variation du produit intérieur brut (PIB) réel.

• La **productivité globale des facteurs** (PGF) est une mesure de l'efficacité des facteurs de production et de leur combinaison. Elle est considérée comme un indicateur du progrès technique.

Comprendre le document

• Le tableau, dont la source est l'OCDE, présente pour trois pays le **taux de croissance** du PIB, mesurant la croissance annuelle exprimée en pourcentage, ainsi que les **contributions** à cette croissance, en points de pourcentage. La somme de chacune des contributions, celles des

facteurs de production (le travail et le capital) et celle de la **PGF** est égale au taux de croissance annuel.

• En mettant en lien ces données, on peut ainsi comprendre les **sources de la croissance** annuelle entre 2010 et 2019 de la France, de la Corée du Sud et du Danemark.

Structurer la réponse à la seconde question

• Dans un premier temps, nous sélectionnerons les données qui nous permettent de mettre en évidence le **poids de la PGF dans la croissance.**

• Dans un second temps, nous expliquerons **pourquoi** l'accroissement de la PGF tire la croissance économique.

6 CORRIGÉ GUIDÉ

▶ **1.** En 2019, le produit intérieur brut (PIB) du Danemark augmente de 2,8 %. La hausse de la productivité globale des facteurs (PGF) explique 1,4 point de cette croissance annuelle, soit la moitié. C'est autant que la contribution des deux facteurs de production réunis. On en déduit que la PGF est une source importante de croissance en 2019 au Danemark. Parmi les facteurs de production, c'est le travail qui tire le plus la croissance : il en explique 0,9 point, soit un peu moins du tiers des 2,8 % d'augmentation du PIB.

▶ **2.** *Les titres des parties ne doivent pas figurer sur votre copie.*

Introduction

Le document présente les contributions à la croissance annuelle du produit intérieur brut (PIB) entre 2010 et 2019 en France, en Corée du Sud et au Danemark. Les contributions sont exprimées en points de pourcentage tandis que la croissance annuelle du PIB est donnée en pourcentage. Ces statistiques, provenant de l'Organisation de coopération et de développement économiques (OCDE), nous permettent de comprendre d'où vient la croissance de chaque pays et plus particulièrement d'appréhender le rôle joué par la productivité globale des facteurs (PGF).

Développement

• Entre 2010 et 2019, la hausse de la PGF est une source importante de la croissance en Corée du Sud. Depuis 2016, elle en explique plus de la moitié, et même près de 80 % en 2018 (avec 2,3 points sur 2,9 % de croissance). On constate le même phénomène au Danemark : par exemple, la hausse de la PGF tire la croissance à hauteur de 1,6 point en 2018 sur 2,2 % de croissance. La contribution de la PGF est moins forte dans le cas de la France ; mais elle est quand même à l'origine de la moitié de la croissance de 2010 et de plus de 60 % de celle de 2017 (1,5 point sur 2,4 % de croissance).

• La croissance, qui est l'augmentation durable de la production d'un pays, provient donc en partie de la hausse de la PGF, qui mesure l'efficacité de la combinaison productive. Le progrès technique l'explique : il permet de produire plus avec la même quantité de facteurs de production. Plus la combinaison productive est efficace et plus la production peut augmenter. À l'échelle d'un pays, on parle de croissance économique.

À NOTER
Dans la seconde moitié du XXe siècle, l'Américain Robert Solow a été le premier économiste à montrer que l'accumulation des facteurs de production n'expliquait pas toute la croissance et que le progrès technique jouait un rôle important.

Conclusion

Si les facteurs de production contribuent à la croissance, il en existe une autre source, la hausse de la PGF, dont le rôle est primordial pour de nombreuses économies.

Contribution des facteurs de production et de la PGF à la croissance

1 heure
6 points

INTÉRÊT DU SUJET • Pour les économistes, la croissance est l'objectif clé de l'activité économique. Il est donc important de savoir quels sont les facteurs qui peuvent contribuer à cette croissance.

DOCUMENT **Contribution des facteurs de production et de la productivité globale des facteurs (PGF) à la croissance économique en 2017**

Pays	Contribution des heures travaillées (en points de %)	Contribution du facteur capital (en points de %)	Contribution de la PGF (en points de %)	Taux de croissance économique (en %)
France	- 0,1	0,7	1,6	2,2
Allemagne	0,8	0,4	1,2	2,4
États-Unis	0,8	0,6	0,7	2,1
Espagne	2,1	0,6	0,8	3,5
Royaume-Uni	0,7	0,5	0,6	1,8
Japon	0,4	0,2	0	0,6

Source : OCDE, 2019.

▶ **1.** À l'aide des données du document, comparez la répartition des différentes contributions à la croissance économique de l'Allemagne et des États-Unis en 2017. *(2 points)*

▶ **2.** À l'aide des données du document et de vos connaissances, montrez que les contributions à la croissance ne se réduisent pas à la seule accumulation des facteurs de production. *(4 points)*

LES CLÉS DU SUJET

Définir les mots clés

• Les **facteurs de production** représentent les ressources durables utilisées et combinées par les entreprises dans la production.

• La **productivité globale des facteurs** (PGF) mesure l'efficacité des facteurs de production et de leur combinaison.

Comprendre le document

• Le document permet de **comparer le poids** des différents facteurs de production et de la PGF dans la croissance économique de six pays développés.

• L'unité est le **point de pourcentage** qu'il ne faut pas confondre avec un taux de croissance. La somme de ces points de pourcentage donne le niveau de croissance.

Structurer la réponse à la seconde question

• Les facteurs de production **travail et capital** ne suffisent pas à expliquer la totalité de la croissance

• La **PGF** représente une contribution majeure à la croissance et elle constitue un indicateur du progrès technique.

7 CORRIGÉ GUIDÉ

▶ **1.** En 2017, selon l'Organisation de coopération et de développement économiques (OCDE), le taux de croissance économique est de 2,4 % en Allemagne et de 2,1 % aux États-Unis, soit une différence de 0,3 point de pourcentage. En Allemagne, la quantité d'heures travaillées contribue à un tiers de la croissance et le facteur capital à un sixième. La moitié de la croissance allemande s'explique par la PGF : pour une croissance de 2,4 % la contribution de la PGF est de 1,2 point. Aux États-Unis, le poids de la PGF dans la croissance est moindre qu'en Allemagne, un tiers, tandis que les facteurs de production travail et capital comptent pour les deux tiers. On peut en conclure que le progrès technique joue un rôle plus important dans la croissance allemande.

▶ **2.** *Les titres des parties ne doivent pas figurer sur votre copie.*

Introduction

Ce document de l'Organisation de coopération et de développement économiques (OCDE) porte sur le poids des facteurs de production travail et capital ainsi que de la productivité globale des facteurs (PGF) dans la croissance économique en 2017 de six pays développés. La croissance est égale à la somme de ces contributions évaluées en points de pourcentage. Le document nous permet de vérifier que les facteurs travail et capital n'expliquent pas toute la croissance de ces pays.

À NOTER
L'OCDE est une organisation internationale qui regroupe des pays, le plus souvent développés, ayant en commun des gouvernements démocratiques et des économies de marché. Son rôle est consultatif.

Développement

- Pour produire, les entreprises combinent les ressources durables que sont le travail et le capital. Pendant longtemps, les économistes ont considéré que seuls ces facteurs de production travail et capital contribuaient à la croissance économique. D'ailleurs on constate que c'est le cas au Japon en 2017. Cependant, la situation apparaît différente dans d'autres pays développés. Ainsi, aux États-Unis et au Royaume-Uni, la contribution des facteurs travail et capital ne représente que les deux tiers de la croissance, et en Allemagne seulement la moitié.

- Il existe donc un résidu qui contribue à la croissance et qui vient s'ajouter aux contributions des facteurs travail et capital. Ce résidu est la productivité globale des facteurs que l'on assimile au progrès technique recouvrant les innovations de produits, de procédé et d'organisation. La PGF accroît l'efficacité de la combinaison productive et stimule la demande grâce au développement de nouvelles activités et de nouveaux produits.

Conclusion

La somme des contributions des facteurs de production travail et capital est insuffisante pour expliquer la croissance économique dans la plupart des pays développés en 2017. Il faut y ajouter la PGF qui est un indicateur du progrès technique.

S'ENTRAÎNER

8 Raisonnement

Le rôle des institutions dans la croissance

2 h 30
10 points

INTÉRÊT DU SUJET • La croissance n'est-elle qu'un phénomène économique ? Le marché, si on le laisse fonctionner sans règles, permettra-il la mobilisation des facteurs de production et l'émergence du progrès technique ?

► À l'aide de vos connaissances et du dossier documentaire, vous montrerez que les institutions et les droits de propriété jouent un rôle dans la croissance économique.

DOCUMENT 1 Brevets et incitation à investir et à innover

Au sens de la propriété industrielle, le brevet protège une invention technique, c'est-à-dire un produit ou un procédé qui apporte une nouvelle solution technique à un problème technique donné.

En effet, vous ne pouvez pas protéger une idée par un brevet ! Seuls les moyens techniques mis en œuvre pour la concrétiser le seront. [...]

– En déposant votre brevet à l'Institut national de la propriété intellectuelle, vous obtenez un monopole d'exploitation sur le territoire d'une durée maximale de 20 ans.

– Vous êtes ainsi le seul à pouvoir l'utiliser et vous pouvez interdire toute exploitation (utilisation, fabrication, importation...) de votre invention effectuée sans votre autorisation. Vous pouvez poursuivre les contrefacteurs[1] devant les tribunaux.

– Le brevet renforce la valeur de votre entreprise [...].

– Il vous donne les moyens de conquérir de nouveaux marchés par des dépôts à l'étranger et des concessions de licence.

– Grâce au brevet, vous rentabilisez une partie de la recherche effectuée et générez des revenus.

Source : Inpi.fr

1. Personnes qui exploitent une invention sans l'autorisation de l'inventeur.

DOCUMENT 2 **PIB par habitant et maîtrise de la corruption en 2013**

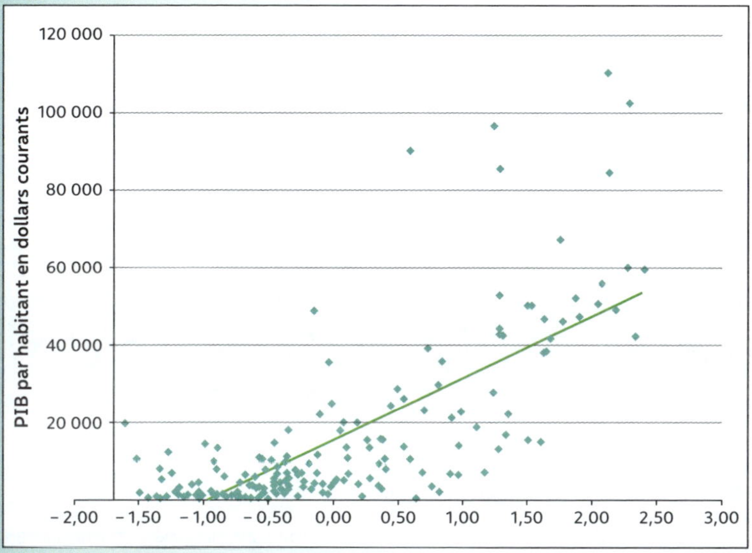

Source : Banque mondiale, 2015.

Notes : Chaque point représente un pays.
L'indicateur de maîtrise de la corruption mesure la capacité d'un pays à contrôler la corruption des pouvoirs publics. Sur une échelle de –2,5 à 2,5, plus l'indicateur est élevé, plus la corruption est maîtrisée.
Si la corrélation entre le PIB par habitant et l'indicateur de maîtrise de la corruption était parfaite, alors tous les points se situeraient sur la droite représentée sur le graphique.

LES CLÉS DU SUJET

Analyser les termes du sujet et mobiliser ses connaissances

Analyse du sujet

institutions
Ensemble de règles, formelles ou informelles, qui s'imposent aux individus. Organisations chargées de les faire respecter.

droits de propriété
Droit de choisir les usages d'un bien (l'utiliser, le céder, en tirer un revenu) dans le cadre de la loi.

croissance économique
Augmentation soutenue des richesses créées dans une économie.

Exploiter les documents

- **Document 1.** Ce texte présente des droits de propriété particuliers : les **brevets**. Sur quoi portent les brevets présentés ? Quels sont les avantages qu'ils confèrent à leurs détenteurs ? Quels sont les recours possibles si ces brevets sont exploités illégalement ? Pourquoi incitent-ils à innover ?
- **Document 2.** Ce graphique permet de faire apparaître une **corrélation** entre la maîtrise de la corruption et le niveau du produit intérieur brut (PIB) par habitant. Cette corrélation est-elle positive ou négative ? Quel lien peut-on établir entre maîtrise de la corruption et niveau du PIB par habitant ? Y a-t-il des exceptions ?

Définir les arguments

Argument 1	De « bonnes institutions » créent un cadre favorable à la croissance économique.
Argument 2	Les institutions peuvent favoriser l'émergence du progrès technique, source de croissance.

8 CORRIGÉ GUIDÉ

Les titres des parties ne doivent pas figurer sur votre copie.

Introduction

Les institutions désignent l'ensemble des règles formelles et informelles qui encadrent les interactions humaines ainsi que les organisations chargées de les faire respecter. Ainsi les droits de propriété, les tribunaux, la monnaie, les pouvoirs publics sont des institutions qui peuvent s'avérer favorables à la croissance, c'est-à-dire à l'augmentation durable des richesses créées dans une économie. En effet, elles créent un cadre favorable à la croissance et peuvent stimuler le progrès technique, lui-même source de croissance.

I. De « bonnes institutions » créent un cadre favorable à la croissance

▶ Le secret de fabrication

Après avoir expliqué ce que sont de « bonnes institutions » et fait le lien avec la croissance économique, il faudra utiliser le document 2 pour illustrer l'argumentation.

• Pour connaître la croissance, une économie a besoin d'institutions qui permettent le développement des activités économiques. Ainsi la monnaie est une institution nécessaire au développement des échanges marchands. L'existence de droits de propriété et de tribunaux chargés de les faire respecter garantit aux entrepreneurs de pouvoir conserver le profit qu'ils tirent de leurs activités, ce qui les incite à investir. Ces institutions constituent donc un cadre juridique favorable à la croissance économique.

• Un contexte politique stable et démocratique crée un climat de confiance propice à la croissance. Le document 2 fait apparaître une corrélation nette entre la maîtrise de la corruption et le niveau du produit intérieur brut (PIB) par habitant : plus la première est maîtrisée et plus le second s'accroît. En parvenant à lutter contre la corruption et le clientélisme, les pouvoirs publics diminuent le degré d'incertitude et de défiance. Les agents économiques sont alors incités à développer leurs activités.

MOTS CLÉS

La corruption désigne le fait d'accepter de ne pas appliquer ou faire respecter une règle en échange d'une rétribution.
Le clientélisme peut être associé à la notion de favoritisme.

II. Les institutions peuvent favoriser l'émergence du progrès technique, source de croissance

• Le rendement privé des innovations est souvent plus faible que leur rendement social puisqu'elles peuvent bénéficier à des agents économiques qui n'en ont pas supporté le coût. Les brevets, garantis par les pouvoirs publics, assurent à leurs détenteurs le monopole de l'exploitation de leurs innovations. Ces derniers sont alors certains de pouvoir rentabiliser leurs investissements et de conserver le bénéfice de leurs recherches (document 1). Les brevets sont donc favorables à l'innovation et à la croissance.

• Les institutions publiques peuvent également participer à l'effort de recherche et développement au sein de laboratoires publics ou subventionner les entreprises privées afin de les inciter à innover et stimuler le progrès technique. En investissant dans l'enseignement supérieur et dans la recherche, l'État concourt à l'émergence de connaissances nouvelles qui viendront, à long terme, renforcer la croissance économique.

À NOTER
En France, en 2018, les dépenses de recherche et développement représentaient 2,2 % du PIB, ce qui plaçait la France au 7e rang des pays de l'Union européenne.

Conclusion

Les institutions qui permettent de garantir un cadre juridique et politique sûr et stable créent donc un climat de confiance propice au développement des échanges marchands et à la croissance. En stimulant le progrès technique directement (recherche publique) ou indirectement (brevets et subventions), les institutions publiques contribuent à dynamiser l'économie et à rendre la croissance possible à long terme.

Progrès technique et inégalités des revenus

2 h 30
10 points

INTÉRÊT DU SUJET • Le progrès technique est souvent présenté comme la solution à tous les problèmes. Ce sujet permet pourtant de mettre en évidence l'une de ses limites sur l'activité économique.

▶ **À l'aide de vos connaissances et du dossier documentaire, vous montrerez que le progrès technique peut engendrer des inégalités de revenus.**

DOCUMENT 1 **Productivité du travail, rémunération moyenne et rémunération d'un salarié d'exécution aux États-Unis (en indices, base 100 en 1948)**

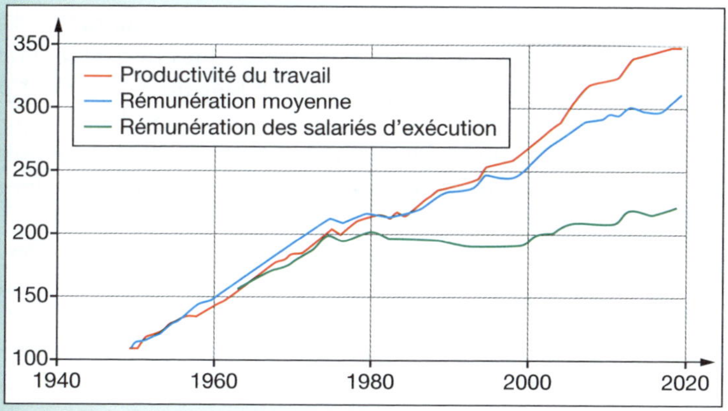

Source : National Bureau of Economic Research, « Productivité et rémunération : le lien est-il rompu ? », décembre 2017.

DOCUMENT 2 Salaire horaire moyen en livres au Royaume-Uni entre 2004 et 2016

Graphique A : Salaire horaire moyen par âge pour les travailleurs peu qualifiés des entreprises innovantes et non innovantes

Graphique B : Salaire horaire moyen par âge pour les travailleurs qualifiés des entreprises innovantes et non innovantes

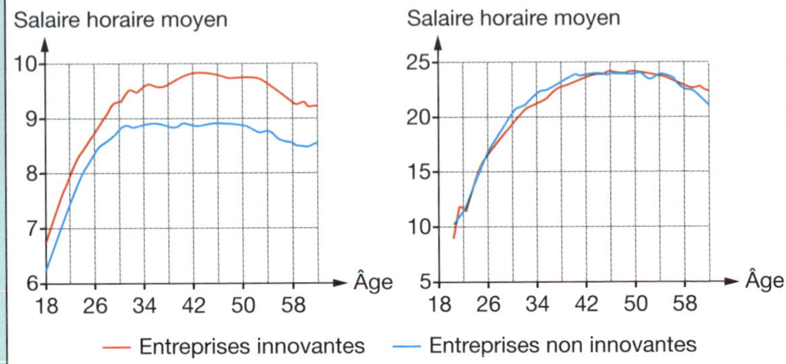

Source : www.banque-france.fr

DOCUMENT 3 Les effets de la pandémie de Covid-19 sur le marché du travail

La pandémie de Covid-19 dévaste les marchés du travail dans le monde entier. […] Selon nos estimations, près de 100 millions de travailleurs dans 35 de ces pays (sur 189 membres du FMI) pourraient être concernés par ce problème, car ils sont dans l'incapacité de télétravailler. Ils représentent en moyenne 15 % de la population active, mais des différences importantes sont observées en fonction des pays et des travailleurs.

Nous avons constaté des disparités considérables entre les pays même pour des professions identiques : il est beaucoup plus simple de télétravailler en Norvège et à Singapour qu'en Turquie, au Chili, au Mexique, en Équateur et au Pérou, simplement parce que, dans les pays émergents et les pays en développement, plus de la moitié des ménages n'ont même pas d'ordinateur chez eux.

Dans l'ensemble, les personnes qui travaillent dans le secteur alimentaire et celui de l'hébergement, ainsi que dans le commerce de gros et de détail, sont les plus touchées, car leurs emplois sont ceux qui se prêtent le moins au télétravail. Dans notre échantillon, plus de 20 millions de personnes travaillent dans ces secteurs et figurent donc parmi celles qui ont le plus de risques de perdre leur emploi. Mais certains travailleurs sont encore plus vulnérables que d'autres. Les travailleurs jeunes et les personnes qui n'ont pas fait d'études supérieures sont nettement moins susceptibles de télétravailler. Ce risque accru correspond aux caractéristiques d'âge des travailleurs dans les secteurs les plus durement touchés par les fermetures de sites et les mesures de distanciation sociale. […] Les femmes pourraient être particulièrement concernées, ce qui remettrait en cause certaines des avancées obtenues durant les dernières décennies en matière d'égalité des sexes. En effet, les femmes se concentrent de manière disproportionnée dans les secteurs les plus durement touchés comme les services de restauration et l'hébergement.

Source : FMI, www.imf.org, 2020.

LES CLÉS DU SUJET

Analyser les termes du sujet et mobiliser ses connaissances

Analyse du sujet

vous montrerez
On vous demande de constater les effets du progrès technique sur les inégalités de revenus.

progrès technique
Ensemble des innovations qui permettent de produire davantage avec la même quantité de travail et de capital.

engendrer
Vous devez montrer que le progrès technique crée des inégalités de revenus.

inégalités de revenus
Différences de revenus en fonction de leur source. On distingue le revenu du capital et le revenu du travail.

Exploiter les documents

• **Document 1.** Ce graphique permet d'établir des corrélations, aux États-Unis de 1948 à 2017, entre les évolutions de la **productivité**, de la **rémunération** moyenne et de celle des salariés d'exécution, ceux-ci étant les moins qualifiés. Quel lien peut-on constater entre la productivité et les rémunérations ? Comment évolue la rémunération des moins qualifiés par rapport à la rémunération moyenne ?

• **Document 2.** Ces graphiques permettent de comparer les salaires entre **entreprises innovantes et non innovantes** en fonction de l'âge et de la qualification, au Royaume-Uni entre 2004 et 2016. Comment évoluent les salaires selon l'âge et selon la qualification ? Le constat confirme-t-il celui du document 1 ?

• **Document 3.** Le texte porte sur les effets de la **pandémie de Covid-19** sur le marché du travail dans le monde. Il met en évidence les disparités que connaissent les travailleurs en fonction de leur capacité à télétravailler. Quels sont les travailleurs qui sont le plus touchés par la pandémie ? Quelle est la relation avec le progrès technique ?

Définir les arguments

Argument 1	Le progrès technique favorise les revenus du capital.
Argument 2	Le progrès technique augmente les inégalités salariales.

9 CORRIGÉ GUIDÉ

Les titres des parties ne doivent pas figurer sur votre copie.

Introduction

La faiblesse de certains revenus, notamment ceux des « premiers de corvée », a mis en évidence de profondes inégalités. Celles-ci concernent les différences de revenus du capital ainsi que ceux du travail. Le progrès technique, c'est-à-dire l'ensemble des innovations qui permettent de produire davantage avec la même quantité de travail et de capital, peut engendrer ces inégalités : tout d'abord en favorisant les revenus du capital, ensuite en accentuant les inégalités salariales.

I. Le progrès technique favorise les revenus du capital

> **▶ Le secret de fabrication**
> Aucun document ne fait référence de manière explicite aux revenus du capital, il faut donc utiliser vos connaissances personnelles ici.

• Le progrès technique a pour effet d'accroître la productivité entraînant une hausse de la valeur ajoutée. Celle-ci est répartie entre les travailleurs et les apporteurs de capitaux, soit les revenus du travail et les revenus du capital. La volonté d'encourager le progrès technique peut impliquer une hausse des revenus du capital supérieure à celle des revenus du travail.

> **MOT CLÉ**
> Les revenus du capital sont les intérêts dus aux créanciers, les dividendes versés aux détenteurs du capital, les loyers payés aux propriétaires de locaux.

• Le plus souvent, les innovations de procédé (nouvelles méthodes de production) favorisent la substitution de capital au travail, et la part de ce dernier dans la production tend à baisser du fait de la destruction d'emplois. Le progrès technique, en supprimant des emplois d'exécution, accroît ainsi la part des revenus rémunérant le capital et augmente les inégalités entre les travailleurs et les détenteurs de capitaux.

II. Le progrès technique accentue les inégalités salariales

• La hausse de la productivité liée aux innovations bénéficie surtout aux salariés les plus qualifiés. L'écart entre la rémunération moyenne et celle des salariés d'exécution tend ainsi à augmenter, notamment aux États-Unis depuis 1948 (document 1). De même, au Royaume-Uni, sur la période 2004-2016, les inégalités de salaires entre entreprises innovantes et non innovantes sont plus élevées suivant l'âge et la qualification (document 2).

• La pandémie de Covid-19 a accentué les inégalités salariales du fait notamment du progrès technique dans le domaine du numérique. En effet une solution pour continuer à travailler malgré les confinements a été le télétravail, nécessitant des équipements en ordinateurs. Or, tous les salariés ne peuvent pas télétravailler. C'est le cas des moins qualifiés, qui sont pour la plupart des salariés d'exécution, des jeunes et des femmes, ces dernières occupant souvent des emplois dans la restauration et l'hébergement, ainsi que des salariés des pays les moins développés (document 3).

> **À NOTER**
> Selon l'Insee, en France, pendant le confinement du 16 mars au 18 mai 2020, 47 % des personnes en emploi ont travaillé au moins une fois à leur domicile.

Conclusion

C'est un fait : le progrès technique accroît les inégalités de revenus. Les innovations de procédé favorisent la substitution de capital au travail, ce qui tend à augmenter les revenus du capital par rapport à ceux du travail. Cette substitution se fait de plus au détriment des salariés les moins qualifiés, creusant les écarts de rémunération entre ces derniers et les salariés qualifiés. Les confinements dus à la pandémie de Covid-19 n'ont fait que confirmer ces inégalités de revenus.

10 Sujet spécimen 2021 • RAISONNEMENT

Innovation et limites écologiques de la croissance

2 h 30
10 points

INTÉRÊT DU SUJET • La question du développement durable est au centre des préoccupations économiques aujourd'hui. D'où l'intérêt des réponses pour trouver des solutions !

▶ À l'aide de vos connaissances et du dossier documentaire, vous montrerez comment l'innovation peut être une solution aux limites écologiques de la croissance économique.

DOCUMENT 1 **Évolution des dépenses nationales de recherche et développement (R&D) relatives à la protection de l'environnement en France (indices base 100 en 2006)**

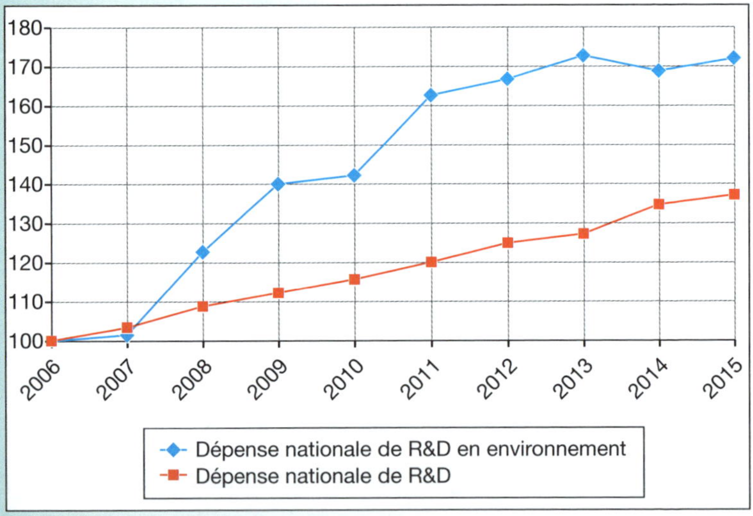

Source : d'après www.statistiques.developpement-durable.gouv.fr, 2018.

S'ENTRAÎNER

DOCUMENT 2 **La révolution énergétique**

Le consensus global qui s'est dégagé de différentes initiatives internationales comme l'Accord de Paris sur le climat en 2015 ou les Objectifs de développement durable des Nations unies (Objectif 7) a donné un nouvel élan à l'innovation dans le domaine de l'énergie à l'échelle mondiale, provoquant une tendance générale à l'abandon des combustibles fossiles au profit des énergies renouvelables en tant que source d'énergie primaire. En 2017, pour la première fois dans l'histoire, la capacité totale de production d'énergies renouvelables dans le monde a dépassé celle du charbon. Nous serions donc en pleine « révolution énergétique ». […]

Le défi qui se pose aux décideurs est le suivant : comment faire face à une augmentation de la demande d'énergie et à la nécessité de réduire les émissions de gaz à effet de serre tout en favorisant la croissance économique ? Pour trouver des solutions efficaces à ce problème complexe, il convient de revoir radicalement nos modes de production et de consommation en matière d'énergie. Aujourd'hui, la part des énergies renouvelables dans la production mondiale d'électricité est d'environ 15 %. En 2050, environ 85 % de la consommation mondiale d'énergie primaire devront provenir de sources d'énergie renouvelables. Pour atteindre cet objectif, il conviendra d'innover à tous les stades de la chaîne de valeur énergétique, tous secteurs confondus, et d'élaborer des politiques novatrices pour soutenir le déploiement et l'adoption rapides de technologies liées aux énergies renouvelables. […]

L'énergie solaire et l'énergie éolienne sont sans doute les deux formes d'énergie renouvelable les plus connues. Ces dernières années, la production d'énergie solaire photovoltaïque a fait des progrès substantiels en termes de rendement, d'accessibilité et de niveau d'utilisation, et elle représente aujourd'hui une solution de substitution concurrentielle par rapport aux combustibles fossiles. Grâce à l'innovation, l'énergie éolienne s'impose elle aussi comme une solution à la fois viable et compétitive, à tel point qu'elle compte aujourd'hui parmi les sources d'énergie renouvelable les moins onéreuses. Actuellement, quelque 24 pays comblent environ 5 % de leurs besoins énergétiques annuels grâce à l'énergie éolienne.

Source : Catherine Jewell, Division des communications, Organisation mondiale de la propriété intellectuelle, août 2018.

DOCUMENT 3 **Émissions de CO_2[1] des voitures neuves (gCO_2/km)[2], France métropolitaine, de 2007 à 2017[3]**

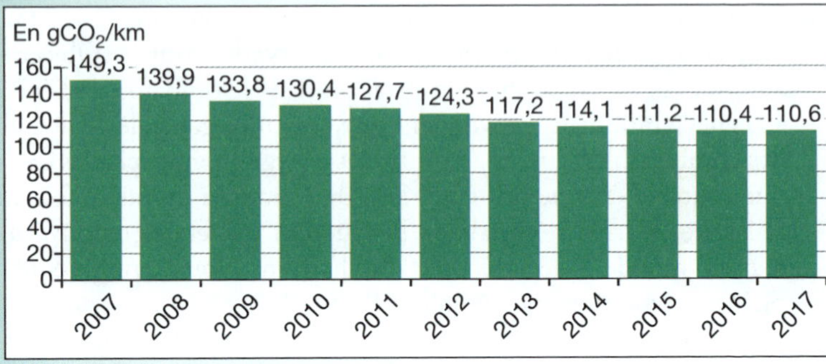

Source : d'après Services de la donnée et des études statistiques, *Répertoire statistique des véhicules routiers*, 2017.

1. CO_2 : dioxyde de carbone ou gaz carbonique, principal gaz à effet de serre.
2. gCO_2/km : gramme de CO_2 par kilomètre.
3. 2017 : émissions de CO_2 sur les huit premiers mois de l'année.

LES CLÉS DU SUJET

Analyser les termes du sujet et mobiliser ses connaissances

Analyse du sujet

vous montrerez
On vous demande d'expliquer en quoi l'innovation peut être une solution aux limites écologiques de la croissance économique.

innovation
Application industrielle et commerciale d'une invention.

solution
Acte (l'innovation) par lequel on résout une question (les limites écologiques).

limites écologiques
Les effets négatifs de l'activité économique sur l'environnement.

croissance
Augmentation des richesses créées dans une économie, mesurée par le taux de croissance du produit intérieur brut (PIB) réel.

Exploiter les documents

- **Document 1.** Les courbes du document permettent de constater l'évolution des dépenses nationales (en indices) en **recherche et développement** (R&D) pour la protection de l'environnement en France entre 2006 et 2015, et de la comparer avec celle des dépenses nationales en R&D. Comment se développent les dépenses de R&D en environnement ? Comment évoluent-elles comparé aux dépenses nationales de R&D ?
- **Document 2.** Le texte porte sur les énergies renouvelables et la place de l'**innovation** dans leur développement. Pourquoi faut-il favoriser les énergies renouvelables ? Quel rôle joue l'innovation dans le développement de ces dernières ?
- **Document 3.** Le diagramme en barres étudie l'évolution des **émissions de CO_2**, principal gaz à effet de serre, des voitures neuves en France métropolitaine entre 2007 et 2017. Comment évoluent ces émissions ? Quels en sont les effets sur l'environnement ?

Définir les arguments

Argument 1	Les conditions d'une croissance soutenable.
Argument 2	L'innovation, une solution afin de préserver l'environnement.

S'ENTRAÎNER

10 CORRIGÉ GUIDÉ

Les titres des parties ne doivent pas figurer sur votre copie.

Introduction

La croissance économique, c'est-à-dire l'augmentation des richesses créées, est de plus en plus confrontée au problème de la préservation de l'environnement. L'innovation, définie comme l'application économique et commerciale d'une invention, peut constituer une réponse face aux limites écologiques de la croissance. Pour le montrer, il faut d'abord envisager les conditions d'une croissance soutenable, puis montrer que l'innovation peut être une solution.

MOT CLÉ
La croissance soutenable est la croissance qui permet de satisfaire les besoins des générations présentes sans compromettre la capacité des générations futures à satisfaire les leurs.

I. Les conditions d'une croissance soutenable

> ▶ **Le secret de fabrication**
>
> Commencer par déterminer les conditions d'une croissance soutenable permet de mieux comprendre comment l'innovation peut favoriser cette dernière, et donc contribuer à préserver l'environnement.

• La croissance économique peut entraîner une hausse des émissions polluantes, notamment les gaz à effet de serre, et donc participer au réchauffement climatique. Elle peut également s'accompagner d'une surexploitation des ressources naturelles. Dès lors, la croissance n'est pas soutenable car les générations futures se verraient empêchées de satisfaire leurs besoins.

• La soutenabilité de la croissance suppose de maintenir constant le stock de capitaux transmis aux générations futures. Ce stock est composé de capital physique (machines), humain (connaissances, niveau de diplôme des actifs), institutionnel (maintien d'un État de droit) et naturel (ressources naturelles). Les partisans d'une soutenabilité faible considèrent que le capital naturel peut être remplacé par d'autres formes de capitaux.

II. L'innovation, une solution pour préserver l'environnement

• L'innovation est l'aboutissement du processus de recherche et développement (R&D). En France, entre 2006 et 2015, la R&D pour l'environnement occupe une place de plus en plus importante : les dépenses de R&D relatives à l'environnement augmentent ainsi de 72 % alors que les dépenses totales de R&D ne progressent que de 38 % environ (document 1).

• L'innovation peut permettre de mettre au point de nouvelles technologies plus économes en ressources naturelles. Ainsi, dans le domaine énergétique, sont développées les énergies renouvelables comme le solaire ou l'éolien (document 2). Dans le secteur automobile, l'innovation entraîne une baisse des émissions de CO_2 importante : près de 20 % en France métropolitaine (document 3).

> **CONSEIL**
> N'hésitez pas à effectuer des calculs à partir des données statistiques des documents : vous montrez ainsi que vous maîtrisez ces données.

Conclusion

Une croissance soutenable implique d'utiliser plusieurs types de capitaux : naturel, physique, humain, institutionnel. Le principe de soutenabilité faible défend l'idée qu'au capital naturel on peut substituer du capital physique et humain grâce à l'innovation. Celle-ci favorise le développement d'énergies renouvelables et freine les émissions de CO_2.

11

France métropolitaine, septembre 2021
DISSERTATION

Progrès technique et croissance économique

4 heures
20 points

S'ENTRAÎNER

INTÉRÊT DU SUJET • Pour les économistes, le progrès technique constitue l'un des moteurs de la croissance. Dans ce sujet, Il s'agira de comprendre plus précisément le rôle de l'innovation dans l'augmentation des richesses d'une société.

Comment le progrès technique favorise-t-il la croissance ?

DOCUMENT 1 **Contribution en points de pourcentage à la croissance du PIB (en %) par année**

		2016	2017	2018
France	PIB	1,2	2,2	1,8
	Heures travaillées totales	0,6	– 0,1	0,2
	Capital	0,7	0,7	0,8
	PGF[1]	– 0,1	1,6	0,8
Japon	PIB	0,5	2,3	0,4
	Heures travaillées totales	0,4	0,5	0
	Capital	0,2	0,3	0,2
	PGF	– 0,1	1,5	1,2
Corée du Sud	PIB	2,9	3,1	2,6
	Heures travaillées totales	0,1	– 0,9	– 0,6
	Capital	1,3	1,4	1,2
	PGF	1,5	2,6	2

		2016	2017	2018
Allemagne	PIB	2,2	2,4	0,5
	Heures travaillées totales	0,6	0,8	0,1
	Capital	0,4	0,4	0,4
	PGF	1,2	1,2	0

Source : d'après OCDE, 2019.

1. PGF : productivité globale des facteurs

DOCUMENT 2 **Taux de croissance du PIB en volume et de la productivité horaire du travail[1] entre 1976 et 2016 (en %)**

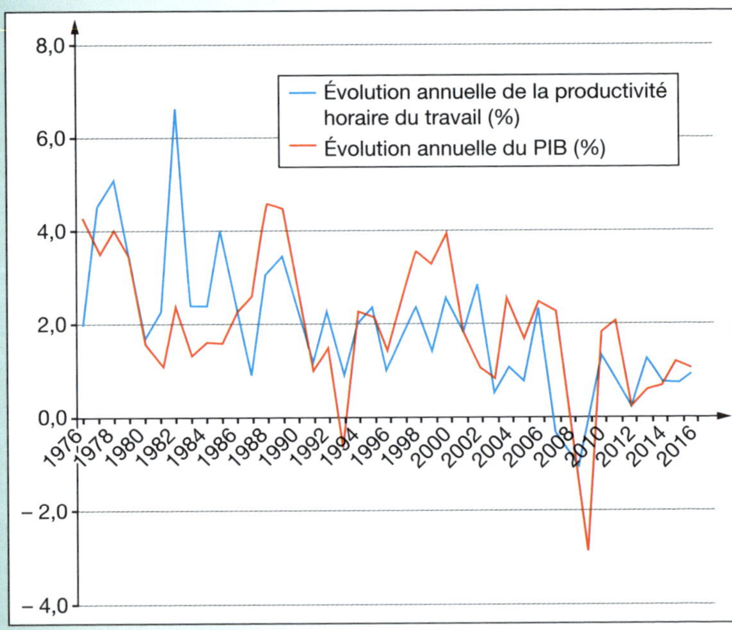

Source : d'après données OCDE, 2017.

Champ : France
1. Productivité horaire du travail : richesse créée par heure de travail

DOCUMENT 3 **Part de la dépense intérieure en recherche et développement (DIRD) réalisée par les entreprises et les administrations[1] dans l'OCDE en 2016 (en % du total des dépenses)**

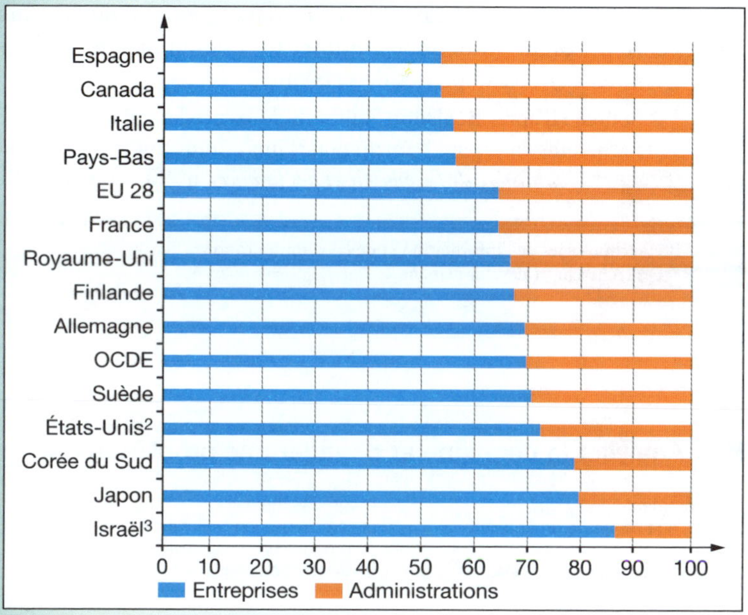

Source : d'après l'OCDE, *Principaux indicateurs de la science et de la technologie*, 2017.

1. État, enseignement supérieur et institutions sans but lucratif
2. Dépenses en capital exclues (toutes ou en partie)
3. Défense exclue (toute ou principalement)

DOCUMENT 4 **Les emplois du numérique**

Les services regroupent l'essentiel des salariés du secteur du numérique : en 2016, sur les 694 000 salariés des entreprises du numérique, seulement 60 000 travaillent dans l'industrie. En particulier, les entreprises de programmation et de conseil en informatique emploient près de la moitié de l'effectif des entreprises du numérique (47 %). L'emploi dans les services fait preuve d'un fort dynamisme : le nombre de personnes employées dans les services informatiques a crû de 52 % entre 2000 et 2015, tandis que la fabrication des TIC[1] et les télécommunications ont perdu respectivement

52 % et 32 % d'emplois sur la période. […] Les entreprises du numérique emploient 22 % de l'emploi R&D[2] et 27 % des chercheurs en entreprises en France. La part des chercheurs dans les effectifs des entreprises du numérique est d'ailleurs deux fois plus élevée que dans les autres secteurs. Ce fort recours à l'emploi qualifié incite les entreprises du numérique à utiliser les aides indirectes à la R&D qui soutiennent les dépenses de personnel.

Source : d'après Benjamin Adjibeyli, Maxence Laumonier, « De forts besoins en capital humain pour l'innovation dans le numérique », *ministère de l'économie et des finances*, n° 90, septembre 2019.

1. TIC : technologies de l'information et de la communication
2. R&D : recherche et développement

LES CLÉS DU SUJET

Analyser la consigne et dégager une problématique

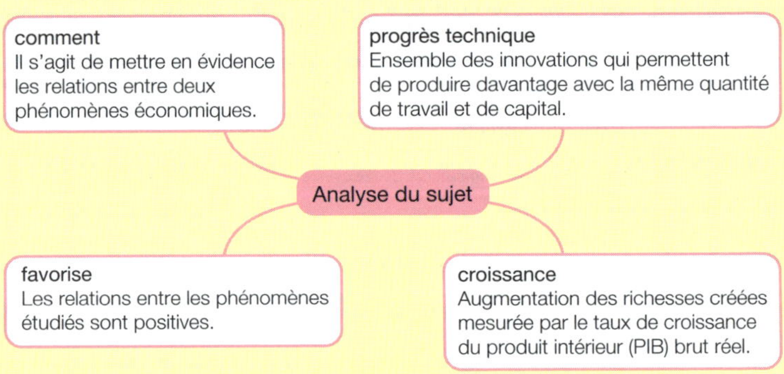

• **Problématique.** Quels sont les mécanismes du progrès technique qui ont des effets positifs sur la croissance économique ?

Exploiter les documents

• **Document 1.** Le tableau statistique permet de mesurer le poids des différents **facteurs contribuant à la croissance** économique dans quatre pays développés ainsi que l'évolution de ces contributions de 2016 à 2018. Quelles sont les principales contributions à la croissance ? Comment évoluent-elles ? Qu'est-ce que la productivité globale des facteurs (PGF) ?

• **Document 2.** Le graphique porte sur l'évolution annuelle du **PIB** et de la **productivité horaire du travail** en France entre 1976 et 2016. Existe-t-il une relation entre l'évolution de la richesse créée par heure de travail et la croissance économique ?

• **Document 3.** Ce graphique en barres exprime la part des dépenses intérieures en **recherche en développement** (R&D) des entreprises et des administrations des pays de l'Organisation de coopération et développement économiques (OCDE) dans les dépenses totales de R&D en 2016. Comment sont réparties les dépenses de R&D entre les agents économiques ? Quels sont les effets de cette répartition ?

• **Document 4.** Le texte porte sur l'**emploi dans le numérique**, lequel connaît une forte croissance. Quel est le rôle de ce type d'emploi dans le progrès technique ? Quel est l'effet sur la croissance ?

Définir le plan

I. Progrès technique et gains de productivité	• Quelle est la contribution du progrès technique dans la croissance (document 1) ? • Comment le progrès technique permet-il des gains de productivité favorables à la croissance économique (document 2) ?
II. Progrès technique et externalités positives	• De quelles manières le progrès technique se diffuse-t-il dans l'économie (document 3) ? • Comment le progrès technique améliore-t-il l'emploi (document 4) ?

11 CORRIGÉ GUIDÉ

Les titres des parties ne doivent pas figurer sur votre copie.

Introduction

[accroche] La théorie économique donne au progrès technique un rôle essentiel dans le processus de croissance. [présentation du sujet] Avant de s'interroger sur ce lien, quelques éléments de définition s'imposent. Le progrès technique recouvre l'ensemble des innovations qui permettent de produire davantage avec la même quantité de travail et de capital. La croissance économique se définit comme l'augmentation des richesses créées dans une économie mesurée par le taux de croissance du produit intérieur brut (PIB) réel. [problématique] Par quels mécanismes le progrès technique a-t-il des effets positifs sur la croissance économique ? [annonce du plan] Pour répondre à cette problématique, il faut montrer tout d'abord que le progrès technique se traduit par des gains de productivité, puis qu'il génère des externalités positives.

> ▶ **Le secret de fabrication**
> La formulation du sujet nécessite une démonstration : montrer les effets positifs du progrès technique sur la croissance. Il est donc plus logique de mettre en évidence d'abord les effets directs, puis les effets indirects du progrès technique.

I. Le progrès technique accroît la productivité des facteurs de production

1. La contribution du progrès technique dans la croissance

• La production est le résultat de la combinaison des facteurs de production travail et capital. La croissance économique va être favorisée par une augmentation de la quantité de facteurs utilisée, mais également par une plus grande efficacité de ces facteurs mesurée par leur productivité. Lorsque l'on évalue la contribution de la productivité à la croissance économique on prend en compte la productivité globale des facteurs (PGF).

> **MOT CLÉ**
> La PGF mesure l'efficacité de la combinaison productive. Elle est un indicateur du progrès technique.

• Dans les pays industrialisés, la PGF contribue à plus de la moitié de la croissance économique. De plus, on peut mettre en évidence une évolution parallèle du PIB et de la contribution de la PGF à la croissance (document 1).

2. Le progrès technique favorise les gains de productivité

• On observe une corrélation entre l'évolution de la croissance économique et celle de la productivité horaire du travail dans les pays de l'OCDE. Ainsi, en France, au cours de la seconde moitié des années 1990, la reprise de la croissance suit, avec une intensité plus forte, la hausse de la productivité horaire du travail (document 2).

• Ce sont principalement les innovations de procédé qui expliquent les gains de productivité du travail. Par exemple, les nouvelles technologies de l'information et de la communication favorisent la hausse de l'efficacité du facteur de production travail et ont donc un effet positif sur la croissance économique.

> **MOT CLÉ**
> Les innovations de procédé correspondent à de nouvelles méthodes de production qui augmentent la productivité.

II. Le progrès technique crée des externalités positives

1. La diffusion du progrès technique dans l'économie

• Dans un système concurrentiel, les innovations se diffusent dans l'économie. Elles sont, le plus souvent, protégées par un brevet donnant à l'entreprise innovatrice une situation de monopole. Pour devenir concurrentielles, les autres entreprises sont incitées à accroître leurs investissements en recherche et développement (R&D). Elles peuvent y être encouragées par les dépenses des administrations (document 3).

> **MOT CLÉ**
> Une externalité positive représente les effets positifs d'une action économique sur un agent économique sans que celui-ci en paie le prix.

• Les gains de productivité découlant du progrès technique peuvent être répartis entre une baisse des prix et une hausse des salaires. L'augmentation du pouvoir d'achat a des effets positifs sur la demande, ce qui a pour conséquence d'accélérer la croissance économique.

2. Le progrès technique améliore la qualité de l'emploi

• Le processus d'innovation, pour être efficace, nécessite une hausse de la qualification des salariés et plus généralement une amélioration du capital humain. Ainsi, depuis quelques années, la principale innovation touche au numérique. Ce secteur embauche de plus en plus de salariés qualifiés avec des salaires relativement élevés (document 4).

> **MOT CLÉ**
> Le capital humain désigne l'ensemble des capacités physiques et intellectuelles des actifs occupant un emploi.

• La hausse des qualifications profite à l'ensemble et constitue donc une externalité positive de l'économie grâce aux gains de productivité et à la hausse de la demande liée à des salaires plus élevés. Ainsi, la croissance économique est un phénomène endogène car elle favorise le progrès technique lui-même facteur de croissance.

Conclusion

[bilan] Le progrès technique constitue le principal facteur de la croissance économique. Grâce à lui les facteurs de production sont plus efficaces et les gains de productivité permettent de produire plus avec autant, voire moins, de quantités de facteurs de production. Le progrès technique induit des externalités positives car il incite les entreprises et les pouvoirs publics à intensifier leur effort de recherche et développement et à créer des emplois plus qualifiés. Ces externalités favorisent la hausse de la demande et l'accélération de la croissance. [ouverture] Cependant, ces effets positifs du progrès technique ne risquent-ils pas de créer des déséquilibres limitant la croissance, notamment l'aggravation des inégalités ?

Facteurs de production et croissance économique

4 heures
20 points

INTÉRÊT DU SUJET • La chute de la production provoquée par la Covid-19 et les effets sociaux de cette baisse impliquent de se pencher sur les sources de la croissance afin de favoriser une reprise de l'activité la plus rapide possible.

Les facteurs travail et capital sont-ils suffisants pour expliquer la croissance ?

DOCUMENT 1 Contribution en point de pourcentage à la croissance du PIB en 2017

	PIB (en %)	Heures travaillées totales[1]	Capital	Productivité globale des facteurs
France	2,2	– 0,1	0,7	1,6
Grèce	1,5	1,5	– 0,2	0,2
Corée du Sud	3,1	– 0,9	1,4	2,6
Allemagne	2,4	0,8	0,4	1,2
États-Unis	2,1	0,8	0,6	0,7

Source : d'après OCDE, 2019

1. Les heures travaillées correspondent au facteur travail.

DOCUMENT 2 L'intensité de la recherche et développement dans les pays de l'OCDE

L'intensité de la recherche et développement (R&D) (dépenses de R&D en pourcentage du produit intérieur brut, PIB) dans la zone OCDE[1] est passée de 2,34 % en 2017 à 2,38 en 2018. […]

Cette hausse […] a été tirée par une croissance réelle plus rapide des dépenses de R&D (+ 3,9 %) par rapport au PIB (+ 2,3 %). La zone OCDE n'a pas connu de croissance comparable des dépenses de R&D sur une période de deux ans depuis avant la crise financière mondiale de 2008. La croissance de l'intensité de la R&D était généralisée dans la majorité des pays de l'OCDE en 2018, les États-Unis, le Japon, l'Allemagne et la Corée représentant une grande partie de cette augmentation […]. L'intensité de R&D dans la zone UE 28[2] a dépassé pour la première fois le seuil de 2 %, passant de 1,98 % à 2,03 %, en grande partie en raison des tendances en Allemagne, au Royaume-Uni et en Pologne. Israël et la Corée ont affiché les niveaux d'intensité de R&D les plus élevés parmi les pays de l'OCDE en 2018, à 4,9 % et 4,5 % du PIB. Les dépenses réelles de R&D dans la zone OCDE ont augmenté de 3,9 % en 2018, principalement sous l'effet du comportement des entreprises en matière de performance en matière de R&D, qui a représenté plus de 75 % de cette croissance. […]

La position de la Chine en tant que deuxième producteur mondial de R&D est confirmée pour 2018.

Source : OCDE, 2020.

1. L'Organisation de coopération et de développement économiques réunit 37 pays en 2020, la plupart développés avec un système politique démocratique et une économie de marché.
2. L'UE 28 désigne l'ensemble des 28 membres de l'Union européenne entre 2013 et 2020.

S'ENTRAÎNER

DOCUMENT 3 **Indicateurs[1] de gouvernance[2] mondiaux en 2018**

	Norvège	Haïti	Allemagne	Chine
Lutte contre la corruption	2,1	– 1,3	1,9	– 0,3
Qualité de la réglementation	1,8	– 1,2	1,8	– 0,2
État de droit (respect des règles, compétences de la police et de la justice…)	2	– 1	1,6	– 0,2
Efficacité des pouvoirs publics (application de politiques favorables au développement…)	1,9	– 1,9	1,6	0,5

	Norvège	Haïti	Allemagne	Chine
Stabilité politique et absence de violence/terrorisme	1,1	– 0,6	0,6	– 0,3
Voix[3] et responsabilisation (sélection des gouvernants par les citoyens, liberté d'expression…)	1,7	– 0,7	1,4	– 1,4

Source : D'après Banque mondiale, données 2019.

1. Les indicateurs de la Banque mondiale varient de – 2,5 à 2,5 : plus la valeur est élevée, plus la gouvernance peut favoriser le développement.
2. Selon la Banque mondiale, la « bonne gouvernance est la manière avec laquelle le pouvoir est exercé dans la gestion publique des ressources économiques et sociales en vue du développement ». Elle se mesure par les six indicateurs du tableau.
3. Prise de parole citoyenne.

DOCUMENT 4 Les dépenses intérieures pour l'éducation (DIE) en France

	1980	2018 p
DIE en milliards d'euros	77,7	157,2
DIE/PIB (en %)	7,5	8,7
Dépense moyenne par élève (en euros)	4 770	8 810
Structure du financement (en %)		
État	67,90	57,40
Collectivités territoriales	14,30	23,40
Autres administrations publiques et Caisses d'allocations familiales	0,40	2,90
Entreprises	6,70	8,50
Ménages	10,70	7,80

Source : D'après *L'État de l'école 2019*, ministère de l'Éducation nationale, de la jeunesse et des sports, novembre 2019.

Note : 2018 p : données provisoires.
Champ : France métropolitaine + DOM.

LES CLÉS DU SUJET

Analyser la consigne et dégager une problématique

Analyse du sujet

- **facteur travail** : Facteur de production représenté par les actifs occupant un emploi.
- **facteur capital** : Facteur de production constitué par les moyens de production.
- **suffisants** : D'autres facteurs peuvent expliquer le phénomène étudié.
- **expliquer** : Revient à analyser les causes du phénomène étudié.
- **croissance** : Augmentation des richesses créées dans une économie, mesurée par le taux de croissance du produit intérieur brut (PIB) réel.

• **Problématique.** La formulation du sujet incite à montrer que la contribution des facteurs travail et capital n'est pas suffisante pour expliquer la croissance économique car celle-ci a d'autres sources.

Exploiter les documents

• **Document 1.** Le tableau statistique permet de mesurer le poids des différents facteurs contribuant à la **croissance économique** dans cinq pays développés. Quelles sont les principales contributions à la croissance ? Qu'est-ce que la productivité globale des facteurs (PGF) ?

• **Document 2.** Ce texte porte sur l'évolution de l'intensité en **recherche et développement** (R&D) dans un certain nombre de pays de l'OCDE et en Chine. Comment évolue l'intensité en R&D ? Quels sont les effets sur la croissance économique ?

• **Document 3.** Les données du tableau touchent à la **gouvernance** de deux pays développés (Norvège et Allemagne), d'un pays émergent (Chine) et d'un pays pauvre (Haïti). Dans quels pays les indicateurs de gouvernance sont-ils les plus élevés ? Quelles relations entre ces indicateurs et la croissance économique ?

• **Document 4.** Les données du document permettent d'étudier l'évolution des **dépenses intérieures pour l'éducation** (DIE) en France entre 1980 et 2018. Comment évoluent les DIE en France ? Quels en sont les effets sur la croissance ?

Définir le plan

I. Le rôle des facteurs de production dans la croissance	• Quelle est la contribution du facteur travail dans la croissance (document 1) ? • Quelle est la contribution du facteur capital dans la croissance (document 1) ?
II. Les autres facteurs de la croissance	• Comment la productivité favorise-t-elle la croissance (documents 1 et 2) ? • Quel rôle jouent les institutions dans la croissance (documents 3 et 4) ?

12 CORRIGÉ GUIDÉ

Les titres des parties ne doivent pas figurer sur votre copie.

Introduction

[accroche] Les confinements provoqués par la Covid-19 ont provoqué une forte baisse du PIB dans un grand nombre de pays en 2020. La question de la reprise de la croissance, et de ses facteurs, se pose en 2021 alors que la pandémie est toujours présente. [présentation du sujet] Une partie de la réponse tient aux facteurs capital et travail, mais ceux-ci sont-ils suffisants pour expliquer la croissance ? Comme facteurs combinés dans le processus de production, le travail est représenté par les actifs occupant un emploi et le capital est constitué par les moyens de production. La croissance économique est l'augmentation soutenue et durable des richesses créées dans une économie mesurée par le taux de croissance du produit intérieur brut (PIB) réel. [problématique] Peut-on mettre en évidence d'autres facteurs que le travail et le capital pour expliquer la croissance économique ? [annonce du plan] Pour répondre à cette question, il faut d'abord montrer comment les facteurs travail et capital contribuent à la croissance, puis que d'autres facteurs doivent être mis en évidence.

> **▶ Le secret de fabrication**
> Si la formulation du sujet incite à s'intéresser à d'autres facteurs explicatifs de la croissance économique, vous ne pouvez pas faire l'impasse sur la contribution du travail et du capital à cette croissance, lesquels doivent faire l'objet de votre première partie.

I. La contribution des facteurs de production à la croissance

1. La contribution du facteur travail

• L'augmentation du nombre d'heures travaillées favorise la croissance économique. En effet, l'activité d'une économie nationale peut être représentée par une fonction de production qui établit une relation entre les quantités de facteurs de production travail et capital utilisées en fonction des techniques de production et le niveau de la production. Ainsi, si la quantité de travail augmente, la croissance économique s'en trouve accélérée.

• Cependant, selon l'Organisation de coopération et de développement économiques (OCDE), la contribution du travail à la croissance est, en 2017, différente selon les pays (document 1). Ainsi, elle est négative pour la France et la Corée du Sud alors qu'elle est positive pour l'Allemagne, les États-Unis, et surtout pour la Grèce où le travail fait augmenter la croissance de 1,5 point de pourcentage. Ces différences peuvent s'expliquer par des niveaux de productivité du travail différents suivant les pays.

2. La contribution du facteur capital

• Le capital est composé des moyens de production utilisés dans le processus de production. Son volume dépend de l'investissement. On constate l'effet positif du facteur capital dans la croissance sauf pour la Grèce. De plus, le pays ayant la plus forte croissance en 2017, la Corée du Sud, est également celui où le capital constitue la plus forte contribution à cette croissance (document 1).

À NOTER
Pour l'investissement dans les moyens de production, on parle de formation brute de capital fixe (FBCF).

• L'investissement en capital permet également d'utiliser des machines incorporant des innovations. Depuis les années 1980, les progrès des nouvelles technologies de l'information et de la communication (NTIC) améliorent l'efficacité du capital et favorisent la croissance économique.

II. Les autres sources de la croissance

1. La productivité globale des facteurs

• Les facteurs travail et capital ne sont pas les seules sources de la croissance économique. En France et en Corée du Sud par exemple, la productivité globale des facteurs (PGF) explique plus de la moitié de la croissance (document 1). La PGF est un indicateur de l'efficacité des facteurs de production mesurée par le rapport entre la production et le volume des facteurs de production utilisés.

S'ENTRAÎNER

• La progression de la PGF est liée au progrès technique. Celui-ci trouve son origine dans les innovations, de produits ou surtout de procédé, qui améliorent l'efficacité des facteurs de production. Ces innovations ont comme point de départ des inventions, résultats de la recherche et développement (R&D). Dans les pays de l'OCDE, l'intensité en R&D a augmenté entre 2017 et 2018. C'est également le cas pour la Chine (document 2).

2. L'État et les institutions du marché

• Le processus d'innovation, pour être efficace, nécessite une hausse de la qualification des salariés et plus généralement d'une amélioration du capital humain. L'État et les collectivités territoriales participent à cette amélioration en France en finançant un peu plus de 80 % des dépenses intérieures d'éducation (DIE), et celles-ci ont plus que doublé entre 1980 et 2018 (document 4).

MOT CLÉ
Le capital humain désigne l'ensemble des capacités physiques et intellectuelles des actifs occupant un emploi.

• La croissance économique nécessite une bonne gestion des ressources dont dispose un pays. Cette gestion implique des institutions, comme l'existence d'un État de droit, qui déterminent une plus ou moins bonne gouvernance « en vue du développement » (document 3). Or, on peut constater que plus les indicateurs de gouvernance sont élevés, plus le pays est développé. On peut toutefois nuancer cette relation avec l'exemple de la Chine qui a une mauvaise gouvernance, sauf concernant l'efficacité des pouvoirs publics, et une croissance élevée (document 3).

Conclusion

[bilan] Les facteurs de production travail et capital contribuent à la croissance économique. Un accroissement du volume de facteur travail grâce à une augmentation du nombre d'heures travaillées accélère la croissance ainsi qu'une hausse de la productivité du travail. L'investissement favorise l'accumulation de capital, augmentant le volume de ce facteur et améliorant la qualité des biens utilisés dans le processus de production. Cependant, il reste une part non expliquée de la croissance que l'on peut attribuer à la productivité globale des facteurs qui est un indicateur de l'efficacité des facteurs de production liée au progrès technique, résultat d'innovations. Celles-ci impliquent un effort de formation pris en charge, en grande partie, par l'État. Celui-ci, en tant qu'institution, doit respecter les règles d'une bonne gouvernance. [ouverture] La question qui se pose en 2021 est de savoir si ces facteurs contribuant à la croissance économique seront suffisants pour relancer l'économie mondiale après le choc de la pandémie de Covid-19.

Les instruments de la régulation financière

30 min
4 points

INTÉRÊT DU SUJET • Ce sujet permet d'aborder les notions essentielles du programme : la régulation du système financier et l'aléa moral des banques.

▶ Quels sont les principaux instruments de régulation pour réduire l'aléa moral des banques ?

LES CLÉS DU SUJET

Définir les mots clés

- Les **instruments de régulation** concernent les mesures prises par les pouvoirs publics afin d'éviter le retour des crises financières.
- Le fait que les banques prennent des risques inconsidérés sur le marché car elles sont certaines d'être secourues en cas de crise est qualifié d'**aléa moral des banques**.

Structurer la réponse

- Dans un premier temps, vous devez présenter les **mesures** prises pour limiter les activités spéculatives des banques, puis dans un second temps, la mise en place de la **supervision bancaire**.
- La réponse nécessite de définir les **mots clés** en introduction et de présenter **chaque mesure** dans une partie distincte.

13 CORRIGÉ GUIDÉ

Les titres de parties ne doivent pas figurer sur votre copie.

Introduction

Pour éviter le retour des crises financières, les pouvoirs publics mettent en œuvre des mesures de régulation. Pour les banques, il s'agit essentiellement de réduire l'aléa moral, c'est-à-dire une prise de risque inconsidérée de leur part, car elles sont certaines d'être secourues en cas de crise.

CONSEIL
Définissez les mots clés du sujet dans l'introduction.

On peut mettre en évidence deux types de mesures de régulation : celles qui limitent les activités spéculatives des banques et celles concernant la supervision bancaire.

Développement

- Même s'il est quasiment impossible de faire disparaître totalement la spéculation, un certain nombre de réformes concernant le système bancaire sont mises en place pour mieux contrôler l'activité bancaire. Ces réformes réalisent une séparation plus nette entre les activités de financement des banques et leurs activités spéculatives. Ainsi, l'épargne des ménages est mieux protégée.
- Pour réduire la situation d'aléa moral des banques, le système nécessite d'être contrôlé par un organisme indépendant dans le pays d'origine des banques (l'Autorité de contrôle prudentiel et de résolution en France) mais également au niveau européen. C'est l'objectif de la supervision bancaire, notamment le Mécanisme de surveillance unique (MSU). Ce mécanisme permet d'empêcher la propagation des difficultés que pourrait connaître une banque européenne à l'ensemble des autres banques de l'Union européenne.

Conclusion

Pour éviter les crises bancaires, les pouvoirs publics ont pris des mesures de régulation. Des réformes ont été mises en place pour limiter la spéculation des banques et un mécanisme de surveillance des banques a été créé au niveau européen.

Les indicateurs de la crise des années 1930

1 heure
6 points

INTÉRÊT DU SUJET • Ce sujet porte sur l'évolution d'indicateurs de la crise de l'économie réelle aux États-Unis après le krach boursier d'octobre 1929.

DOCUMENT **Les principaux indicateurs de la crise des années 1930 aux États-Unis**

	1929	1930	1931	1932
Production industrielle (100 en 1928)	111	96 (a)	78 (b)	**54 (c)**
Indice des prix (100 en 1926)	95,3	86,4	73	64
Taux de chômage (%)	3,1	8,8	16,1	24

Source : Charles Ambrosi, Maurice Baleste, Max Tacel, *Économie contemporaine*, tome 1, Paris, Delagrave, 1990.

(a) : novembre 1929.
(b) : février 1931.
(c) : avril 1932.

▶ **1.** Que signifie la valeur en gras ?

▶ **2.** Mettez en évidence l'évolution des principaux indicateurs de l'économie réelle lors de la crise des années 1930 aux États-Unis.

LES CLÉS DU SUJET

Définir les mots clés

- Les indicateurs du tableau sont ceux de l'**économie réelle.** La production industrielle représente la production de biens matériels en utilisant les facteurs de production travail et capital. L'indice des prix est une mesure de l'inflation définie comme une hausse durable et générale des prix. Le taux de chômage est la part des actifs sans emploi et recherchant un emploi par rapport à l'ensemble des actifs.
- La **crise des années 1930** est la crise que connaît l'économie au cours des années 1930 après le krach boursier de Wall Street en octobre 1929.

Comprendre le document

- Les données du document permettent de mesurer l'**évolution** d'indicateurs de l'économie réelle aux États-Unis entre 1929 et 1932.
- Les données du tableau n'ont **pas la même unité**. La production industrielle et l'indice des prix sont des indices, base 100 en 1928 pour la production industrielle et en 1926 pour l'indice des prix. Le taux de chômage est en %.

Structurer la réponse à la seconde question

- Dans un premier temps, étudiez l'évolution de la **production industrielle** entre 1929 et 1932.
- Dans un second temps, étudiez l'évolution de l'**inflation** et du **taux de chômage** au cours de la période considérée.

14 CORRIGÉ GUIDÉ

▶ **1.** Selon l'*Économie contemporaine*, la production industrielle aux États-Unis en 1932 était à l'indice 54 pour un indice 100 en 1928. La production industrielle a donc baissé de **46 %** entre 1928 et 1932.

CONSEIL
Pour comprendre les données d'un document statistique, il faut bien analyser le titre et les unités du document. Un indice mesure une évolution par rapport à une année de référence dont la valeur est 100 (sans unité).

▶ **2.** *Les titres de parties ne doivent pas figurer sur votre copie.*

Introduction

La crise mondiale des années 1930 a commencé par un krach boursier aux États-Unis en octobre 1929. Dès le début des années 1930, la crise financière s'est diffusée à l'économie réelle.

Le document illustre cette crise aux États-Unis par l'évolution de la production industrielle, puis celle des prix et du chômage.

Développement

- La production industrielle représente la production de biens matériels en utilisant les facteurs de production travail et capital. Après le krach boursier d'octobre 1929, la production industrielle baisse de 57 points entre 1929 et 1932 alors qu'en 1929 cette production avait augmenté de 11 % par rapport à 1928. La baisse de la production industrielle s'accélère entre 1929 et 1932.
- L'évolution de l'indice des prix au cours de la période étudiée suit celle de la production industrielle. L'indice des prix diminue de 31,3 points entre 1929 et 1932.
- Quant au taux de chômage, c'est-à-dire la part des actifs sans emploi et recherchant un emploi par rapport à l'ensemble des actifs, il est multiplié par 8 environ.

CONSEIL
Utilisez les données statistiques les plus pertinentes du document.

Conclusion

Après le krach boursier d'octobre 1929, les indicateurs de l'économie réelle se dégradent fortement entre 1929 et 1932. C'est notamment le cas de la production industrielle. L'indice des prix baisse également alors que le taux de chômage augmente.

S'ENTRAÎNER

15 Raisonnement

Régulation financière et crises financières

2 h 30
10 points

INTÉRÊT DU SUJET • Ce sujet permet d'aborder une question clé du programme, celle de la régulation financière et de son efficacité à éviter le retour des crises financières.

Vous montrerez comment la régulation financière peut limiter les risques de crises financières.

DOCUMENT 1 La loi bancaire de juillet 2013

Fin juillet 2013, la loi de régulation et de séparation des activités bancaires a finalement été adoptée au terme de six mois d'échanges entre députés et sénateurs. Dans son premier volet, elle vise à isoler les opérations spéculatives des banques, à renforcer les pouvoirs des autorités de contrôle, à encadrer les rémunérations des dirigeants et des *traders* et à lutter contre l'évasion fiscale et le blanchiment des capitaux.

[…] les activités spéculatives d'une banque réalisées pour son propre compte, sans utilité pour le financement de l'économie et sans lien avec les clients, devront être cantonnées dans une filiale séparée. Cette dernière se verra appliquer un certain nombre de mesures destinées à prévenir toute transmission de risques à l'ensemble du groupe bancaire (interdiction de recevoir des dépôts par exemple).

[…] pour prévenir les risques systémiques sur les marchés financiers, la loi instaure la création du Haut conseil de stabilité financière. […] cette instance pourra imposer à certains établissements bancaires de relever leurs fonds propres pour faire face à des risques supplémentaires.

Source : « Régulation : ce qu'il faut retenir de la loi bancaire », lafinancepourtous.com, 24 juillet 2013.

DOCUMENT 2 **Évolution du ratio de solvabilité et des fonds des principales banques françaises**

	2008	2009	2010	2011	2012	2013	2014	2015	2017
Fonds propres (en milliards d'euros)	132	161	181	198	225	240	253	275	306
Ratio de solvabilité (en %)	5,8	7,1	7,9	8,4	9,7	10,9	11,8	12,6	13,8

Source : d'après Acpr.banque-france.fr.

DOCUMENT 3 **La supervision bancaire par la Banque centrale européenne**

Entré en vigueur en novembre 2014, le Mécanisme de surveillance unique [MSU] repose sur une supervision intégrée des établissements de crédit de la zone euro. Ce système intégré permet à la BCE [Banque centrale européenne] et aux autorités compétentes nationales (ACN), dont l'ACPR[1], d'assurer un contrôle plus cohérent et plus fin sur le secteur bancaire européen, sur la base d'une réglementation, d'une approche et de procédures communes. Si la réglementation est désormais largement commune pour l'ensemble de l'Union européenne [...], la supervision unique s'exerce au sein de la zone euro. [...]

Dans le cadre du MSU, la BCE peut prendre des décisions contraignantes à l'encontre des établissements supervisés : détermination de l'importance de l'établissement, fixation des exigences de fonds propres, appréciation de l'honorabilité et de la compétence des dirigeants, validation des homologations ou rachats d'instruments de fonds propres, imposition de mesures ou de sanctions...

La BCE est en outre compétente pour l'octroi ou le retrait de l'agrément d'établissement de crédit et la validation des acquisitions de participations qualifiées pour l'ensemble des établissements de la zone.

Source : Acpr.banque-france.fr.

1. ACPR : Autorité de contrôle prudentiel et de résolution. Elle a pour fonction de contrôler les secteurs de la banque et de l'assurance en France.

LES CLÉS DU SUJET

Analyser les termes du sujet et mobiliser ses connaissances

Analyse du sujet

vous montrerez
On vous demande d'expliquer comment les crises financières peuvent être, en partie, évitées grâce à la régulation.

régulation financière
Ensemble de mesures prises par les pouvoirs publics pour éviter les crises financières.
Elles s'articulent autour de deux axes principaux :
- le contrôle du système financier ;
- la réglementation du système financier.

crises financières
Chute des prix des actifs financiers ainsi que défaillance d'institutions financières et non financières.

Exploiter les documents

- **Document 1.** Ce texte porte sur la loi Moscovici (ministre français de l'Économie et des Finances entre 2012 et 2014), qui a pour objectif de renforcer le **contrôle de l'activité des banques** afin de réduire l'aléa moral caractérisant le système bancaire. Le texte fournit un exemple de régulation financière : il présente des mesures prises pour limiter la spéculation à l'origine des crises financières.
- **Document 2.** Ce tableau statistique permet de constater l'augmentation des fonds propres des banques françaises ainsi que l'accroissement de leur ratio de solvabilité entre 2008 et 2017. Ce document permet de mesurer les effets d'une autre forme de régulation, l'application de **règles prudentielles**, pour limiter les crises financières.
- **Document 3.** Ce texte porte sur le **Mécanisme de supervision unique** (MSU) qui consiste à contrôler les banques européennes afin d'éviter que la faillite d'une banque au sein de la zone euro entraîne la faillite de l'ensemble du système bancaire de cette zone. La Banque centrale européenne (BCE) est chargée de ce contrôle.

Définir les arguments

Argument 1	La régulation financière peut limiter les risques de crise financière par le contrôle de la finance (documents 1 et 3).
Argument 2	La régulation financière peut limiter les risques de crise financière par la réglementation de la finance (document 2).

15 CORRIGÉ GUIDÉ

Les titres de parties ne doivent pas figurer sur votre copie.

Introduction

Les crises financières désignent la chute des prix des actifs financiers ainsi que la défaillance d'institutions financières et non financières. Elles ont des effets négatifs sur l'économie réelle, comme le montrent les crises de 1929 et de 2008. C'est pourquoi les pouvoirs publics doivent réguler le système financier, c'est-à-dire mettre en œuvre des mesures destinées à limiter ces crises. Nous montrerons que le risque de crise peut être limité grâce au contrôle du système financier, d'une part, et à la réglementation, d'autre part.

I. Le contrôle du système financier

> ▶ **Le secret de fabrication**
>
> Pour montrer comment la régulation peut limiter les risques de crises, commencez par expliquer en quoi le système financier est incapable de s'autoréguler.

- La répétition des crises financières montre que le marché financier est incapable de s'autoréguler. En effet, la spéculation, notamment celle des banques, engendre l'instabilité des marchés financiers, instabilité caractérisée par d'importantes fluctuations sur les marchés bancaires et financiers.
- Pour mieux contrôler l'activité des banques, la loi Moscovici votée en 2013 en France a réformé le système bancaire en imposant une séparation plus nette entre les activités de financement des banques et leurs activités spéculatives (document 1).
- Au niveau européen, un Mécanisme de supervision bancaire unique est mis en place pour empêcher que les difficultés pouvant être rencontrées par une banque européenne ne se propagent à l'ensemble des banques dans les différents pays de l'Union européenne. C'est la Banque centrale européenne qui a la responsabilité de cette supervision (document 3).

S'ENTRAÎNER

II. La réglementation du système financier

• Le rôle essentiel des banques dans l'économie est à l'origine d'un phénomène d'aléa moral : les banques prennent des risques, car elles sont assurées d'être renflouées par les pouvoirs publics en cas de crise. Pour réduire cet aléa moral, la régulation va consister à établir des règles prudentielles qui définissent des ratios de solvabilité pour obliger les banques à accroître leurs fonds propres. Ainsi, pour les banques françaises, le ratio de solvabilité est passé de 5,8 % en 2008 à 13,8 % en 2017, alors que leurs fonds propres étaient multipliés par 2,3 environ (document 2).

CONSEIL
Pensez à faire des calculs à partir des données statistiques des documents. Ici, le calcul d'un coefficient multiplicateur pour le ratio de solvabilité est : 13,8/5,8 = 2,3.

• La régulation vise également à garantir une plus grande transparence des marchés. Celle-ci doit être assurée par l'action des agences de notation dont le rôle est d'évaluer les risques de non-remboursement que présentent les emprunteurs. L'Union européenne a décidé en 2012 d'encadrer l'activité des agences de notation pour éviter les conflits d'intérêts. En effet, ces agences étant rémunérées par les sociétés dont les risques étaient évalués, elles avaient tendance à minimiser les risques de ceux qui les rétribuaient.

MOT CLÉ
On parle de conflit d'intérêts lorsqu'une institution ne peut assurer sa mission d'une manière objective.

Conclusion

Depuis la crise financière de 2008, les pouvoirs publics ont instauré de nouvelles mesures de régulation du système financier aux niveaux national et européen. Pour limiter la spéculation et les prises de risque par les banques, le contrôle et la réglementation ont été renforcés. Les activités spéculatives des banques sont mieux séparées de leurs activités de financement, et un mécanisme de supervision bancaire unique a été créé au niveau européen. De nouvelles règles prudentielles ont été définies et la mission des agences de notation a été encadrée.

L'instabilité financière

4 heures
20 points

INTÉRÊT DU SUJET • L'instabilité financière est la principale caractéristique du système financier. L'expliquer est donc une question essentielle du programme.

Comment expliquer l'instabilité financière ?

DOCUMENT 1 La crise des tulipes

De 5 200 guilders[1] en 1636, le prix d'un seul bulbe de Semper Augustus[2] passa à 10 000 guilders en janvier 1637 […] soit l'équivalent de 102 000 euros aujourd'hui.

Il est vrai que la rareté de cette fleur justifiait que, dans le cadre d'un marché porteur, son prix soit bien plus élevé que celui des autres fleurs. Mais on a du mal à le considérer comme normal, c'est-à-dire comme reflétant uniquement l'état de rareté de la fleur […]. Car le niveau de prix atteint n'avait plus la moindre signification économique et sociale. […] avec 3 000 guilders on pouvait à l'époque acheter à la fois huit porcs gras, quatre veaux gras, douze moutons, vingt-quatre tonnes de blé, quarante-huit tonnes d'orge, deux barriques de vin, quatre barils de bière, deux tonnes de beurre, mille livres de fromage, une timbale d'argent, un lot d'habits, un lit avec matelas et literie et un bateau en prime ! La course à l'innovation battait son plein pour tenter de créer des fleurs aux couleurs rares, ce qui donna par exemple lieu à des promesses de récompense pour celui qui pourrait produire une tulipe noire, dont le prix aurait sans doute pu dépasser celui de la Semper Augustus.

Source : Christian Chavagneux, *Une brève histoire des crises financières. Des tulipes aux subprimes*, Éditions La Découverte, 2011.

1. Guilders : unité monétaire des Provinces-Unies.
2. Semper Augustus : variété de tulipe aux pétales blancs et roses.

DOCUMENT 2 Évolution à long terme des rythmes de croissance (taux annuel moyen en %)

	PIB par tête à prix constants	
	1870-1913	1913-1929
Royaume-Uni	1,0	0,3
Allemagne	1,6	0,8
France	1,5	1,5
États-Unis	2,0	1,7

Source : D'après Jean-Charles Asselain, *Histoire économique du xxe siècle. La montée de l'État (1914-1939)*, Presses de Sciences Po & Dalloz, 1995.

DOCUMENT 3 Évolution du prix de l'immobilier entre 1997 et 2007 (en %)

	1997-2007
États-Unis	171
France	139
Espagne	189
Royaume-Uni	211

Source : D'après André Orléan, *De l'euphorie à la panique : penser la crise financière*, Éditions Rue d'Ulm, 2009.

LES CLÉS DU SUJET

Analyser la consigne et dégager une problématique

Analyse du sujet

comment expliquer
On vous demande d'analyser les mécanismes du système financier qui l'empêchent d'atteindre un équilibre stable.

instabilité financière
Mouvements erratiques des variables financières, comme les cours boursiers ou, plus généralement, la valeur des actifs sur le marché financier.

• **Problématique.** Quelles sont les caractéristiques du marché financier qui l'empêchent de conserver un équilibre stable ?

Exploiter les documents

• **Document 1.** Ce texte décrit la spéculation sur les tulipes dans les Provinces-Unies (aujourd'hui les Pays-Bas) au XVIIe siècle. Il met en évidence le **caractère irrationnel de la spéculation.**

• **Document 2.** Les données statistiques du document 2 permettent de comparer les taux de croissance de quatre pays (Royaume-Uni, Allemagne, France, États-Unis) au cours de la période 1873-1929. On remarque l'**accélération de la croissance** de ces pays durant les années 1920, accélération qui peut en partie expliquer la forte hausse des cours boursiers avant le krach d'octobre 1929.

• **Document 3.** Les données statistiques du document 3 mettent en évidence la **très forte hausse des prix de l'immobilier** dans quatre pays (États-Unis, France, Espagne, Royaume-Uni) avant la crise des *subprimes* en 2007-2008, l'immobilier constituant le collatéral des crédits *subprimes*.

Définir le plan

I. L'instabilité structurelle du système financier	• Expliquez en quoi consiste la spéculation. Qu'est-ce qu'une bulle spéculative ? (documents 1 et 2) • Étudiez les asymétries d'information. Quelles sont leurs conséquences sur le système financier ? (document 3)
II. L'insuffisance de la régulation du système financier	• Abordez le processus de déréglementation qui s'est produit à partir des années 1980. Quelles en ont été les conséquences sur l'activité spéculative ? • Étudiez le contrôle des institutions financières. Quel rôle les agences de notation jouent-elles ? Quel problème posent les paradis fiscaux ?

S'ENTRAÎNER

16 CORRIGÉ GUIDÉ

Les titres de parties ne doivent pas figurer sur votre copie.

Introduction

[accroche] La crise des *subprimes*, en 2008, a confirmé l'instabilité du système financier constatée depuis les années 1980. [présentation du sujet] Comment expliquer cette instabilité qui se manifeste par une importante volatilité des cours des titres financiers et par des crises financières récurrentes ? [problématique] Expliquer l'instabilité financière revient à mettre en évidence les caractéristiques du système financier qui l'empêchent de conserver un équilibre stable. [annonce du plan] Pour répondre à cette problématique, il faut d'abord insister sur l'instabilité structurelle du système financier, puis sur le manque de régulation de ce système.

I. L'instabilité structurelle du système financier

> ▶ **Le secret de fabrication**
> Pour comprendre l'instabilité financière, il faut commencer par expliquer le fonctionnement du marché financier.

1. Un marché dominé par les comportements spéculatifs

• La spéculation consiste à acheter des actifs pour les revendre à un prix plus élevé. Lorsque le prix des actifs, notamment les actifs financiers, augmente de manière excessive par rapport à leur valeur réelle, il se forme une bulle spéculative. Le marché des tulipes dans les Provinces-Unies au XVIIe siècle est une bonne illustration de la formation d'une bulle (document 1).

• La bulle se forme en période de confiance dans l'économie, confiance alimentée par l'accélération de la croissance économique et la hausse des profits des entreprises. Ce fut le cas au cours des années 1920, avant le krach boursier de Wall Street en octobre 1929 (document 2). Spéculant sur la hausse de la valeur des actifs, de plus en plus d'investisseurs acquièrent ces titres, ce qui a pour effet d'augmenter la valeur de ces actifs sur le marché financier.

• Un événement économique comme la hausse des taux d'intérêt modifie les anticipations des investisseurs qui revendent leurs actifs, provoquant une baisse brutale de leur valeur. Dès lors, la bulle éclate lorsque les cours s'effondrent. Le comportement irrationnel des investisseurs s'explique par leurs comportements « mimétiques » rendant le système financier instable.

> **MOT CLÉ**
> En économie, on considère qu'un agent économique a un comportement irrationnel lorsqu'il n'utilise pas au mieux les ressources dont il dispose pour atteindre son objectif (maximum de profit ou de plaisir).

2. Un marché caractérisé par des asymétries d'informations

• L'asymétrie d'information est la situation du marché pour laquelle tous ses acteurs n'ont pas la même information. Par exemple, lors de la crise des *subprimes*, la titrisation des crédits *subprimes* a entraîné des asymétries d'information entre offreurs et demandeurs de capitaux : ceux qui ont acquis les titres adossés aux crédits *subprimes* n'ont pas eu connaissance des risques encourus.

• L'aléa moral est une forme d'asymétrie d'information concernant les banques. En effet, celles-ci prennent des risques car elles sont assurées d'être renflouées par les pouvoirs publics en cas de panique bancaire. Ainsi, la hausse des prix de l'immobilier, plus de 171 % aux États-Unis entre 1997 et 2007 (document 3), a encouragé les banques à accorder des crédits *subprimes* sans prendre de garanties suffisantes sur la solvabilité des emprunteurs.

II. L'insuffisance de la régulation du système financier

> ▶ **Le secret de fabrication**
> Le dossier documentaire du sujet ne permet pas d'illustrer la seconde partie du développement. Celle-ci s'appuie donc uniquement sur vos connaissances.

1. L'insuffisance de la réglementation

• À partir des années 1980, le marché financier a connu un processus de déréglementation. Celle-ci consiste à supprimer un certain nombre de règles encadrant les activités financières.

• La déréglementation a encouragé l'activité spéculative des institutions financières, notamment les banques. La séparation entre leur activité traditionnelle d'intermédiaire financier et leurs interventions sur le marché financier pour leur propre profit a alors quasiment disparu.

• Cependant, depuis la crise de 2008, la réglementation a évolué avec le renforcement des règles prudentielles. Celles-ci, définies par le Comité de Bâle, ont notamment pour effet d'obliger les banques à accroître leurs fonds propres.

2. Le manque de contrôle des institutions financières

• La qualité de l'information dont disposent les opérateurs financiers est un déterminant essentiel de la stabilité des marchés. Sur le marché financier, cette transparence est, en principe, favorisée par des agences de notation dont le rôle est d'évaluer les risques que présentent les emprunteurs. Or, ces agences sont rémunérées par les sociétés dont les risques sont évalués. Cette situation implique une sous-évaluation des risques remettant en cause la stabilité financière.

• Une part importante des opérations financières a lieu dans des paradis fiscaux, caractérisés par un faible niveau de taxation et par le secret bancaire. Dès lors, l'existence de ces paradis fiscaux rend presque impossible le contrôle des banques et accroît les probabilités de crises.

• Cependant, des mesures ont été prises, depuis 2008, pour réduire le secret bancaire. Des accords portant sur des échanges d'informations fiscales ont été établis. Les pressions sur les paradis fiscaux se sont accrues, permettant de réduire leur nombre.

MOT CLÉ
Les échanges d'informations fiscales impliquent que les pays établissent la liste des étrangers possédant un compte bancaire sur leur territoire.

Conclusion

[bilan] Ainsi, l'instabilité financière s'explique par des causes structurelles. Les comportements mimétiques des opérateurs financiers manquent de rationalité et favorisent les bulles spéculatives qui finissent par éclater. Les asymétries d'information accroissent l'instabilité du marché financier, notamment la situation d'aléa moral des banques. Les causes structurelles de l'instabilité financière sont renforcées par l'insuffisance de la régulation du marché financier. [ouverture] Depuis la crise des *subprimes*, les gouvernements ont pris des mesures pour mieux réguler le marché financier. La question reste de savoir si cette régulation est suffisante pour éviter le retour des crises financières.

La politique européenne de la concurrence

30 min
4 points

INTÉRÊT DU SUJET • La politique européenne de la concurrence est un sujet d'actualité, notamment avec la volonté de la Commission européenne de limiter le pouvoir économique des GAFA (Google, Apple, Facebook, Amazon).

▶ Quelles sont les caractéristiques de la politique européenne de la concurrence dans le cadre du marché commun ?

LES CLÉS DU SUJET

Définir les mots clés

• La **politique de la concurrence** désigne l'ensemble des institutions et réglementations ayant pour rôle de faire respecter les principes de la concurrence.

• Le marché commun, ou **marché unique**, prévoit la libre circulation des biens, mais également des services, des capitaux et des personnes. L'Acte unique européen, en 1986, instaure définitivement le marché unique à partir de 1993.

Structurer la réponse

• On présentera d'abord les **objectifs** de la politique européenne de la concurrence.

• On explicitera ensuite les **modalités de mise en œuvre** de celle-ci.

17 CORRIGÉ GUIDÉ

Les titres de parties ne doivent pas figurer sur votre copie.

Introduction

La politique de la concurrence désigne l'ensemble des institutions et réglementations destinées à garantir les principes concurrentiels. Cette politique a pour rôle de faire respecter la libre concurrence et de réguler le marché. Au niveau européen, elle s'inscrit dans le cadre du marché unique. Pour caractériser la politique de la concurrence européenne, nous allons d'abord présenter ses objectifs, puis expliquer ses modalités de mise en œuvre.

Développement

• Le principal objectif de la politique de la concurrence européenne est d'assurer le bien-être des consommateurs de l'Union européenne. En effet, la concurrence leur est favorable : elle doit permettre une baisse des prix et une amélioration de la qualité des produits offerts sur le marché.

• La politique européenne de la concurrence vise également à favoriser la compétitivité des entreprises européennes en les encourageant à innover et à être plus efficaces.

À NOTER
L'innovation est un moyen d'accroître la compétitivité hors-prix des entreprises.

• La politique européenne de la concurrence est une compétence exclusive de l'Union européenne et sa mise en œuvre est de la responsabilité de la Commission européenne. Cette politique définit des règles s'appliquant non seulement aux entreprises (interdiction des ententes, des abus de position dominante), mais également aux pouvoirs publics (interdiction des aides de l'État susceptibles de fausser la concurrence).

Conclusion

Afin de favoriser la concurrence dans le cadre du marché unique européen, l'Union européenne met en place une politique de la concurrence. Cette politique doit permettre une concurrence libre et non faussée qui améliore le bien-être des consommateurs et l'efficacité des entreprises. Sa mise en œuvre est de la responsabilité de la Commission européenne.

La situation des finances publiques de pays de l'UE

1 heure
6 points

INTÉRÊT DU SUJET • Le document statistique étudié ici permet de montrer l'évolution contrastée de la situation des finances publiques de quatre pays de la zone euro.

DOCUMENT **Solde public et dette publique dans la zone euro entre 2016 et 2018 (en % du PIB)**

	Solde public			Dette publique		
	2016	2017	2018	2016	2017	2018
Allemagne	0,9	1	1,7	68,5	64,5	**<u>60,9</u>**
Grèce	0,5	0,7	1,1	178,5	176,2	181,1
France	– 3,5	– 2,8	– 2,5	98	98,4	98,4
Italie	– 2,5	– 2,4	– 2,1	131,4	131,4	132,2
Zone euro	– 1,6	– 1	– 0,5	89,2	87,1	85,1

Source : Eurostat.

▶ **1.** Que signifie la valeur en gras soulignée ?

▶ **2.** Mettez en évidence l'évolution des soldes publics et dettes publiques des quatre pays de la zone euro mentionnés dans le tableau.

LES CLÉS DU SUJET

Définir les mots clés

• Le **solde public** est la différence entre les recettes publiques et les dépenses publiques au cours d'une année. Si ce solde est positif, on parle d'excédent public ; si ce solde est négatif, de déficit public.

• La **dette publique** est la dette de l'État. Son évolution annuelle résulte des emprunts de l'État et des remboursements réalisés au cours de l'année.

• La **zone euro** est composée des pays de l'Union européenne ayant adopté l'euro comme monnaie unique.

Comprendre le document

• La source de ce document est **Eurostat**, la principale institution fournissant des statistiques sur l'Union européenne.

• Les données présentées permettent d'évaluer et de comparer l'**évolution du solde public et de la dette publique**, exprimés en pourcentage du produit intérieur brut (PIB), de quatre pays de la zone euro et de la zone dans son ensemble entre 2016 et 2018.

Structurer la réponse à la seconde question

• Dans un premier temps, nous étudierons l'**évolution de 2016 à 2018** du solde public et de la dette publique pour la zone euro.

• Dans un second temps, nous ferons une **comparaison entre les quatre pays** mentionnés dans le tableau.

18 CORRIGÉ GUIDÉ

▶ **1.** Selon Eurostat, en 2018, la dette publique de l'Allemagne représente 60,9 % de son PIB – ou bien : selon Eurostat, en 2018, pour un PIB égal à 100 en Allemagne, la dette publique est de 60,9.

À NOTER
Le pourcentage mesure une proportion, c'est-à-dire une valeur dans un ensemble représenté par la valeur 100.

▶ **2.** *Les titres de parties ne doivent pas figurer sur votre copie.*

Introduction

Le document est un tableau statistique issu d'Eurostat, principale source statistique de l'Union européenne. Les données portent sur l'évolution du solde public et de la dette publique, en pourcentage du produit intérieur brut (PIB), de la zone euro et de quatre pays de cette zone (Allemagne, Grèce, France, Italie) entre 2016 et 2018. Le solde public est la différence entre les ressources et les dépenses de l'État ou de la zone, et la dette publique est la dette de l'État ou de la zone.

Nous analyserons tout d'abord l'évolution du solde public et de la dette publique de la zone euro dans son ensemble, puis les évolutions de ces données pour chacun des pays mentionnés afin de les comparer.

Développement

> ▶ **Le secret de fabrication**
> Attention aux calculs mettant en jeu des valeurs négatives.
> • Pour le solde public de la zone euro :
> – 0,5 % en 2018 – (– 1,6 %) en 2016 = 1,1 point de pourcentage.
> • Pour la dette publique de la zone euro :
> 85,1 % en 2018 – 89,2 % en 2016 = – 4,1 points de pourcentage.

• Dans la zone euro, le solde public reste déficitaire au cours de la période étudiée (2016-2018). Cependant, on constate une baisse de ce déficit de 1,1 point de pourcentage. La dette publique dans la zone euro diminue également de 4,1 points de pourcentage.

• Une comparaison entre les quatre pays étudiés dans le document permet de mettre en évidence la situation de l'Allemagne. En effet, ce pays est le seul à connaître une baisse de son endettement public : moins 7,6 points de pourcentage entre 2016 et 2018. L'Allemagne a un excédent budgétaire public tout comme la Grèce, mais celle-ci voit sa dette publique augmenter de 2,6 points de pourcentage. La France et l'Italie ont un déficit budgétaire et leur dette publique augmente.

Conclusion

Entre 2016 et 2018, le déficit public de la zone euro dans son ensemble baisse. C'est aussi le cas pour la Grèce, la France et l'Italie. Cependant, il faut distinguer le cas de l'Allemagne qui connaît un excédent public qui s'accroît au cours de la période. L'Allemagne se distingue également pour sa dette publique qui est moins élevée, comme dans la zone euro, alors que celles de la Grèce, de la France et de l'Italie augmentent.

19 Raisonnement

Union économique et monétaire et politique conjoncturelle

2 h 30
10 points

INTÉRÊT DU SUJET • Le sujet porte sur une question essentielle de la monnaie unique liée à ses particularités concernant les politiques conjoncturelles.

Vous montrerez que l'Union économique et monétaire renforce les interdépendances entre les politiques conjoncturelles des États membres et subit les effets négatifs d'un manque de coordination.

DOCUMENT 1 Déficit (-) ou excédent (+) public dans quatre pays de l'Union économique et monétaire (en % du PIB)

	2008	2009	2012	2018
Allemagne	– 0,1	– 3,1	0,2	1,7
Espagne	– 1,5	– 11,2	– 9,4	– 2,5
France	– 3,3	– 7,5	– 5,3	– 2,5
Italie	– 2,7	– 5,5	– 3,8	– 2,1

Source : Eurostat

DOCUMENT 2 La justification du Pacte de stabilité et de croissance

La Banque centrale européenne (BCE) a reçu pour mission d'assurer, en toute indépendance des pouvoirs politiques, la stabilité des prix dans la zone euro. Les traités européens sont formels sur la priorité de cet objectif. Pour le respecter, la BCE s'est dotée d'une stratégie qu'elle a appliquée scrupuleusement depuis la naissance de l'euro. […]

Le Pacte de stabilité et de croissance [PSC] s'inscrit dans le cadre général de la coordination des politiques économiques prévue par les traités depuis la création de l'euro. Il répond aux dispositions stipulant que les États membres « évitent les déficits excessifs ». Le PSC entend imposer aux participants à la zone euro une culture de stabilité des finances publiques. Il s'agit d'empêcher que la situation budgétaire d'un État entraîne une fragilisation de l'ensemble de la zone monétaire en diffusant, à travers des effets de débordement, des pressions inflationnistes, des tensions sur les taux d'intérêt et une perte de valeur externe de l'euro. En effet, un déficit public et l'accroissement de la dette d'un État membre peuvent entraîner, pour l'ensemble de la zone euro, des pressions sur les prix (par une augmentation de la demande de biens et de services) et sur les taux d'intérêt (par un surcroît de demandes de financement), tout cela risquant de générer, en plus, des impacts négatifs sur la valeur externe de la monnaie unique. De fait, le PSC vient largement en appui de la politique de stabilité des prix pilotée par la BCE.

Source : Michel Dévoluy, « L'Euro et le PSC dans la tourmente », *Cahiers français*, n° 359, novembre-décembre 2010, La Documentation française © DILA.

S'ENTRAÎNER

DOCUMENT 3 Évolution du taux de chômage dans l'Union européenne (en % de la population active)

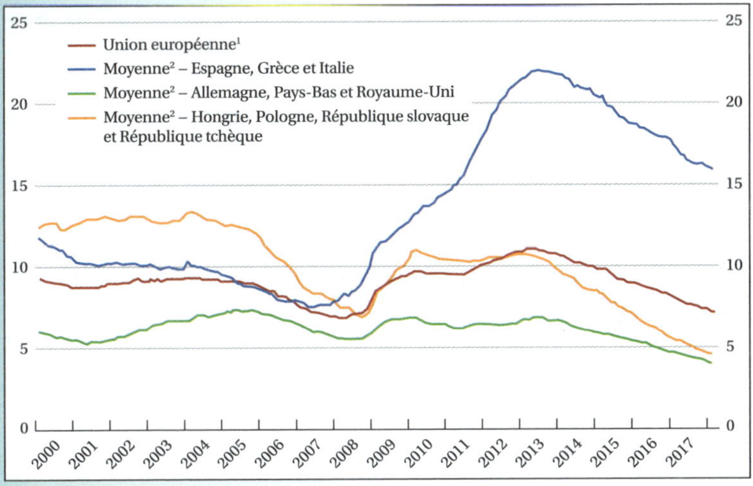

Source : Eurostat, *Emploi et chômage (Enquête sur les forces de travail)*, base de données Eurostat, 2018.

1. Union européenne à 28. 2. Moyenne pondérée.

LES CLÉS DU SUJET

Analyser les termes du sujet et mobiliser ses connaissances

Analyse du sujet

vous montrerez
Expliquez les effets des politiques conjoncturelles de l'UEM.

Union économique et monétaire
Accord passé entre les pays européens pour mettre en place une monnaie unique.

politiques conjoncturelles
Politiques économiques visant à agir sur les grands équilibres économiques.

interdépendances
Politiques conjoncturelles nationales dépendantes les unes des autres.

coordination
Pratiques et règles qui permettent de mener des politiques conjoncturelles non contradictoires.

Exploiter les documents

• **Document 1.** Le tableau statistique porte sur l'**évolution** de la situation du budget de quatre pays de l'Union économique et monétaire (UEM) de 2008 (début de la crise des *subprimes*) à 2018. Dès 2009, tous ont un déficit supérieur à celui imposé par le Pacte de stabilité et de croissance (PSC), soit moins de 3 % du produit intérieur brut (PIB). Les années suivantes, l'Allemagne réduit son déficit puis se retrouve avec un excédent budgétaire alors que les autres pays restent en dehors du PSC. Cependant, en 2018, tous retrouvent la condition budgétaire imposée par le PSC.

• **Document 2.** Le texte met en évidence les **contraintes** pesant sur les politiques budgétaires des pays de l'UEM alors que la politique monétaire est unique. Ces contraintes impliquent de coordonner ces politiques budgétaires, coordination inscrite dans les règles du PSC.

• **Document 3.** Le graphique permet de comparer l'évolution des taux de chômage des pays de l'Union européenne dont les différences rendent difficile la coordination des politiques conjoncturelles.

Définir les arguments

Argument 1	L'UEM implique une politique monétaire unique et des politiques budgétaires nationales contraintes.
Argument 2	Les caractéristiques de l'UEM nécessitent la coordination entre les politiques conjoncturelles.

19 CORRIGÉ GUIDÉ

Les titres de parties ne doivent pas figurer sur votre copie.

Introduction

L'Union économique et monétaire (UEM) est l'accord passé entre les pays de l'Union européenne pour adopter une monnaie unique remplaçant les monnaies nationales. Dès lors, ces pays ont une politique monétaire unique alors que les politiques budgétaires restent nationales. Ces caractéristiques nécessitent l'interdépendance entre les politiques conjoncturelles qui sont les politiques économiques destinées à agir sur les grands équilibres économiques.

I. L'UEM implique une politique monétaire unique et des politiques budgétaires nationales

- L'UEM est effective depuis le 1er janvier 1999. Tous les pays de l'Union européenne ayant adopté l'euro comme monnaie unique ont une politique monétaire identique mise en œuvre par la Banque centrale européenne (BCE). Celle-ci a pour objectif quasi unique la stabilité des prix (document 2), c'est-à-dire un niveau d'inflation avoisinant les 2 %. Le principal instrument utilisé par la BCE pour atteindre cet objectif est le taux d'intérêt auquel les banques se refinancent auprès de la banque centrale.

> **À NOTER**
> Pour comprendre la nécessité de l'interdépendance des politiques conjoncturelles des pays de l'UEM, il faut savoir que la politique monétaire s'applique à tous les pays, quelle que soit leur situation économique.

- Les politiques budgétaires des pays de l'UEM sont autonomes. Cependant, elles sont encadrées par le Pacte de stabilité et de croissance (document 2). Selon ce pacte, les pays de la zone euro ne doivent pas avoir un déficit budgétaire supérieur à 3 % du produit intérieur brut (PIB), ni un taux d'endettement public supérieur à 60 % du PIB. Si un pays dépasse ces limites, la Commission européenne peut entamer une procédure de déficit excessif pouvant conduire à des pénalités.

II. Les caractéristiques de l'UEM nécessitent une coordination entre les politiques conjoncturelles

- Les chocs économiques peuvent toucher d'une manière différente les pays de l'UEM : on parle de chocs asymétriques. Ainsi, le chômage a fortement augmenté dans certains pays comme l'Espagne, la Grèce et l'Italie (document 3). Pour faire face à ces chocs, les pays membres de l'UEM ne peuvent agir que sur leur politique budgétaire. Ce fut le cas en 2008 au moment de la crise des *subprimes*. Ainsi, la plupart des pays de l'UEM ont connu une forte hausse des déficits budgétaires en 2009, ces déficits devenant supérieurs à ce qui est imposé par le PSC (document 1). Cependant, dès 2012, l'Allemagne a un déficit inférieur à 3 % du PIB et même un excédent budgétaire en 2018 alors que les autres pays respectent la contrainte du PSC (document 1).

• L'augmentation du déficit public peut avoir des effets inflationnistes entraînant une politique monétaire restrictive de la BCE avec une hausse de son taux directeur se traduisant par celle des taux d'intérêt. Or cette hausse risque d'avoir des effets négatifs sur la croissance économique, notamment pour les pays les plus touchés par le choc économique. La hausse du taux d'intérêt peut aggraver le déficit budgétaire car la charge du remboursement de la dette publique est plus élevée. C'est ainsi que les pays les plus déficitaires ont dû réduire leur déficit (document 1).

À NOTER
Les politiques d'austérité imposées aux pays les plus déficitaires ont failli remettre en cause l'UEM du fait de la hausse du chômage et de la récession qu'ont connues ces pays.

Conclusion

La création de l'UEM a renforcé l'interdépendance entre les politiques conjoncturelles des États membres. Ainsi, une politique monétaire menée exclusivement par la BCE suppose des mesures définies par le Pacte de stabilité et de croissance (PSC) incitant les pays à limiter leur déficit public ainsi que leur endettement. Cependant, la coordination des politiques conjoncturelles nationales par le PSC apparaît insuffisante et pourrait même inciter des pays à quitter l'UEM.

20 Dissertation

La coordination des politiques conjoncturelles dans l'UEM

4 heures
20 points

INTÉRÊT DU SUJET • Ce sujet sur les difficultés de coordination des politiques économiques au sein de l'Union économique et monétaire (UEM) permet d'expliquer les principales caractéristiques de cette union et de mettre en évidence ses limites.

Quelles sont les difficultés des États membres de l'Union économique et monétaire à coordonner leurs politiques conjoncturelles ?

DOCUMENT 1 Indicateurs pour sept pays de la zone euro

	Taux de croissance du PIB en volume en 2018[1]	Solde public en 2018[2]	Dette publique en 2018[2]	Poids des prélèvements obligatoires en 2017[2]	Poids des dépenses publiques en 2017[2]
Zone euro	1,9	– 0,5	85,1	41,4	45,8
Allemagne	1,5	1,7	60,9	40,5	43,9
Irlande	8,2	0	64,8	23,5	26,3
Grèce	1,9	1,1	181,1	41,8	48,4
Espagne	2,5	– 2,5	97,1	34,5	41
France	1,7	– 2,5	98,4	48,4	56,5
Italie	0,8	– 2,1	132,2	42,4	47,3
Portugal	5,1	– 0,5	121,5	36,9	45,7

Source : d'après Eurostat et Statista.

1. En %. 2. En % du PIB.

DOCUMENT 2 Le Pacte de stabilité et de croissance

Le Pacte de stabilité et de croissance (PSC) a été adopté au Conseil européen d'Amsterdam en juin 1997. [...] Le PSC comporte deux types de dispositions :

– La surveillance multilatérale, disposition préventive : les États de la zone euro présentent leurs objectifs budgétaires à moyen terme dans un programme de stabilité actualisé chaque année. Un système d'alerte rapide permet au Conseil ECOFIN, réunissant les ministres de l'Économie et des Finances de l'Union, d'adresser une recommandation à un État en cas de dérapage budgétaire.

– La procédure des déficits excessifs, disposition dissuasive. Elle est enclenchée dès qu'un État dépasse le critère de déficit public fixé à 3 % du PIB, sauf circonstances exceptionnelles. Le Conseil ECOFIN adresse alors des recommandations pour que l'État mette fin à cette situation. Si tel n'est pas le cas, le Conseil peut prendre des sanctions : dépôt auprès de la Banque centrale européenne qui peut devenir une amende (de 0,2 à 0,5 % du PIB de l'État en question) si le déficit excessif n'est pas comblé.

Source : Vie-publique.fr.

DOCUMENT 3 Évolution des indices des prix à la consommation harmonisés dans la zone euro et dans cinq pays de l'UEM en 2017[1] (en %)

	Zone euro	Allemagne	Belgique	France	Irlande	Lituanie
Inflation	1,7	1,6	2,1	1,2	0,5	3,8

Source : Eurostat.

1. Évolution de l'indice de décembre 2017 par rapport à l'indice de décembre 2016.

DOCUMENT 4 **Taux de chômage dans cinq pays de la zone euro (en %)**

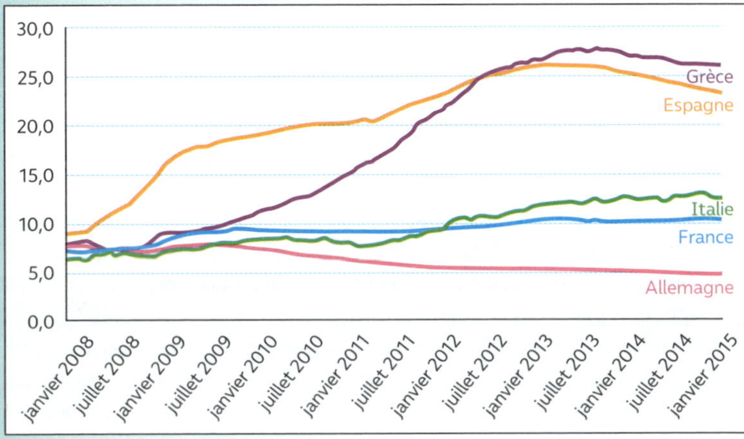

Source : d'après Eurostat, 2015.

LES CLÉS DU SUJET

Analyser la consigne et dégager une problématique

Analyse du sujet

quelles sont les difficultés
Sujet-analyse : on vous demande d'expliquer les raisons qui rendent difficile la coordination des politiques conjoncturelles.

Union économique et monétaire (UEM)
Dernière étape de l'intégration économique européenne, l'UEM repose sur l'union économique à laquelle s'ajoute une monnaie unique.

politiques conjoncturelles
Décisions des pouvoirs publics visant à agir sur les grands équilibres économiques à court terme (croissance, plein-emploi, stabilité des prix…).

coordonner
Mener des actions concertées dans un intérêt commun.

• **Problématique.** La création d'une union économique et monétaire (UEM) avec l'adoption de la monnaie unique en zone euro a modifié les règles définissant les politiques conjoncturelles des pays de cette zone : la politique monétaire est centralisée alors que chaque pays dispose de son autonomie budgétaire. Il faut donc coordonner ces politiques par des actions concertées au niveau budgétaire. Or, cette coordination est difficile à mettre en place. Pourquoi ?

Exploiter les documents

• **Document 1.** Ce tableau statistique porte sur les indicateurs économiques de sept pays de l'UEM en 2018 ou 2017. Il met en évidence les **différences de situation économique entre ces pays**, notamment en ce qui concerne la croissance économique.

• **Document 2.** Ce texte rappelle les **contraintes imposées par le Pacte de stabilité et de croissance** (PSC) s'exerçant sur les politiques budgétaires nationales et les éventuelles sanctions pour les pays qui ne les respectent pas.

• **Document 3.** Ce tableau statistique permet de **comparer les taux d'inflation** de cinq pays membres de l'UEM. Les différences observées compliquent la définition d'une politique monétaire unique, s'appliquant efficacement à l'ensemble de ces pays.

• **Document 4.** Ce graphique montre les **écarts importants de taux de chômage** entre cinq pays de l'UEM, écarts qui rendent difficile la coordination des politiques budgétaires.

Définir le plan

I. Des politiques budgétaires coordonnées indispensables dans le cadre d'une politique monétaire unique	• Quelles sont les caractéristiques de la politique monétaire dans l'UEM ? • Pourquoi les politiques budgétaires doivent-elles être coordonnées ? (document 2)
II. Les difficultés de la coordination des politiques budgétaires	• Quelle est la situation économique des membres de l'UEM ? (documents 1 ; 3 et 4) • Les pays de l'UEM sont-ils solidaires ?

20 CORRIGÉ GUIDÉ

Les titres de parties ne doivent pas figurer sur votre copie.

Introduction

[accroche] La crise économique démarrée en 2008 a révélé des problèmes de coordination des politiques conjoncturelles entre les 19 pays membres de l'Union économique et monétaire (UEM).

[présentation du sujet et problématique] Dernière étape de l'intégration économique européenne réalisée en 1992, l'UEM repose sur l'union économique à laquelle s'ajoute une monnaie unique. Sa création a modifié les règles des politiques conjoncturelles de ses pays membres, c'est-à-dire les décisions des pouvoirs publics visant à agir sur les grands équilibres économiques à court terme. La politique monétaire est centralisée alors que chaque pays dispose de son autonomie budgétaire, il faut donc coordonner ces politiques par des actions concertées au niveau budgétaire. Or, cette coordination est difficile à mettre en place. Pourquoi ?

À NOTER
L'articulation des deux instruments de la politique conjoncturelle (monnaie et budget) est appelée *policy mix*.

[annonce du plan] Nous montrerons pourquoi la coordination des politiques conjoncturelles est indispensable depuis la création de la monnaie unique, avant d'expliquer les difficultés de coordination.

I. La nécessaire coordination des politiques budgétaires dans le cadre d'une politique monétaire unique

▶ Le secret de fabrication
Pour comprendre les difficultés de coordination des politiques au sein de l'UEM, il faut commencer par analyser les caractéristiques des politiques conjoncturelles de ses États membres.

1. Une politique monétaire unique…

• Depuis le 1er janvier 1999, les pays ayant adhéré à la zone euro sont soumis à une politique monétaire commune menée par la Banque centrale européenne (BCE), indépendante du pouvoir politique. D'après ses statuts, la BCE a pour objectif principal et quasi unique la stabilité des prix, qui se traduit par un taux d'inflation avoisinant les 2 %. Pour atteindre cet objectif, la BCE agit sur les taux d'intérêt auxquels les banques se refinancent auprès d'elle. Ces taux d'intérêt s'appliquent à tous les pays de la zone euro, quelle que soit leur situation économique.

S'ENTRAÎNER

• La politique monétaire commune peut avoir des effets différents sur la croissance économique des pays membres de l'UEM. Ainsi, si le taux d'inflation moyen devient trop élevé, la BCE augmente ses taux d'intérêt, ce qui a pour effet de freiner la croissance économique. Or, les écarts d'inflation peuvent être importants entre les pays, comme c'était le cas en 2017 (document 3). Afin d'éviter les effets pervers d'une politique monétaire trop restrictive, les pays membres de l'UEM, qui ont conservé l'autonomie de l'instrument budgétaire, n'ont pas d'autre solution que de mettre en œuvre une politique budgétaire expansive.

2. … nécessite la coordination des politiques budgétaires

• Tous les pays membres de l'UEM ne répondent pas de la même manière à un choc économique. Ainsi, un pays qui connaît un ralentissement de sa croissance peut y faire face en augmentant ses dépenses publiques. Cependant, cette hausse a un effet inflationniste sur l'ensemble de la zone euro, ce qui appelle une réaction de la BCE : elle augmente ses taux d'intérêt, ce qui a pour conséquence d'empêcher la reprise de l'activité dans le pays concerné par la récession. Cet exemple nous montre pourquoi la politique monétaire commune nécessite des politiques budgétaires coordonnées. C'est le but du Pacte de stabilité et de croissance (PSC), qui encadre les politiques budgétaires des pays membres de l'UEM.

• Le PSC est le résultat de la volonté des pays membres de conserver leur autonomie budgétaire au moment de l'adoption de la monnaie unique. D'après ce pacte, les pays de la zone euro ne doivent pas avoir un déficit budgétaire de plus de 3 % du produit intérieur brut (PIB) ni un taux d'endettement dépassant les 60 % du PIB. Si un pays franchit ces limites, la Commission européenne peut entamer une procédure de déficit excessif qui peut conduire à des pénalités pour ce pays (document 2).

II. Les difficultés de la coordination des politiques budgétaires

1. Des situations économiques divergentes

• Dix ans après la crise financière de 2008, les situations économiques divergent entre les pays de l'UEM. Ainsi, la croissance économique en 2018 est de 8,2 % en Irlande, mais elle n'est que de 0,8 % en Italie (document 1). Le taux d'inflation en 2017 n'est que de 0,5 % en Irlande tandis qu'il est de 3,8 % en Lituanie (document 3). Le chômage a augmenté de près de 15 points en Grèce et en Espagne entre 2008 (début de la crise) et 2015 alors qu'il a baissé en Allemagne (document 4).

> **MOT CLÉ**
> On parle d'excédent public lorsque les recettes de l'État sont supérieures à ses dépenses.

• La crise de 2008 a constitué un choc asymétrique dans le sens où elle n'a pas touché de la même manière tous les pays de l'UEM. Pour éviter une récession importante, certains ont été obligés d'augmenter fortement leurs dépenses publiques dans un premier temps. Mais le PSC les a ensuite contraint à réduire ces dépenses afin de limiter un taux d'endettement déjà trop élevé. Cependant, certains États, comme la Grèce, ont encore une dette publique très élevée : 181,1 % du PIB en 2018 malgré un excédent public cette même année (document 1).

2. Une insuffisante solidarité entre les pays de l'UEM

• Lors de la crise financière de 2008, tous les pays de l'UEM n'ont pas été touchés de la même manière. Ceux qui connaissaient le plus de difficultés n'ont pas bénéficié de la solidarité européenne, notamment financière, comme l'illustre la façon dont a été traitée la crise de la dette grecque. Les pays de la zone euro ont imposé au gouvernement grec des politiques accentuant la récession, synonyme de chômage et de pauvreté. Cependant, la création d'un fonds de solidarité financière (Mécanisme européen de stabilité, MES), entré en vigueur en 2012, constitue une avancée dans la solidarité, même si ses moyens restent encore limités.

• Pour mener une politique conjoncturelle cohérente, la politique monétaire unique pourrait être accompagnée d'un budget européen suffisamment conséquent pour pouvoir relancer les dépenses des pays dont l'activité est trop faible pour atteindre le plein-emploi. Aujourd'hui, le budget européen représente à peine 1 % du PIB européen, ce qui est nettement insuffisant pour mettre en action la solidarité entre les pays de la zone euro.

Conclusion

[bilan] La création de l'UEM a profondément modifié les conditions de mise en œuvre des politiques conjoncturelles pour les pays membres. La politique monétaire menée par la BCE devient commune, mais les États conservent l'autonomie de leur politique budgétaire. Cependant, ces politiques budgétaires sont soumises à des contraintes définies par le PSC. L'existence d'une zone monétaire commune rend en effet nécessaire une plus grande convergence des politiques économiques. Malgré les règles du PSC, les divergences entre les économies de la zone euro restent importantes. Face aux crises financières, la solidarité entre pays de l'UEM n'est pas suffisante.
[ouverture] Aujourd'hui, se pose la question de savoir si les pays de la zone euro sont prêts à réformer les institutions de l'Union économique et monétaire pour résister à une nouvelle crise, comme celle liée à la Covid-19.

S'ENTRAÎNER

La stratification sociale selon Karl Marx

30 min
4 points

INTÉRÊT DU SUJET • La connaissance de l'analyse marxiste de la stratification sociale est un enjeu important du programme : la notion de classes sociales est en effet incontournable pour étudier les sociétés contemporaines.

Comment la société est-elle structurée selon Karl Marx ?

LES CLÉS DU SUJET

Définir le mot clé

La **structure sociale** désigne une organisation de la société en positions sociales distinctes et hiérarchisées, qui peuvent donner naissance à des groupes sociaux.

Structurer la réponse

- On pourra d'abord présenter les **mécanismes qui déterminent l'existence** de classes sociales distinctes et hiérarchisées.
- On montrera ensuite que ces classes forment des groupes sociaux dotés d'une **conscience de classe**.

21 CORRIGÉ GUIDÉ

Les titres des parties ne doivent pas figurer sur votre copie.

Introduction

La structure sociale correspond à l'organisation de la société en positions sociales distinctes et hiérarchisées. L'analyse qu'en fait Karl Marx mobilise la notion de classes sociales.

Développement

- Pour Marx, c'est le mode de production, c'est-à-dire l'organisation de la production et des échanges, qui détermine la structure sociale. Le mode de production capitaliste se caractérise par l'existence de deux grands groupes distincts. Le premier, le prolétariat ou classe ouvrière, ne possède que sa force de travail qu'il doit, pour assurer sa subsistance, vendre au second, la bourgeoisie. Cette dernière possède les moyens de production (le capital), ce qui assure sa domination sur le prolétariat. Ces deux groupes, qui forment les deux grandes classes sociales caractérisant la société capitaliste, ont des intérêts objectivement opposés.

- Dans un premier temps, la concurrence à laquelle se livrent les ouvriers pour vendre leur force de travail les empêche d'agir collectivement pour défendre leurs intérêts communs face à la bourgeoisie : ils ne forment alors qu'une « classe en soi ». Mais, progressivement, émerge une « conscience de classe », c'est-à-dire le sentiment de partager les mêmes intérêts et de devoir lutter collectivement contre la bourgeoisie. Chacune des deux grandes classes sociales devient ainsi une « classe pour soi », c'est-à-dire un groupe social doté d'un sentiment d'appartenance, uni pour défendre son intérêt face à l'autre.

> **À NOTER**
> En mobilisant les notions de « conscience de classe », « classe en soi », « classe pour soi » et « lutte des classes », votre réponse attestera de votre bonne maîtrise de l'analyse marxiste de la stratification sociale.

Conclusion

Ainsi, pour Marx, la structure sociale se caractérise par l'existence de groupes sociaux distincts et hiérarchisés, les classes sociales, qu'une lutte (la « lutte des classes ») oppose pour faire triompher leurs intérêts respectifs.

22 Étude de document

Les inégalités de salaires selon le sexe et la catégorie socioprofessionnelle

1 h
6 points

INTÉRÊT DU SUJET • Nombre des inégalités qui structurent la société française sont liées à la catégorie socioprofessionnelle, mais il existe d'autres facteurs de différenciation, comme le montre ce document.

DOCUMENT **Salaires nets mensuels moyens[1] (en euros) selon le sexe et la catégorie socioprofessionnelle (2016)**

	Hommes	Femmes	Ensemble	Écart femmes/hommes (%)
Cadres supérieurs	4 377	3 477	**4 060**	– 21
Prof. intermédiaires	2 396	2 055	**2 241**	– 14
Employés	1 681	1 549	**1 590**	– 8
Ouvriers	1 731	1 441	**1 681**	– 17
Ensemble	**2 431**	**1 968**	**2 238**	**– 19**
Écart ouvriers/cadres (€)	2 646	2 036	**2 379**	
Écart ouvriers/cadres (%)	– 60	– 59	**– 59**	

Source : Insee, données 2016.

1. Salaires nets en équivalent temps plein.

▶ **1.** Rédigez une phrase explicite donnant la signification de chacune des données entourées en rouge dans le tableau.

▶ **2.** Mettez en évidence les différents facteurs qui contribuent aux inégalités de salaire.

LES CLÉS DU SUJET

Comprendre le document

• Ce tableau permet de **comparer les niveaux de salaire** entre les différentes catégories socioprofessionnelles (CSP) et selon le sexe. On y trouve les salaires mensuels nets moyens en euros pour les hommes et les femmes appartenant aux différentes CSP, ainsi que les écarts en pourcentages entre hommes et femmes pour les différentes CSP et les écarts en euros et pourcentages entre les ouvriers et les cadres.

• L'« ensemble » **en ligne** correspond au salaire moyen toutes CSP confondues ; l'« ensemble » **en colonne** correspond au salaire moyen dans les différentes CSP, hommes et femmes confondus.

Structurer la réponse à la seconde question

• On expliquera d'abord que la **catégorie socioprofessionnelle** est un facteur important d'inégalités de salaire.

• On mettra ensuite en évidence que les inégalités de salaire sont aussi liées au **sexe** et qu'elles sont particulièrement fortes dans la CSP cadres supérieurs.

S'ENTRAÎNER

22 CORRIGÉ GUIDÉ

▶ **1.** Selon l'Insee, en 2016, les ouvriers, hommes et femmes confondus, percevaient en moyenne un salaire net mensuel inférieur de 59 % à celui des cadres supérieurs, c'est-à-dire plus de deux fois moins élevé. Par ailleurs, le salaire net mensuel des femmes était en moyenne inférieur de 19 % à celui des hommes, toutes catégories socioprofessionnelles confondues.

▶ **2.** *Les titres des parties ne doivent pas figurer sur votre copie.*

Introduction

Le document est un tableau statistique construit à partir de données collectées en 2016 par l'Insee. Il indique le salaire mensuel net moyen en euros selon la catégorie socioprofessionnelle (CSP) et le sexe. Il présente également les écarts en pourcentage entre les différentes CSP selon le sexe, et les écarts en euros et pourcentages entre les ouvriers et les cadres.

Développement

• Les inégalités de salaires sont d'abord liées à la catégorie socioprofessionnelle à laquelle appartiennent les individus salariés. Ainsi, avec un salaire moyen de plus de 4 000 euros, les cadres supérieurs obtiennent des rémunérations plus élevées que toutes les autres CSP : en moyenne, ils perçoivent environ 1 800 euros de plus par mois que les membres des professions intermédiaires, environ 2 400 euros de plus que les ouvriers (le salaire de ces derniers est ainsi inférieur de 59 % à celui des cadres supérieurs) et près de 2 500 euros de plus que les employés.

• Ensuite, le sexe contribue également aux inégalités de salaire. Une femme perçoit en moyenne un salaire inférieur de 19 % à celui des hommes. Quelle que soit la CSP, le salaire moyen des hommes est systématiquement supérieur à celui des femmes. C'est dans la catégorie des cadres supérieurs que l'écart entre les sexes est le plus important : le salaire des femmes y est inférieur de 1 000 euros, soit 21 %, à celui des hommes. À l'inverse, c'est dans la catégorie des employés que l'écart est le plus faible : les femmes perçoivent un salaire moyen inférieur de 8 % à celui des hommes. Les ouvrières (les moins bien payées chez les femmes) ont un revenu environ trois fois inférieur à celui des cadres supérieurs masculins (les mieux payés chez les hommes).

> **À NOTER**
> Attention : si les femmes ont un salaire moyen inférieur de 19 % à celui des hommes, on ne peut pas dire que les hommes ont un salaire supérieur de 19 % à celui des femmes !

Conclusion

Ainsi, plusieurs facteurs contribuent aux inégalités de salaire. La catégorie socioprofessionnelle en reste le déterminant principal. Le sexe est aussi une variable importante de différenciation sociale en matière de salaire, notamment dans les CSP supérieures.

Tertiarisation de la structure socioprofessionnelle

1 heure
6 points

INTÉRÊT DU SUJET • Quelles transformations marquent la population active ? L'évolution des catégories socioprofessionnelles apporte un éclairage.

DOCUMENT **Catégorie socioprofessionnelle des personnes en emploi de 1982 à 2019 (en %)**

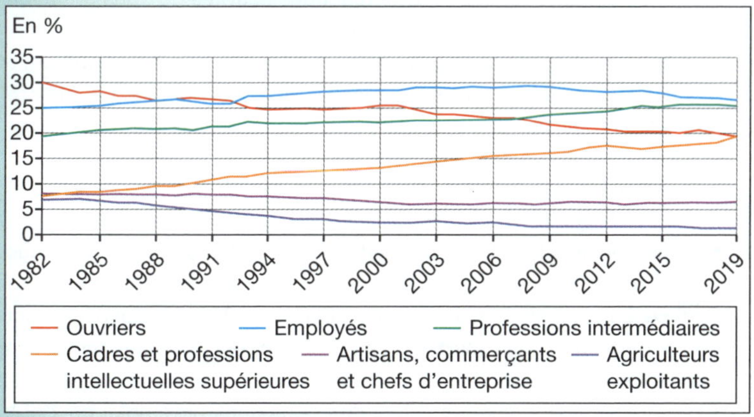

Source : « Emploi, chômage, revenus du travail », *Insee Références*, juillet 2020.

Champ : France hors Mayotte, population des ménages, personnes en emploi.

▶ **1.** À l'aide des données du document, vous comparerez l'évolution de la part des catégories socioprofessionnelles « Cadres et professions intellectuelles supérieures » et « Ouvriers » parmi les personnes en emploi.

▶ **2.** À l'aide des données du document et de vos connaissances, vous expliquerez le phénomène de tertiarisation de la population active française.

LES CLÉS DU SUJET

Définir les mots clés

• Les **catégories socioprofessionnelles** (CSP) classent statistiquement les individus de la **population active** (population occupant ou cherchant un emploi) dans des ensembles homogènes selon **plusieurs critères** : le statut de l'emploi et de l'employeur, le secteur d'activité, la taille de l'entreprise, le niveau de qualification... Les CSP représentent les niveaux intermédiaire et agrégé de la **nomenclature des professions et catégories socioprofessionnelles (PCS).**

• Les **cadres et professions intellectuelles supérieures** constituent un ensemble dont l'homogénéité repose essentiellement sur le **niveau élevé de diplôme**, tandis que les **ouvriers** sont des salariés dont le niveau de diplôme est faible et exerçant des activités de transformation de la matière dans l'artisanat et l'industrie.

• La **tertiarisation** de la population active est liée à la prépondérance des activités et des emplois de services dans l'économie. Ce phénomène se traduit par une augmentation de la part des cadres, professions intermédiaires et employés au détriment de celle des ouvriers.

Comprendre le document

• Le graphique, dont la source est l'Institut national de la statistique et des études économiques (Insee), montre l'**évolution de la structure socioprofessionnelle française depuis 1982**. Les données sont des pourcentages de répartition se rapportant pour chaque année à la population en emploi.

• Les ouvriers représentent 30 % des personnes en emploi en 1982, 20 % en 2019.

Structurer la réponse à la seconde question

• On montrera dans un premier temps les **effets de la tertiarisation** sur la structure socioprofessionnelle.

• On expliquera ensuite que la tertiarisation est liée à une **évolution sectorielle des emplois**, elle-même due au progrès technique, à l'évolution de la demande et à la concurrence internationale.

23 CORRIGÉ GUIDÉ

1. En 1982 les cadres et professions intellectuelles supérieures représentent une part trois fois moins importante (environ 8 %) que celle des ouvriers (30 %), tandis qu'en 2019 leurs parts sont équivalentes (20 %).

2. *Les titres des parties ne doivent pas figurer sur votre copie.*

Introduction

La population active (personnes occupant ou cherchant un emploi) est marquée par un processus de tertiarisation, soit l'augmentation de la part des emplois exercés dans les services, marchands et non marchands. Ce processus s'accompagne d'une transformation de la structure socioprofessionnelle.

Développement

• La tertiarisation de la population active française s'accompagne d'une transformation de la structure socioprofessionnelle. La part des agriculteurs (environ 2 % de la population en emploi en 2019) a poursuivi son déclin, tandis que les ouvriers ont vu leur poids baisser d'environ 10 points depuis 1982, en raison de la baisse de l'emploi industriel. Parallèlement, les cadres et professions intellectuelles supérieures, professions intermédiaires et employés ont vu leur part respective augmenter fortement, égalant ou dépassant le poids des ouvriers.

> **À NOTER**
> Tous les ouvriers n'appartiennent pas au secteur industriel, de même que les cadres et les employés n'exercent pas seulement dans le secteur tertiaire.

• La tertiarisation de la population active se traduit par l'augmentation significative de la part des emplois dans le secteur tertiaire, en raison de la hausse de la demande de services. Ces emplois représentent aujourd'hui plus de 75 % de la population en emploi, contre 40 % au début des années 1960. Parallèlement, les emplois dans l'agriculture puis dans l'industrie ont connu un déclin en raison de forts gains de productivité dus au progrès technique et de la concurrence accrue de produits étrangers.

> **MOT CLÉ**
> Les gains de productivité désignent l'augmentation du rapport production/emploi. S'ils croissent plus fortement que la production dans un secteur, alors l'emploi de ce secteur diminue.

Conclusion

Majoritaire dans l'agriculture et dans l'industrie jusqu'aux années 1970, la population active est aujourd'hui pour plus des trois quarts dans le secteur tertiaire, du fait de transformations de la production et de la demande.

S'ENTRAÎNER

La structure socioprofessionnelle

2 h 30
10 points

INTÉRÊT DU SUJET • Salarisation, féminisation, tertiarisation… En quoi ces phénomènes marquent-ils l'évolution des emplois ?

À l'aide de vos connaissances et du dossier documentaire, vous montrerez que la structure socioprofessionnelle a évolué en France depuis la seconde moitié du XXe siècle.

DOCUMENT 1 **Part (en %) dans l'emploi selon la catégorie socioprofessionnelle, par sexe, en moyenne annuelle**

	1982			2019		
	Homme	Femme	Ensemble	Homme	Femme	Ensemble
Agriculteurs exploitants	7,3	6,7	7,1	2,1	0,8	1,5
Artisans, commerçants, chefs d'entreprise	9,1	7,2	8,3	9,3	3,9	6,7
Cadres et professions intellectuelles supérieures	10,3	4	7,8	21,6	16,8	19,3
Professions intermédiaires	19,2	19,8	19,5	23,1	28,3	25,6
Employés qualifiés	6,9	27,4	15,2	6,9	21,4	13,9
Employés non qualifiés	3,8	19,4	10,1	6	20,3	12,9

	1982			2019		
	Homme	Femme	Ensemble	Homme	Femme	Ensemble
Ouvriers qualifiés	24,5	3,8	16,1	21,7	3,5	12,9
Ouvriers non qualifiés	16,1	11,3	14,2	8,8	4,6	6,8
Autres	2,8	0,3	1,8	0,4	0,4	0,4
Ensemble	100	100	100	100	100	100
Effectifs (en milliers)	13 600	9 243	22 842	13 992	13 184	27 176

Source : d'après *Insee Résultats*, juin 2020.

Note : données de 1982 à 2019, corrigées pour les ruptures de série.
Champ : France hors Mayotte, population des ménages, personnes de 15 ans et plus.

DOCUMENT 2 Emploi salarié par secteur d'activité de 1989 à 2019

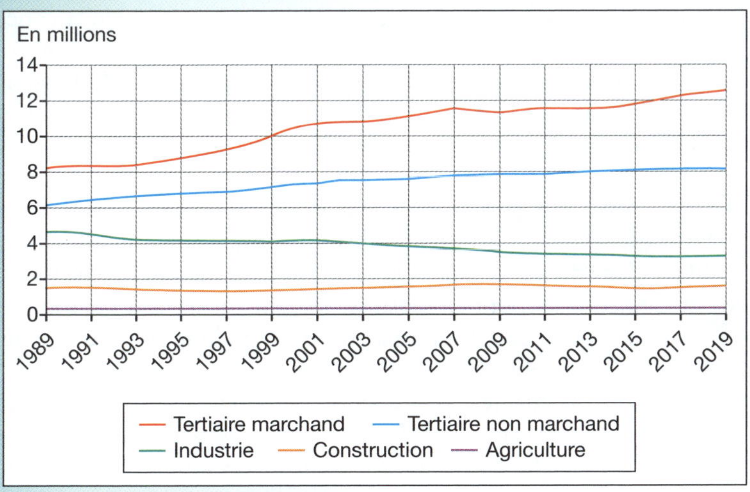

Source : « Emploi, chômage, revenus du travail », *Insee Références*, juillet 2020.

Champ : France hors Mayotte, personnes de 15 ans ou plus.

DOCUMENT 3 **Les grandes évolutions du marché du travail depuis les années 1960**

Quels que soient les chiffres, les taux, les indicateurs que l'on utilise, les faits sont là : depuis le début des années 1960, la montée de l'activité féminine est l'élément moteur de la croissance de la population active. Dans la période récente, ce sont les femmes qui ont assuré l'essentiel de l'augmentation des forces de travail. […]

Les faits étant établis, comment peut-on expliquer ce mouvement […] ? Il serait bien commode, ici, de pouvoir parler d'un « changement de mentalités », de l'émergence de nouveaux courants socioculturels : les femmes en veulent plus, comme on dit, elles s'accrochent à leur travail, elles affirment leur désir d'indépendance économique, etc. Tout cela est juste, mais n'explique rien. […] On pourrait, bien sûr, renvoyer à des mutations socioculturelles d'un autre ordre : c'est la même génération de femmes qui a inauguré, à la fin des années 1960, la liberté de la contraception et de l'avortement, l'apparition d'un mouvement féministe radical, l'émergence de nouveaux modèles familiaux et la poussée de l'activité féminine. La coïncidence est trop belle pour n'être pas mentionnée. Mais au fond, qu'est-ce qui explique quoi ? Est-ce la maîtrise de la conception qui pousse au développement du travail féminin ou l'inverse ? Est-ce le renouveau du féminisme qui est à l'origine de la volonté d'autonomie économique des femmes, ou l'inverse ? La prudence, ici, s'impose. Ne parlons pas d'explication, mais de corrélation. Ces phénomènes forment un tout. Ils sont le signe des temps, ils sont concomitants, mais c'est tout ce que l'on peut dire. À défaut de pouvoir expliquer, on peut tenter de caractériser cette mutation sociale, d'en identifier les acteurs. Qui sont les femmes qui, depuis le début des années 1960, ont afflué sur le marché du travail ? Ce sont pour l'essentiel des mères de famille, des salariées du tertiaire, des femmes instruites et qualifiées.

Depuis la fin des années 1950, deux tendances ont caractérisé l'évolution de la structure des emplois : la tertiarisation et la salarisation du marché du travail. Au cœur de ces mutations, les femmes n'ont pas accompagné le mouvement, elles ont très fortement contribué à le produire. Et inversement : c'est parce que l'emploi devenait de plus en plus tertiaire et salarié que les femmes y ont accédé nombreuses.

Source : Margaret Maruani, *Travail et emploi des femmes*, Paris, La Découverte, 2017.

LES CLÉS DU SUJET

Analyser les termes du sujet et mobiliser ses connaissances

Analyse du sujet

- **vous montrerez**
  On vous demande de dégager des constats, qu'il s'agira de classer.
- **structure socioprofessionnelle**
  Répartition de la population en catégories socioprofessionnelles (CSP).
- **a évolué**
  L'analyse est centrée sur les changements au cours du temps.
- **depuis la seconde moitié du xxe siècle**
  Approximativement depuis les années 1960-1970.

Exploiter les documents

• **Document 1.** Ce tableau statistique montre, entre 1982 et 2019, l'évolution de la population en emploi (ligne « effectifs en milliers ») et de la **structure socioprofessionnelle des hommes et des femmes** (en pourcentage). Quelle place occupent les femmes dans l'emploi ? Quelles sont les CSP en déclin ? Et celles en expansion ?

• **Document 2.** Ce graphique expose l'**évolution des emplois salariés** en millions par secteur d'activité entre 1989 et 2019. Comment évoluent les emplois dans le secteur tertiaire ? Et les emplois industriels ?

• **Document 3.** Ce texte rédigé par une sociologue du travail, Margaret Maruani, évoque la **féminisation de la population active.** À quelles évolutions majeures de la population active cette féminisation est-elle liée ?

Définir les arguments

Argument 1	L'évolution de la structure socioprofessionnelle est caractérisée par un mouvement de salarisation et de féminisation.
Argument 2	La tertiarisation et une tendance à la hausse des qualifications transforment également la composition de la population active.

24 CORRIGÉ GUIDÉ

Les titres des parties ne doivent pas figurer sur votre copie.

Introduction

La structure socioprofessionnelle, c'est-à-dire la composition de la population active en catégories socioprofessionnelles, a connu en France de profondes mutations depuis les années 1960. Après avoir montré qu'elle est touchée par un phénomène de salarisation et de féminisation des actifs, nous observerons qu'elle est aussi marquée par un processus de tertiarisation et d'élévation des qualifications.

> **▶ Le secret de fabrication**
>
> Ce sujet repose sur un dossier documentaire qui fournit l'essentiel des éléments de réponse. La qualité de votre devoir va reposer sur une exploitation fine des documents et notamment l'utilisation des données statistiques, complétées de calculs pertinents pour étayer votre argumentation.

I. La structure socioprofessionnelle se salarise et se féminise

> **MOTS CLÉS**
> Un salarié est lié à un employeur par un contrat de travail qui crée une relation de subordination, au contraire d'un indépendant qui exerce pour son propre compte.

• La structure socioprofessionnelle est marquée par un processus long de salarisation (document 3), c'est-à-dire que le statut de salarié a pris massivement le pas sur celui d'indépendant, ce dernier n'occupant aujourd'hui qu'environ 10 % de la population active en France, contre un peu moins de 30 % au début des années 1960. Ce phénomène de salarisation se perçoit en particulier au travers de la baisse des deux catégories socioprofessionnelles (CSP) constituées exclusivement d'indépendants : les agriculteurs, dont la part a été divisée par près de cinq entre 1982 et 2019, et les artisans, commerçants et chefs d'entreprise, dont la part baisse plus faiblement (- 1,6 point) (document 1).

• La féminisation est une autre tendance lourde de l'évolution de la structure socioprofessionnelle, qui explique l'essentiel de l'augmentation de la population active depuis les années 1960 (document 3). Ce phénomène se poursuit : entre 1982 et 2019, le nombre de femmes en emploi progresse beaucoup plus vite que celui des hommes. La proportion de femmes atteint aujourd'hui près de la moitié de la population en emploi, contre environ 40 % en 1982 (document 1).

II. Le poids croissant du secteur tertiaire et la hausse des qualifications

• La tertiarisation, c'est-à-dire, la part croissante – et aujourd'hui très majoritaire – des emplois dans le secteur des services, est une autre tendance majeure de l'évolution de la population active, à l'œuvre depuis la fin des années 1950 (document 3). Si le tertiaire marchand croit plus vite que le tertiaire non marchand, ils représentent ensemble plus des trois quarts de la population active française contre environ 40 % dans les années 1960. Parallèlement le secteur industriel a connu une baisse importante de près de 1,5 million d'emplois salariés entre 1989 et 2019 (document 2).

• Le niveau de qualification s'est également élevé, la grande majorité des actifs étant aujourd'hui diplômée et les emplois offerts requérant des qualifications plus importantes. Ce phénomène est perceptible au travers de l'évolution de la structure socioprofessionnelle (document 1), caractérisée par une part croissante des cadres (7,8 % en 1982, 19,3 % en 2019) et des professions intermédiaires (+ 6,1 points), tandis que la part des ouvriers non qualifiés décroît fortement (de 14,2 % en 1982 à 6,8 % en 2019). Il faut cependant nuancer ce point puisqu'au cours de la même période la part des employés qualifiés a baissé tandis que celle des employés non qualifiés a augmenté.

> **CONSEIL**
> Pensez à effectuer des calculs simples pour bien exploiter les données (écart en points de pourcentage, coefficient multiplicateur).

Conclusion

La structure socioprofessionnelle a été profondément bouleversée par quatre mutations majeures en interaction : salarisation, féminisation, tertiarisation, qualification, qui ont en France considérablement modifié sa composition depuis le milieu du XXe siècle.

25 France métropolitaine, septembre 2021
RAISONNEMENT

La pertinence des classes sociales

2 h 30
10 points

INTÉRÊT DU SUJET • La notion de classes sociales a longtemps été au centre des travaux sociologiques sur la stratification sociale. Or, ce sujet vous invite à remettre en cause une telle analyse en vous fondant sur les évolutions contemporaines de la société.

À l'aide de vos connaissances et du dossier documentaire, vous montrerez que l'approche en termes de classes sociales n'est pas toujours pertinente pour rendre compte de la société française d'aujourd'hui.

DOCUMENT 1 Salaires mensuels nets moyens en EQTP[1] dans le secteur privé selon le sexe et la catégorie socioprofessionnelle en 2017

Catégorie socio-professionnelle	Salaire mensuel net (en euros courants)			Différence de salaire (F-H)/H (en %)
	Femme (F)	Homme (H)	Ensemble	
Cadres[2]	3 574	4 392	4 103	– 18,6
Professions intermédiaires	2 145	2 450	2 311	– 12,4
Employés	1 628	1 734	1 662	– 6,1
Ouvriers	1 536	1 785	1 742	– 13,9
Ensemble	**2 069**	**2 488**	**2 314**	**– 16,8**

Source : d'après Insee, déclarations annuelles de données sociales (DADS) et déclarations sociales nominatives (DSN), 2020.

1. EQTP : salaire en équivalent temps plein
2. Y compris chef d'entreprise salarié

Champ : France hors Mayotte, salariés en EQTP du secteur privé et des entreprises publiques, y compris bénéficiaires de contrats aidés et de contrats de professionnalisation depuis 2011. Sont exclus les apprentis, les stagiaires, les salariés agricoles et les salariés des particuliers employeurs.

DOCUMENT 2 **La remise en cause des classes sociales**

L'article […] a entraîné des débats acharnés entre les tenants de la « mort des classes » et ceux du « futur prometteur de l'analyse en termes de classe » […]. L'idée des premiers est que les classes sociales sont des agrégats[1] de moins en moins cohérents et à l'appartenance desquelles s'associent de moins en moins de comportements particuliers. On a vu que l'immobilité sociale avait diminué au cours du temps. La conséquence est qu'en dehors des agriculteurs, aucune catégorie socioprofessionnelle ne peut être considérée comme un groupe clos. Ainsi, moins d'un quart des membres de la catégorie « cadres supérieurs » auront été élevés dans cette catégorie et un cinquième sont des ouvriers. […]

L'analyse des sociétés occidentales organisées en classes sociales est remise en cause d'un autre point de vue. C'est l'idée que celles-ci sont en fait de plus en plus structurées par des formes d'individualisation ou individualisme. […] L'individualisation correspond à l'idée que les individus auraient de plus en plus la possibilité et le désir, voire l'obligation, de choisir leur façon de vivre, leurs pratiques culturelles et leurs orientations de valeur, indépendamment de déterminations – liées notamment à leur éventuelle appartenance de classe – qui, auparavant, s'imposaient à eux sans qu'ils en aient conscience et faisaient correspondre des styles de vie et des pratiques culturelles à des groupes sociaux bien différenciés. Le développement de l'individualisation des modes de vie et des valeurs, s'il était avéré, affaiblirait évidemment le pouvoir de structuration des comportements par d'éventuelles appartenances de classes. L'homogénéité interne de celles-ci serait remise en cause par l'apparition de styles de vie divers choisis par les individus.

Source : Michel Forsé, Olivier Galland, Yannick Lemel,
« La stratification sociale et les inégalités »,
dans *La Société française*, 2011.

1. Ensemble d'éléments.

S'ENTRAÎNER

DOCUMENT 3 **Évolution de la répartition du niveau de diplôme selon le niveau de qualification (en %)**

		Employés qualifiés	Employés non qualifiés	Ouvriers qualifiés	Ouvriers non qualifiés	Ensemble
1982-1984	Diplôme du supérieur (bac + 3 ou plus)	2	0	0	0	**6**
	Bac + 2	4	0	1	0	**7**
	Bac, brevet professionnel ou équivalent	16	3	3	2	**10**
	CAP[1], BEP[2] ou autre diplôme équivalent	34	18	38	22	**25**
	Aucun diplôme, CEP[3] ou brevet des collèges	44	79	58	76	**52**
	Total	**100**	**100**	**100**	**100**	**100**
2012-2014	Diplôme du supérieur (bac + 3 ou plus)	9	3	2	3	**21**
	Bac + 2	17	5	5	4	**16**
	Bac, brevet professionnel ou équivalent	31	16	17	16	**19**
	CAP[1], BEP[2] ou autre diplôme équivalent	28	34	47	34	**25**
	Aucun diplôme, CEP[3] ou brevet des collèges	15	42	29	43	**19**
	Total	**100**	**100**	**100**	**100**	**100**

Source : d'après Insee, *Enquêtes emploi*, moyenne annuelle sur les années 1982 à 1984 et 2012 à 2014, janvier 2017.

Champ : actifs occupés de France métropolitaine ayant terminé leurs études initiales.
1. CAP : Certificat d'aptitude professionnelle
2. BEP : Brevet d'études professionnelles
3. CEP : Certificat d'études primaires

LES CLÉS DU SUJET

Analyser les termes du sujet et mobiliser ses connaissances

Analyse du sujet

vous montrerez
Expliquez en quoi les classes sociales ne sont pas toujours pertinentes pour expliquer la société française actuelle.

classes sociales
Éléments fondamentaux de la stratification sociale dont la description varie selon les théories de Karl Marx ou de Max Weber.

n'est pas toujours pertinente
Vous devez mettre en évidence les limites de l'analyse de la stratification sociale en termes de classes sociales.

société française aujourd'hui
L'analyse doit être limitée au cas de la France de nos jours.

Exploiter les documents

• **Document 1.** Ce tableau met en évidence les **inégalités de salaires** entre catégories socioprofessionnelles et entre sexes. Quelles inégalités émergent des données statistiques ? Qu'en conclure par rapport aux classes sociales ?

• **Document 2.** Le texte remet en cause l'analyse de la stratification sociale en termes de **classes sociales**. Quels sont les arguments relevés par les auteurs en faveur d'une telle critique ?

• **Document 3.** Les données du tableau portent sur l'évolution du **niveau de diplôme** des catégories de salariés situées en bas de la hiérarchie sociale. Que fait apparaître cette évolution ? Remet-elle en cause les classes sociales ?

Définir les arguments

Argument 1	Les inégalités apparaissent aujourd'hui moins importantes en termes de classes sociales.
Argument 2	Le sentiment d'appartenance à une classe sociale tend à décliner.

25 CORRIGÉ GUIDÉ

Les titres des parties ne doivent pas figurer sur votre copie.

Introduction

La structuration de la société, d'un point de vue théorique, a longtemps reposé sur la notion de classes sociales développée par Karl Marx et Max Weber. Pour le premier, ce sont des groupes sociaux dont les membres ont des intérêts et une conscience en commun. Pour le second, il s'agit de regroupements d'individus ayant la même probabilité d'accéder aux ressources économiques. Cependant, l'analyse de la société française actuelle en termes de classes sociales apparaît moins pertinente : d'une part parce que les inégalités sont moins importantes et d'autre part parce que le sentiment d'appartenance à une classe est en déclin.

I. Des inégalités moins importantes

> ▶ **Le secret de fabrication**
> Le raisonnement implique d'utiliser des connaissances personnelles. Un sujet sur la stratification sociale aujourd'hui ne peut éviter de développer la notion de moyennisation qui n'apparaît pas dans les documents.

• Depuis la Seconde Guerre mondiale les inégalités ont tendance à se réduire. Pour ce qui concerne les salaires nets mensuels, les cadres ont un salaire un peu plus de deux fois plus élevé que celui des ouvriers. Des inégalités persistent au sein de chaque catégorie entre les hommes et les femmes, surtout chez les cadres (document 1).

• La réduction des inégalités s'inscrit dans le cadre d'une moyennisation de la société avec l'augmentation du poids des classes moyennes dans la structure sociale française, favorisée par le déclin du nombre d'ouvriers. Cette moyennisation est renforcée par la hausse du niveau du diplôme pour l'ensemble des groupes sociaux, même pour les moins qualifiés (document 3).

> **À NOTER**
> Henri Mendras (1927-2003) est le sociologue qui a développé la thèse de la moyennisation de la société.

II. Le déclin du sentiment d'appartenance à une classe sociale

• Pour Karl Marx, un groupe social constitue une classe sociale s'il réunit plusieurs conditions. L'une d'elles est d'avoir des intérêts communs qui opposent cette classe à d'autres classes ayant des intérêts divergents, classe ouvrière contre classe bourgeoise par exemple. Une autre condition est que les membres d'une classe sociale ont conscience d'appartenir à cette classe : c'est la conscience de classe.

À NOTER
La conscience de classe, selon Karl Marx, fait passer le groupe d'une classe en soi à une classe pour soi.

• Les enquêtes menées depuis quelques années montrent que les personnes interrogées ont tendance à considérer qu'elles appartiennent aux classes moyennes, confirmant ainsi le processus de moyennisation de la société. De plus, des sociologues ont mis en évidence un processus d'individualisation qui fait que les personnes ont tendance à privilégier des façons de vivre et de penser qui leur sont propres et ne sont pas partagées au sein d'un groupe (document 2).

MOT CLÉ
L'individualisation implique l'émancipation des personnes par rapport à leur groupe d'appartenance.

Conclusion

La pertinence des classes sociales pour rendre compte de la société française aujourd'hui apparaît limitée. En effet, les inégalités ont tendance à diminuer entre les catégories sociales alors qu'en leur sein existent d'autres causes d'inégalités comme le genre (hommes/femmes). La moyennisation de la société se traduit également par un moindre sentiment d'appartenance à une classe sociale et une individualisation des manières de se comporter et de penser.

26 France métropolitaine, mai 2022
RAISONNEMENT

La remise en cause de l'analyse en termes de classes sociales

2 h 30
10 points

INTÉRÊT DU SUJET • Depuis les années 1950, la sociologie s'est interrogée sur la pertinence des classes sociales pour décrire la société. On vous demande ici de participer à ce débat en mobilisant les notions d'individualisation et de moyennisation.

À l'aide de vos connaissances et du dossier documentaire, vous montrerez que l'approche en termes de classes sociales, pour rendre compte de la société française, peut être remise en cause.

DOCUMENT 1 **La singularité des individus**

Imaginons un instant que nous sommes dans une réunion sociale. On demande aux participants de se présenter. Selon la teneur de la demande, ils le feront certainement de différentes manières (profession, âge, vie familiale…). Mais si on leur demande de dire « qui » ils sont « vraiment », ils se livreront probablement devant nous à un étrange exercice. Ils nous diront qu'ils sont « ceci » ou « cela », mais aussi qu'ils ne sont pas vraiment « ceci » ou « cela » […]. Certes, conviendront-ils, ils sont jeunes ou vieux, ingénieurs ou employés, hommes ou femmes, mais ils ne sont pas vraiment comme les autres vieux ou jeunes, employés ou ingénieurs, femmes ou hommes […]. Tout se passe comme si les identités sociales étaient de moins en moins capables de cerner notre singularité[1]. Et parfois même, de rendre compte de nos capacités d'action […]. Mais la sensibilité accrue envers la singularité se repère surtout du côté de la conception que nous nous faisons de nos places sociales. Hier, l'individu était cerné par une position sociale, sinon toujours unique, au moins largement dominante, associée d'une manière ou d'une autre à une perspective de classe ou tout au moins à une strate sociale. Sans disparaître, cette vision est désormais concurrencée par une autre, nous rendant plus familier un monde dans lequel chacun d'entre nous est au centre de différents réseaux de sociabilité. […] Tout cela renforce, bien sûr, le goût pour les logiques affinitaires[2] au détriment des logiques sociales entre groupes.

Source : Danilo Martucelli, *La société singulariste*, 2010.

1. Caractère unique et individuel.
2. Logiques basées sur des intérêts communs, des raisons amicales, professionnelles…

S'ENTRAÎNER

DOCUMENT 2 Sentiment d'appartenance à une classe sociale (en %)

« Avez-vous le sentiment d'appartenir à une classe sociale ? Et, si oui, laquelle ? »

Sentiment d'appartenance	1966	2001	2010	2015
Total NON	39	46	36	35
Total OUI	61	54	64	65
– dont la classe bourgeoise	4	2	3	1
– dont les classes dirigeantes	-	-	-	0
– dont les cadres	1	3	2	3
– dont les classes moyennes	13	27	38	38
– dont la classe ouvrière	23	9	6	6
– dont les travailleurs, les salariés	3	2	1	3
– dont les paysans, les agriculteurs	3	1	1	0
– dont les commerçants	1	-	-	0
– dont les pauvres	3	1	2	3
– dont « autre »	8	6	10	11

Source : *L'état de l'opinion*, TNS-Sofres, 2016.

Note : la somme des différentes données n'est pas toujours parfaitement égale au total en raison des arrondis.

DOCUMENT 3 **Équipement des ménages en biens durables selon la catégorie socioprofessionnelle en 2019 (en %)**

Type d'équipement	Agriculteurs exploitants	ACCE[1]	CPIS[2]	Professions intermédiaires	Employés	Ouvriers (y compris ouvriers agricoles)
Téléviseur couleur	95,2	91,0	88,9	94,2	95,0	97,1
Téléphone portable	97,3	98,8	99,5	99,5	99,7	99,3
Micro-ordinateur (y compris portable)	82,9	96,4	98,6	96,3	90,1	86,4
Connexion à internet	85,6	96,7	98,5	97,4	93,2	93,3
Voiture	94,7	91,0	86,7	90,4	81,2	89,0
Deux voitures ou plus	47,9	46,7	42,9	45,1	31,1	46,4

Source : Insee, 2020.

Champ : France métropolitaine, ensemble des ménages dont la personne de référence a 16 ans ou plus.
1. ACCE : Artisans, commerçants, chefs d'entreprise.
2. CPIS : Cadres et professions intellectuelles supérieures.

LES CLÉS DU SUJET

Analyser les termes du sujet et mobiliser ses connaissances

vous montrerez
On vous demande d'expliquer pourquoi l'analyse de la société française en termes de classes sociales n'est plus appropriée.

société française
Groupe de personnes ayant des relations entre elles, suivant des règles communes sur le territoire français.

Analyse du sujet

classes sociales
Selon Karl Marx, une classe sociale est un groupe dont les membres occupent une place identique dans les rapports de production et ont conscience de leurs intérêts communs.

Exploiter les documents

• **Document 1.** Le texte porte sur **la manière dont les gens se définissent et s'identifient**. Quels sont les critères pris en compte pour se classer ? Quel rôle jouent les classes sociales ?

• **Document 2.** Ce tableau donne les résultats d'une enquête d'opinion sur l'évolution du **sentiment d'appartenance à une classe sociale**. Que peut-on en conclure ? L'analyse en termes de classes sociales est-elle remise en cause par ce document ?

• **Document 3.** Les données de ce tableau portent sur les **taux d'équipement en biens durables des ménages** en fonction de leur catégorie socioprofessionnelle. Peut-on mettre en évidence de fortes disparités ? Que peut-on en déduire sur l'analyse en termes de classes sociales ?

Définir les arguments

Argument 1	Une individualisation de l'identification sociale
Argument 2	La réduction des inégalités entre groupes sociaux

26 CORRIGÉ GUIDÉ

Les titres des parties ne doivent pas figurer sur votre copie.

Introduction

Selon Karl Marx, les classes sociales regroupent des personnes occupant la même position dans les rapports de production et ayant des intérêts communs. La prise de conscience de ces derniers incite les classes à entrer en conflit entre elles. Cependant, depuis la fin de la Seconde Guerre mondiale, l'analyse de la structure sociale de la société française en termes de classes sociales est remise en cause pour deux raisons principalement : une vision plus individualisée de l'identité sociale et la réduction des inégalités entre groupes sociaux.

À NOTER
Karl Marx distingue deux classes sociales : la bourgeoisie propriétaire des moyens de production et la classe ouvrière qui vend sa force de travail à la bourgeoisie.

▶ Le secret de fabrication

Le raisonnement doit se limiter à la remise en cause de l'analyse en termes de classes sociales. L'erreur ici serait de développer trop longuement la notion même de classes sociales.

I. Une identité sociale plus individualisée

• Si l'on suit l'évolution du sentiment d'appartenance à une classe sociale depuis les années 1960, on observe que celui-ci augmente de 4 points de pourcentage entre 1966 et 2015. Cependant, cette progression concerne le sentiment d'appartenir aux classes moyennes et non à la bourgeoisie ou à la classe ouvrière (document 2). On peut en conclure que la conscience de classe, surtout celle des ouvriers, décline fortement.

• Le déclin du sentiment d'appartenance à une classe sociale peut être causé par la montée de l'individualisme. Les membres de la société insistent plus sur leur « singularité » que sur leur appartenance à une classe sociale. Ils s'identifient plus à ceux avec qui ils ont des « affinités » individuelles qu'à ceux qui occupent la même position sociale (document 1).

II. La réduction des inégalités entre groupes sociaux

• Depuis les années 1950, la société française a connu une tendance à la réduction des inégalités économiques et sociales. Dès lors, grâce à la progression des revenus des plus modestes, la consommation s'est uniformisée. Les différences d'équipement en biens ménagers selon la catégorie socioprofessionnelle apparaissent ainsi peu importantes en 2019 (document 3).

• Dans le même temps, l'évolution de la structure sociale montre un accroissement des catégories moyennes, représentées notamment par les professions intermédiaires. Cette évolution a conduit des sociologues à parler de moyennisation de la société, et à conclure à la fin des classes sociales.

MOT CLÉ
La moyennisation de la société est le processus par lequel se constitue une vaste classe moyenne, entraînant une homogénéisation des conditions et des modes de vie.

Conclusion

L'analyse en termes de classes sociales telle que Karl Marx l'avait développée peut être remise en cause aujourd'hui. En effet, la conscience de classe, surtout le sentiment d'appartenir à la classe ouvrière, décline et les membres de la société avancent leur singularité pour s'identifier socialement. Cette remise en cause des classes sociales est liée à la moyennisation de la société, caractérisée par la montée des classes moyennes et une homogénéisation des modes de vie.

27 Dissertation

La pertinence de l'analyse en termes de classes sociales

4 heures
20 points

S'ENTRAÎNER

INTÉRÊT DU SUJET • Ce sujet permet de rendre compte des débats théoriques et statistiques en vigueur sur la pertinence d'une approche en termes de classes sociales pour analyser la structure sociale.

L'analyse en termes de classes sociales est-elle pertinente pour rendre compte de la structure sociale ?

DOCUMENT 1 **Indicateurs de niveau de vie depuis 1996 en France (montants annuels en euros constants de 2017)**

	1996	2002	2008	2010	2012	2013	2014	2017
Niveau de vie médian	17 280	19 150	20 370	20 200	20 120	20 100	20 150	20 880
Niveau de vie moyen	19 610	22 200	23 730	23 820	23 670	23 270	23 270	23 920
1er décile (D1)	9 190	10 680	11 290	10 970	10 670	10 790	10 770	11 190
9e décile (D9)	32 270	36 230	38 140	37 890	38 070	37 380	37 260	38 210
Rapport inter-décile (D9/D1)	3,5	3,4	3,4	3,5	3,6	3,5	3,5	3,4

Source : D'après *France, portrait social*, Insee, 2019.

Champ : France métropolitaine, personnes vivant dans un ménage dont le revenu déclaré à l'administration fiscale est positif ou nul et dont la personne de référence n'est pas étudiante.

DOCUMENT 2 **Les inégalités face à la santé**

La santé de la population s'est améliorée de façon remarquable au cours des dernières décennies, puisqu'en un siècle, nous avons gagné 30 ans de vie en plus. Néanmoins, cet état de santé moyen recouvre d'importantes disparités. À 35 ans, un cadre supérieur a encore 47 ans à vivre en moyenne, un ouvrier 41 ans : ces six ans de différence représentent plus que les progrès accomplis globalement sur l'espérance de vie en un quart de siècle. À âge égal, la mortalité des personnes sans diplôme est deux fois plus élevée que celle des bacheliers. Quel que soit le critère retenu, revenu, éducation, catégorie sociale, statut d'emploi..., les moins favorisés meurent plus prématurément. Dans cette vie plus courte, ils vivent également plus longtemps avec des maladies ou des incapacités. Ainsi, sur les 47 ans qui restent à vivre, en moyenne, à un homme cadre supérieur de 35 ans, celui-ci peut espérer vivre 34 ans sans aucune incapacité même légère, tandis que pour un ouvrier, ce seront 24 ans sur 41 au total. Pour les femmes, si l'écart d'espérance de vie entre cadres supérieures et ouvrières est deux fois moins important que pour les hommes (3 ans), la différence est plus proche pour l'espérance de vie sans aucune incapacité (8 ans). [...] Les écarts de mortalité entre groupes sociaux s'observent aussi pour la plupart des pathologies. Ils sont particulièrement élevés pour certaines d'entre elles : un homme ouvrier a deux fois et demie plus de chances de mourir d'un AVC avant 65 ans qu'un cadre, un non diplômé 4,4 fois plus de chances de décéder d'un cancer des voies aéro-digestives supérieures qu'un bachelier. Les cancers contribuent, globalement, à 40 % des écarts de mortalité entre les deux niveaux d'éducation, les maladies cardiovasculaires à un tiers. Pour les femmes, ce sont ces dernières qui contribuent le plus à la surmortalité des non diplômées (pour 40 %), devant les cancers.

Source : Dominique Polton, « Les inégalités de santé », *Cahiers français*, mai-juin 2015, La Documentation française © DILA.

DOCUMENT 3 **Sentiment d'appartenance à une classe sociale (en %)**

Question : Avez-vous le sentiment d'appartenir à une classe sociale ?
Et, si oui, laquelle ?

Sentiment d'appartenance	1966	2001	2002	2010	2015
Non	**39**	**46**	**47**	**36**	**35**
Total Oui	**61**	**54**	**53**	**64**	**65**
La classe bourgeoise	4	2	2	3	1
Les classes dirigeantes	–	–	0	–	0
Les cadres	1	3	3	2	3
Les classes moyennes	13	27	22	38	38
La classe ouvrière	23	9	14	6	6
Les travailleurs, les salariés	3	2	2	1	3
Les paysans, les agriculteurs	3	1	1	1	0
Les commerçants	1	–	1	–	0
Les pauvres	3	1	1	2	3
Autre	8	6	5	10	11

Source : *L'État de l'opinion*, TNS-Sofres, 2016.

Note : en raison des arrondis la somme des données d'une même colonne ne correspond pas toujours exactement au « Total Oui ».

S'ENTRAÎNER

LES CLÉS DU SUJET

Analyser la consigne et dégager une problématique

Analyse du sujet

- **Classes sociales**
  Vous devez maîtriser la théorie des classes sociales de Karl Marx.
- **pertinente**
  Vous devez être capable de rendre compte des principaux débats théoriques et statistiques de l'approche en termes de classes sociales.
- **structure sociale**
  Organisation de la société en groupes sociaux hiérarchisés selon des critères qui peuvent être multiples (catégorie socioprofessionnelle, revenu, âge…)

• **Problématique.** Elle reformulera le sujet en faisant apparaître les débats théoriques et statistiques autour de la pertinence de l'analyse en termes de classes sociales.

Exploiter les documents

• **Document 1.** Ce tableau vous renseigne sur l'**évolution du niveau de vie** en France. Quel constat pouvez-vous faire ? Quel calcul peut le justifier ? Demandez-vous si votre constat met en évidence l'existence de classes sociales ou non.

• **Document 2.** Ce texte traite des **inégalités liées à la santé.** Quels exemples permettent de dire que l'analyse en termes de classes sociales est encore valable aujourd'hui ? Lesquels s'y opposent ?

• **Document 3.** Ce tableau donne les résultats d'une enquête d'opinion sur le sentiment d'appartenance à une classe sociale. Commencez par lire la ligne « Total Oui » : qu'en déduisez-vous ? Demandez-vous si certaines catégories de population se distinguent. Ce document remet-il en cause l'analyse en termes de classes sociales ?

Définir le plan

Ce **sujet débat** appelle un plan en deux parties.

I. Une analyse dépassée	• Montrez que la réduction des inégalités et le déclin de la conscience de classe remettent en cause l'analyse en termes de classes sociales.
II. Une nouvelle légitimité	• Expliquez que l'on observe un retour des inégalités et une persistance, chez certains groupes sociaux, d'une conscience de classe.

27 CORRIGÉ GUIDÉ

Les titres de parties ne doivent pas figurer sur votre copie.

Introduction

[accroche] De la fin de la Seconde Guerre mondiale au début des années 1990, la société française a connu un processus continu de réduction des inégalités, permettant à tous de bénéficier d'un niveau de vie plus élevé et de conditions d'existence décentes. En parallèle, les modes de vie se sont rapprochés, laissant place à une vaste classe moyenne, effaçant les disparités économiques et sociales entre les individus.

> **MOT CLÉ**
> Le niveau de vie correspond au revenu disponible en tenant compte de la composition du ménage.

[présentation du sujet] Certains théoriciens ont vu dans ce processus de moyennisation le signe de la disparition des classes sociales et ont remis en cause l'analyse fondatrice de Karl Marx de la stratification sociale reposant sur l'existence de deux classes aux positions et intérêts diamétralement opposés. Mais ce mouvement de réduction des inégalités a cessé, les écarts se creusant aujourd'hui. [problématique] Aussi, dans quelle mesure est-il encore pertinent d'analyser la structure sociale française contemporaine à l'aune de la théorie de Marx ? [annonce du plan] Nous verrons que si l'analyse en termes de classes sociales ne semble plus aussi pertinente qu'auparavant, il n'en demeure pas moins qu'elle redevient d'actualité aujourd'hui.

I. L'analyse en termes de classes sociales a perdu de sa pertinence

Au premier abord, l'analyse en termes de classes sociales paraît dépassée. Les inégalités entre groupes sociaux se sont réduites et l'on observe un certain déclin de la conscience de classe.

> **▶ Le secret de fabrication**
> Les introductions des grandes parties doivent annoncer leurs différentes sous-parties sous la forme de phrases précisant la façon dont vous allez répondre au sujet. N'oubliez pas de conclure chaque grande partie en résumant chacune de leurs sous-parties.

S'ENTRAÎNER

1. La réduction des inégalités entre groupes sociaux

• Les écarts de revenu ou de détention de patrimoine sont moins forts aujourd'hui qu'il y a 60 ans. Les ménages ont vu leur niveau de vie s'améliorer : selon l'Insee, entre 1996 et 2017, le revenu médian français est passé de 17 280 à 20 880 euros, soit une augmentation de 20 % (document 1).

> MOT CLÉ
> Le revenu médian est le revenu par rapport auquel 50 % de la population gagne plus, et 50 % gagne moins.

• D'autre part, l'accès aux ressources sociales (éducation, emploi, santé, etc.) s'est généralisé. Cela a permis, par exemple, à notre espérance de vie de gagner 30 ans en l'espace d'un siècle (document 2).

> **▶ Le secret de fabrication**
> Dans ce sujet, vous devez montrer s'il existe ou non des inégalités. Pour cela, dans chaque document, vous devez sélectionner les données chiffrées qui vous permettent de justifier vos affirmations. Dès que possible, faites également des calculs d'écarts relatifs afin de montrer que vous maîtrisez les savoir-faire statistiques.

2. Le déclin de la conscience de classe

• Selon Marx, l'autre condition pour qu'un groupe constitue une classe sociale, c'est que ses membres aient un sentiment d'appartenance commun et soient capables de s'organiser pour défendre leurs intérêts. Ce groupe est alors une classe pour soi. Or, en 2015, 35 % des individus interrogés déclarent n'appartenir à aucune classe sociale, selon une enquête de TNS-Sofres (document 3).

• Ce déclin de la conscience de classe est particulièrement fort dans les milieux populaires : en 2015, seuls 6 % des individus revendiquent leur appartenance à la classe ouvrière, soit une proportion presque 4 fois inférieure à celle de 1966 (document 3). À l'inverse, dans le même temps, la part des individus déclarant appartenir aux classes moyennes a été presque multipliée par 3 (de 13 à 38 %).

[conclusion partielle] Ainsi, les conditions objectives d'existence des ménages français, mesurées par l'accès aux ressources économiques et sociales, se sont rapprochées, ce qui rend moins pertinente la théorie des classes sociales comme outil d'analyse de la société française contemporaine. En parallèle, le sentiment d'appartenance à la classe ouvrière décline, au profit de l'identification aux classes moyennes. [transition] Si ces évolutions semblent témoigner d'un processus de moyennisation de la population, d'autres observations suggèrent une pertinence nouvelle de l'analyse en termes de classes sociales.

II. Mais certaines observations redonnent de la légitimité à cette analyse

Deux phénomènes semblent rendre possible un retour à l'analyse en termes de classes sociales. D'une part, le processus de réduction des inégalités s'est arrêté depuis le début des années 1990, et d'autre part la conscience de classe n'a pas totalement disparu.

1. Un processus de réduction des inégalités au point mort

• On observe aujourd'hui des écarts croissants dans l'accès aux ressources socialement valorisées, entre les classes sociales, mais aussi à l'intérieur de chacune d'entre elles.

• En premier lieu, les inégalités économiques et sociales entre classes persistent. Ainsi, selon l'Insee, les 10 % des ménages français les plus pauvres (D1) ont un niveau de vie toujours 3,4 fois inférieur à celui des 10 % des ménages les plus riches (D9) en 2017, comme c'est le cas depuis 1996 (document 1). Nous pouvons en déduire que même si les niveaux de vie moyen et médian augmentent, le processus de réduction des inégalités économiques ne s'est pas poursuivi au-delà des années 1990. De même, si l'espérance de vie n'a cessé de croître au sein de la population, on observe toujours de grandes disparités entre les catégories sociales les plus favorisées et les milieux populaires. Par exemple, un ouvrier a aujourd'hui deux fois et demie plus de chances de mourir d'un accident vasculaire cérébral (AVC) avant 65 ans qu'un cadre (document 2).

• En second lieu, à cette distance interclasses s'ajoute une distance intraclasse de plus en plus grande. Au sein d'une même classe sociale, on note des écarts dans l'accès aux ressources valorisées par la société, qui favorisent une partie des membres de cette classe par rapport à l'autre : c'est le cas des inégalités de revenus entre les hommes et les femmes de même catégorie socioprofessionnelle, ou entre les jeunes cadres et leurs aînés, ou encore entre les salariés résidant en région parisienne et ceux habitant en province.

> **CONSEIL**
> Les notions de distance interclasses et intraclasse renvoient au cours ; vous devez donc les mobiliser dans votre dissertation.

2. La persistance d'une conscience de classe

• En outre, la conscience de classe n'a pas totalement disparu. Une grande partie de la population exprime toujours le sentiment d'appartenir à une classe sociale : c'est le cas de 65 % des individus interrogés en 2015 dans l'enquête TNS-Sofres (document 3). Ce chiffre a même tendance à augmenter ; il s'élevait à 61 % en 1966.

• La persistance du sentiment d'appartenance est notable chez les cadres. La proportion d'individus qui s'en réclament est certes faible, mais elle est relativement stable depuis le début des années 2000. Les ressources économiques des cadres leur permettent de se distinguer des autres groupes sociaux, de même que leur mode de vie qui favorise une socialisation garante de l'entre-soi bourgeois et de leurs intérêts : scolarisation dans des établissements de centre-ville, pratique d'activités sportives dans des clubs qui leur sont réservés, fréquentation de rallyes facilitant l'homogamie. On retrouve ici les caractéristiques marxistes de la classe pour soi.

[conclusion partielle] Ainsi, la société française semble toujours traversée par des inégalités économiques et sociales fortes, inter et intraclasses, qui structurent des groupes sociaux distincts et hiérarchisés. La conscience de classe demeure, quant à elle, un élément fondateur de la bourgeoisie, capable de se mobiliser pour préserver ses intérêts. Ces éléments redonnent de la pertinence à l'analyse de la structure sociale à l'aide de la théorie marxiste des classes sociales.

Conclusion

[bilan] Le débat est donc toujours d'actualité sur la pertinence de l'approche en termes de classes sociales pour rendre compte de la société française, tant au niveau théorique que statistique, du fait de l'évolution des distances inter et intraclasses, de l'articulation des inégalités avec les rapports de genre, et de la plus ou moins grande conscience de classe de certains groupes sociaux. [ouverture] Nous pouvons nous demander par ailleurs dans quelle mesure les facteurs d'individualisation contribuent à brouiller les distances inter et intraclasses.

Démocratisation et massification scolaires

30 min
4 points

INTÉRÊT DU SUJET • L'École est une instance essentielle longtemps réservée aux plus favorisés. Il est important de comprendre comment elle a été rendue accessible à tous et dans quelle mesure cette évolution constitue une réussite, même si elle demeure inaboutie.

▶ À l'aide de vos connaissances, montrez que la démocratisation scolaire est imparfaite.

LES CLÉS DU SUJET

Définir les mots clés

• La **démocratisation** est le processus qui consiste à rendre accessible à tous une ressource.
• La **démocratisation scolaire** est effective lorsque chaque élève peut avoir accès à l'ensemble des diplômes proposés, quelle que soit son origine sociale.

Structurer la réponse

• En introduction, distinguez la démocratisation quantitative (**massification**) de la démocratisation qualitative.
• Dans le développement, montrez que la démocratisation scolaire est bien **réelle**, puis expliquez que celle-ci est **peu qualitative** et présente une réussite et des taux d'accès aux diplômes inégaux.
• En conclusion, rappelez que les **deux formes** de démocratisation, massification et démocratisation, cohabitent.

28 CORRIGÉ GUIDÉ

Les titres des parties ne doivent pas figurer sur votre copie.

Introduction

L'École s'est transformée tout au long de son histoire pour assurer sa démocratisation. Celle-ci est quantitative quand elle permet l'accès du plus grand nombre à l'École, et qualitative lorsqu'il existe également une réelle égalité des chances de réussite. Nous verrons tout d'abord que l'École s'est démocratisée d'un point de vue quantitatif, puis qu'elle peine cependant à se démocratiser d'un point de vue qualitatif.

Développement

- La démocratisation quantitative de l'École commence en 1881 lorsque celle-ci devient gratuite et obligatoire pour tous avec les lois scolaires de Jules Ferry. L'obligation scolaire initialement fixée à 13 ans sera régulièrement augmentée, jusqu'à 16 ans en 1959. Actuellement les taux de scolarisation sont très élevés : 80 % des jeunes de 18 ans sont inscrits dans un établissement scolaire et près de 100 % des enfants âgés de 3 ans, contre 60 % pour ces derniers en 1960. Le taux d'accès au baccalauréat a été multiplié par quatre en cinq décennies en raison notamment de la création des filières technologiques (1968) et professionnelles (1985).
- Cependant, la démocratisation qualitative est insuffisante. Les élèves les moins favorisés socialement et économiquement maîtrisent moins la langue française, et ce dès l'école primaire. Un peu plus d'un tiers des enfants d'ouvriers obtiennent un baccalauréat dans une filière générale contre 75 % des enfants de cadres. Et ces élèves les moins favorisés socialement et économiquement ne représentent que 7 % des effectifs des classes préparatoires.

Conclusion

L'École a connu une démocratisation quantitative (massification) indéniable ; mais elle reste marquée par une trop faible démocratisation qualitative, source d'inégalités de réussite scolaire et donc professionnelle.

29 Étude de document

Les dépenses d'éducation en France

1 heure
6 points

INTÉRÊT DU SUJET • L'effort pour assurer un accès à tous à l'École se mesure en partie quantitativement grâce aux dépenses consenties par un pays pour scolariser sa population.

S'ENTRAÎNER

DOCUMENT **Dépense (en euros) par élève en France (1980-2015)**

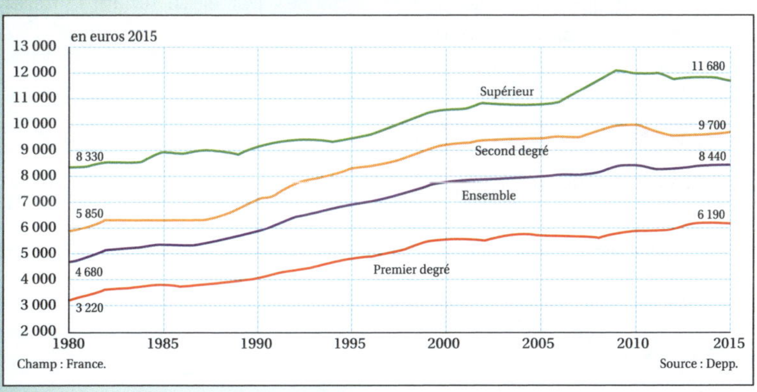

Source : Insee, 2016.

Note : « premier degré » correspond à l'école primaire et « second degré » au collège et au lycée.

▶ **1.** Pour le second degré, calculez une variation entre 1980 et 2015.

▶ **2.** Faites le lien entre l'évolution des dépenses par élève entre 1980 et 2015 et la massification scolaire dans l'accès au baccalauréat.

LES CLÉS DU SUJET

Définir le mot clé

• **La massification scolaire**, c'est-à-dire l'augmentation des taux de scolarisation et d'accès aux diplômes, permet la réussite au baccalauréat pour un grand nombre d'élèves.

Comprendre le document

• Menez une **comparaison** entre 1980 et 2015 et étudiez la **courbe du second degré**. Vous pouvez aussi établir des comparaisons avec les autres courbes du graphique.

Structurer la réponse à la seconde question

• Prouvez que les dépenses ont **augmenté** dans le second degré et qu'elles sont importantes par rapport aux autres dépenses.
• Conclure que l'importance des dépenses par élève reflète **l'intérêt porté à la réussite** de chacun.

29 CORRIGÉ GUIDÉ

▶ **1.** Pour le second degré, entre 1980 et 2015, la variation absolue a été de : 9 700 – 5 850 = 3 850 euros 2015.

Le taux de variation associé est :
(3 850 / 5 850) × 100 = 66 %.

▶ **2.** *Les titres de parties ne doivent pas figurer sur votre copie.*

Introduction

Ce document de l'Insee a été publié en 2016 et présente les dépenses d'éducation en France de 1980 à 2015 en fonction du niveau de scolarisation.

Développement

• Ce graphique de l'Insee compare dans le temps les dépenses par élève en fonction du niveau de scolarisation. Quel que soit ce dernier, elles augmentent globalement et leur hiérarchie reste la même. Ainsi, les dépenses sont toujours les plus fortes pour le supérieur alors qu'elles demeurent toujours les plus faibles pour le premier degré.

• On constate une forte augmentation des dépenses par élève dans le second degré, d'environ 66 % entre 1980 et 2015, avec une accélération vers la fin des années 1980 qui s'est poursuivie jusqu'en 2010. Avec 9 700 euros par élève en 2015, c'est la deuxième plus forte dépense d'éducation, après celle à destination de l'enseignement supérieur pour lequel la France consacre 11 680 euros par élève. Quant aux dépenses pour le premier degré, elles sont presque deux fois inférieures.

CONSEIL
Utilisez le résultat du calcul de taux de variation obtenu à la question 1.

• Cette analyse prouve que la France organise la démocratisation scolaire et investit des sommes conséquentes dans cet objectif, ce qui explique en partie l'augmentation du taux de réussite au baccalauréat sur la même période.

Conclusion

La France augmente ses dépenses chaque année pour tous les élèves afin d'assurer au plus grand nombre un accès égal aux différents diplômes.

30 Raisonnement

Évolution de l'accès à l'École et aux études supérieures

2 h 30
10 points

INTÉRÊT DU SUJET • L'augmentation et l'égalisation des chances d'accès aux différentes étapes de la scolarisation permettent d'affirmer le caractère démocratique de l'École. Assiste-t-on à une telle évolution en France ?

▶ **Décrivez l'évolution de l'accès à l'École et à l'enseignement supérieur depuis les années 1950 en France.**

DOCUMENT 1 **La massification scolaire sous la Ve République**

Jusqu'à la fin des années 1950, le système scolaire français était encore fondé sur la stricte séparation de deux ordres d'enseignement : élémentaire et secondaire. […] L'enseignement secondaire [est alors] l'apanage d'une minorité issue des groupes sociaux les plus aisés. […] À la fin des années 1950, seuls 10 % des jeunes constituant une classe d'âge accédaient au baccalauréat. […]

La réforme Berthoin de 1959 prévoit donc la généralisation de l'entrée en sixième tout en envisageant le prolongement de la scolarité obligatoire jusqu'à 16 ans à partir de 1967. […]

Après avoir augmenté de 30 % entre 1959 et 1962, le nombre des élèves en collège s'accroît de 58 % entre 1968 et 1972 avant de se stabiliser […].

L'évolution des effectifs du second cycle général et technologique est tout aussi massive. […] Alors que moins de 400 000 élèves sont scolarisés au lycée de la seconde à la terminale en 1958, ils sont plus de 1,5 million au début des années 1990. […]

En 1985, la création des baccalauréats professionnels favorise l'allongement des études des élèves de l'enseignement professionnel. […]

En 2012, près de 80 % d'une génération obtient le premier grade de l'enseignement supérieur, dont un quart de bacheliers professionnels.

Source : Florence Defresne et Jérôme Krop, « La massification scolaire sous la Ve République », *Éducation & Formations*, n° 91, septembre 2016.

DOCUMENT 2 **Évolution de la part des individus selon leur milieu social et les filières de l'enseignement supérieur (en %)**

	Enfants de cadres		Enfants d'ouvriers	
	2007	2017	2007	2017
Université	35,6	34,1	11,2	11,7
IUT	28,8	31,1	15,0	14,1
BTS	15,8	16,0	21,3	24,1
Classes préparatoires	52,2	51,8	5,3	7,2
Écoles normales supérieures	60,6	61,0	3,9	2,9
Proportion dans l'ensemble des étudiants	34,0	34,9	12,2	12,2

Source : ministère de l'Éducation nationale.

LES CLÉS DU SUJET

Analyser les termes du sujet et mobiliser ses connaissances

Analyse du sujet

décrivez
On vous demande de présenter des faits ; il ne s'agit pas de les expliquer.

évolution
Il faut comparer différentes années/périodes.

accès à l'École
Accès à un niveau ou à un certain type d'établissement scolaire.

depuis les années 1950 en France
Cadre spatio-temporel.

Exploiter les documents

• **Document 1.** Cet extrait d'article présente le processus de **massification scolaire**, c'est-à-dire d'augmentation des taux de scolarisation et d'accès aux différents diplômes, en France entre les années 1950 et 2012. Quelles en sont les grandes étapes ?

• **Document 2.** Ce tableau montre l'évolution de la proportion des **enfants de cadres et d'ouvriers dans différentes filières** de l'enseignement supérieur entre 2007 et 2017. Observe-t-on un rapprochement entre ces deux catégories ?

Définir les arguments

Argument 1	Le taux de scolarisation a augmenté en France pour tous les niveaux d'études depuis les années 1950.
Argument 2	Si les chances d'accès à l'École sont meilleures, elles restent très inégalitaires dans les filières les plus prestigieuses.

30 CORRIGÉ GUIDÉ

Les titres des parties ne doivent pas figurer sur votre copie.

Introduction

Comme la Loi pour une École de la confiance promulguée en 2019, de nombreuses réformes se sont succédé en France depuis les années 1950 pour réduire les inégalités d'accès et de réussite à l'École et dans l'enseignement supérieur. Ces réformes se sont-elles accompagnées d'une réelle démocratisation scolaire ? Une première partie montrera que, depuis les années 1950, la proportion d'individus d'une génération accédant aux différents niveaux du système scolaire a bien augmenté, attestant d'une démocratisation quantitative de l'École, ou massification scolaire. Une seconde partie insistera sur le fait que les inégalités de chances perdurent, la démocratisation qualitative semblant ainsi bien plus lente.

I. Une indéniable démocratisation quantitative

▶ Le secret de fabrication

Il s'agit ici de présenter un processus de démocratisation scolaire quantitative en s'appuyant sur des statistiques mesurant l'évolution de l'accès à l'École et à l'enseignement supérieur. Vous pouvez en évoquer les raisons ; mais ce n'est pas le cœur du sujet.

- Depuis les années 1950, une démocratisation quantitative certaine s'observe au collège. Après la réforme Berthoin de 1959 (généralisation de l'entrée en sixième et prolongement de la scolarité obligatoire jusqu'à 16 ans à partir de 1967), le nombre de collégiens augmente de 30 % entre 1959 et 1962, puis de 58 % entre 1968 et 1972 (document 1).
- On observe également un mouvement de massification d'ampleur au lycée. Alors que moins de 400 000 élèves y sont scolarisés en 1958, ils sont plus de 1,5 million au début des années 1990 (document 1).
- Ce mouvement se traduit par une hausse du taux d'accès au baccalauréat : alors que seuls 10 % des jeunes constituant une classe d'âge y accédaient, ils sont près de 80 % en 2012 (document 1).

S'ENTRAÎNER

II. Une démocratisation qualitative moins spectaculaire

- Si le secondaire n'est plus l'apanage des groupes sociaux les plus aisés, au lycée les catégories populaires sont surreprésentées dans les filières technologiques et professionnelles, et sous-représentées dans les filières générales, plus prestigieuses.
- On retrouve ce phénomène dans le supérieur : en 2017, l'écart entre les proportions d'enfants de cadres et d'ouvriers parmi les étudiants à l'université est de 22,4 points (document 2).
- L'écart s'accroît même dans certaines filières sélectives : ainsi 56,7 à 58,1 points séparent leurs parts respectives parmi les étudiants des écoles normales supérieures.

À NOTER
Un tel écart est d'autant plus parlant que les premiers ne représentent que 17 % d'une classe d'âge, contre près de 50 % des seconds.

Conclusion

Depuis les années 1950, l'École française a connu une indéniable démocratisation quantitative ; les taux d'accès aux différents niveaux de formation initiale ont ainsi augmenté. Cependant, des inégalités demeurent entre les enfants selon leurs milieux sociaux. Le mouvement de démocratisation scolaire est donc loin d'être achevé.

31 Polynésie française, mars 2021
DISSERTATION

Les inégalités de réussite scolaire

4 heures
20 points

INTÉRÊT DU SUJET • Les inégalités scolaires constituent un enjeu fort pour notre société car elles sont susceptibles de remettre en cause la cohésion sociale. Il est donc important d'en comprendre les causes.

▶ Comment expliquer les inégalités de réussite scolaire ?

DOCUMENT 1 **Niveau de diplôme des 25-34 ans selon le milieu social, en 2018, en France (en %)**

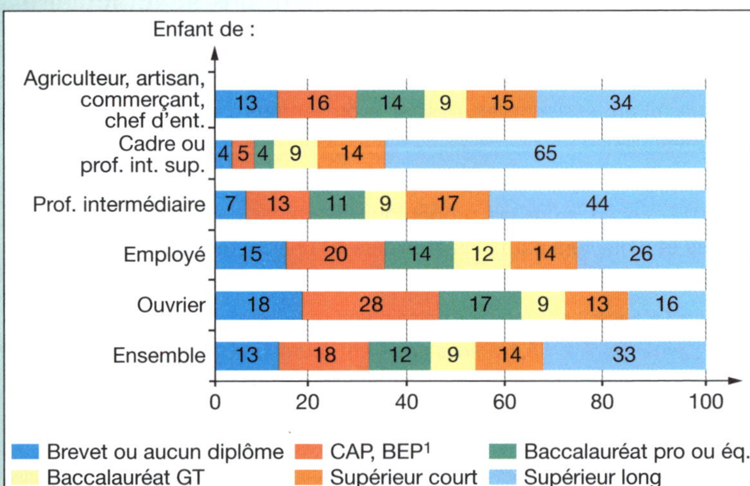

Source : ministère de l'Éducation nationale, de la jeunesse et des sports, *L'État de l'école 2019*.

Champ : France métropolitaine + DOM (hors Mayotte), données provisoires.
1. CAP : Certificat d'aptitude professionnelle ; BEP : Brevet d'études professionnelles.

DOCUMENT 2 **Environnement familial et accès aux livres**

Les parents [de Lucie, 5 ans, en grande section maternelle], Pierre et Aline, se sont rencontrés en 1994 et pacsés en 2012. Né en 1964, Pierre a 51 ans au moment de l'enquête. C'est un écrivain connu et reconnu, publiant dans une maison d'édition parisienne renommée […].

Née en 1974, Aline, la mère, a 41 ans et enseigne actuellement à trois quarts de temps la philosophie dans un lycée de Besançon. Depuis ses maternités, elle a utilisé ses congés parentaux et les temps partiels pour être plus présente auprès de ses filles et avoir aussi du temps pour elle. […]

Des tableaux, essentiellement d'art contemporain, originaux ou simples reproductions, tapissent les murs. Dans toutes les pièces, les livres envahissent les étagères. […] Les chambres se trouvent à l'étage. Celles des filles, chacune disposant de la sienne, se situent de part et d'autre de celle de leurs parents. Dans la chambre de Lucie, une bibliothèque regroupe les livres pour enfants et des bandes dessinées de toutes sortes […].

À la maison le livre est central et banal. […] Objet du quotidien dont la présence est banalisée, ils n'ont plus rien d'exceptionnel pour des enfants qui peuvent quotidiennement en constater l'usage et en mesurer l'importance aux yeux des adultes. Lucie et Élise voient cependant que les livres ne sont pas des objets comme les autres, qu'ils sont destinés à être lus et qu'il faut pour ça acquérir des compétences qui permettent d'entrer en contact avec eux. L'envie de lire est générée presque naturellement chez les enfants vivant une telle situation, tant ils souhaitent pouvoir à leur tour d'accéder aux mystères contenus par ces objets. À propos de Lucie, Pierre dit : « Parfois, elle prétend presque savoir déjà lire, enfin elle déchiffre quand même. Dès qu'elle peut déchiffrer un mot, elle est toute fière. »

Source : *Enfances de classe*, sous la direction de Bernard Lahire, 2019.

S'ENTRAÎNER

DOCUMENT 3 Attentes des familles en matière de formation et vœu d'orientation en fin de troisième générale, selon qu'au moins un des parents est ou non bachelier

	Aucun des parents n'a le baccalauréat	Au moins un des parents a le baccalauréat
Diplôme considéré comme le plus utile pour trouver un emploi (en %)		
Aucun	1,8	1,3
CAP ou BEP[1]	14,1	1,7
Baccalauréat professionnel	21,7	10,4
Baccalauréat général ou technologique	15,2	9,1
Diplôme de l'enseignement supérieur	19,1	57
Ne sait pas	28	20,4
Vœu d'orientation en seconde générale et technologique en fin de troisième générale selon les notes au contrôle continu du brevet[2] (en %)		
Moins de 8/20	11,5	31,6
De 8/20 à moins de 10/20	38,9	65,7
De 10/20 à moins de 12/20	70	90,3
De 12/20 à moins de 15/20	91,8	98,8
15/20 ou plus	99,3	99,7
Part des élèves qui choisissent la voie professionnelle quand ils ont obtenu 10/20 ou plus au contrôle continu du brevet (en %)		
	17,4	3,3

Source : d'après Insee, *France, portrait social*, 2009.

Champ : France, entrants en sixième en 1995.
Lecture : quand aucun d'entre eux n'avait le baccalauréat, 14,1 % des parents déclarent que le CAP ou le BEP sont les diplômes les plus utiles pour trouver un emploi.
1. CAP : Certificat d'aptitude professionnelle ; BEP : Brevet d'études professionnelles.
2. Moyenne obtenue par l'élève en français, mathématiques et première langue vivante.

DOCUMENT 4 Effectifs de l'enseignement supérieur en 2018-2019

	Effectifs (en milliers)	Part des femmes (en %)	Part des élèves ayant des parents[1] CPIS (%)	Part des élèves ayant des parents[1] ouvriers ou inactifs (%)
Université	**1 615**	**57,4**	**33,3**	**18,3**
Préparation au DUT	120	40,3	30,7	18,3
Droit, sciences politiques	207	66,6	36,6	17
Économie, AES	192	53,4	28,1	22,7
Arts, lettres, langues, SHS	506	69,5	27,1	21,2
STAPS	57	31	29,7	18,4
Santé	233	64	47,8	10,8
Sciences	270	41,1	33,6	18,6
Formations d'ingénieurs	31	28,8	43,2	12,3
Formations d'ingénieurs hors université	**133**	**27,4**	**53,9**	**7,6**
Écoles de commerce, gestion, vente et comptabilité	**188**	**50,9**	**51,1**	**6,1**
Écoles artistiques, d'architecture et de journalisme	**95**	**58,9**	**47,4**	**7,7**
Écoles paramédicales et sociales	**135**	**85,6**	**23**	**19**
CPGE et prépas intégrées	**96**	**41,1**	**52,6**	**10,3**
STS et assimilés	**263**	**49**	**15,6**	**34,3**
Autres écoles et formations[2]	**155**	**53,8**	**44,2**	**11,7**
Ensemble	**2 679**	**55,3**	**34,3**	**18,1**

Source : D'après Insee, 2020.

1. Les proportions sont calculées en excluant les étudiants dont l'origine sociale n'est pas renseignée, soit 14 % en moyenne. Cette proportion est inférieure à 20 % sauf dans les écoles de commerce (37 %), les autres écoles et formations (31 %) et les écoles artistiques (45 %).
2. Notamment établissements privés, ENS, écoles juridiques et administratives.

Note : CPIS : cadres et professions intellectuelles supérieures ; DUT : Diplôme universitaire de technologie ; AES : administration économique et sociale ; SHS : sciences humaines et sociales ; STAPS : sciences et techniques des activités physiques et sportives ; CPGE : classes préparatoires aux grandes écoles ; STS : section de technicien supérieur ; ENS : École normale supérieure.

LES CLÉS DU SUJET

Analyser la consigne et dégager une problématique

Analyse du sujet

comment expliquer
Vous devez analyser les causes des inégalités de réussite scolaire.

inégalités
Elles représentent les différences d'accès aux ressources socialement valorisées (comme la réussite scolaire).

réussite scolaire
Elle se mesure par l'accès aux différents niveaux scolaires et de diplômes.

• **Problématique.** Quels sont les principaux facteurs agissant sur la réussite scolaire ?

Exploiter les documents

• **Document 1.** Le graphique permet de comparer le **niveau de diplôme** des 25-34 ans en France en 2018. Quelle est l'origine sociale des plus diplômés de cette génération ? Quel peut être le rôle de l'origine sociale dans la réussite scolaire ?

• **Document 2.** Le texte décrit un exemple d'**environnement familial** dans lequel les enfants sont stimulés à lire et à assimiler les principaux savoirs scolaires. Quelle place la famille occupe-t-elle dans la réussite scolaire ? Par quelles voies l'environnement familial peut-il faciliter cette réussite ?

• **Document 3.** Le tableau statistique permet de comparer les **attentes en termes d'orientation** pour leurs enfants des parents en fonction de leur niveau de diplôme (baccalauréat ou non). Quelles sont les différences dans les attentes familiales sur l'orientation des enfants ? Comment ces attentes peuvent-elles agir sur la réussite scolaire ?

• **Document 4.** Les données du tableau renseignent sur les **effectifs de l'enseignement supérieur** en fonction du type d'enseignement et de l'appartenance socioprofessionnelle des parents. Quels sont les enseignements du supérieur les plus valorisés ? Quelle est la catégorie socioprofessionnelle des parents dans ces études les plus valorisées ?

Définir le plan

I. Origine sociale et réussite scolaire	• Quelle est la place de l'origine sociale dans la réussite scolaire ? (documents 1 et 4) • L'origine sociale est-elle le seul facteur explicatif de la réussite scolaire ?
II. Environnement familial et réussite scolaire	• Comment l'environnement familial peut-il favoriser la réussite scolaire ? (documents 2 et 4) • Comment les attentes des familles peuvent-elles favoriser la réussite scolaire ? (document 3)

31 CORRIGÉ GUIDÉ

Les titres des parties ne doivent pas figurer sur votre copie.

Introduction

[accroche] Les enquêtes internationales sur les systèmes éducatifs mettent en évidence les inégalités que connaît la France en matière de réussite scolaire. [présentation du sujet] Comment peut-on expliquer un tel phénomène ? La réussite scolaire est mesurée par l'accès aux différents niveaux scolaires et de diplômes et elle est considérée comme une ressource socialement valorisée. Or, l'existence d'inégalités signifie qu'il y a des différences d'accès à cette ressource. [problématique] Quels sont alors les principaux facteurs de la réussite scolaire ? [annonce du plan] Un premier facteur tient à l'origine sociale, entretenue par le système scolaire ; un second facteur est le rôle de la famille.

I. Origine sociale et inégalités scolaires

1. L'influence de l'origine sociale sur la réussite scolaire

> **▶ Le secret de fabrication**
> Les documents portent surtout sur l'origine sociale et la famille comme facteurs d'inégalités scolaires. Cependant, il est nécessaire de mettre en avant d'autres déterminants, en vous appuyant sur vos connaissances.

• En 2018, en France, 65 % des enfants de cadres et de professions intellectuelles supérieures âgés de 25 à 34 ans ont un diplôme du supérieur long, contre 16 % des enfants d'ouvriers (document 1). Cette même année, plus de la moitié des élèves de classes préparatoires aux grandes écoles et des prépas intégrées, qui sont les formations les plus valorisées, sont des enfants de cadres et professions intellectuelles supérieures, 10,3 % sont des enfants d'ouvriers (document 4).

• Les données statistiques montrent bien que l'origine sociale des élèves explique en grande partie les inégalités de réussite scolaire. En effet, ce sont les enfants dont les parents ont le niveau de diplôme le plus élevé qui ont la plus grande probabilité de réussir leurs études. Selon le sociologue Pierre Bourdieu, cette situation est le résultat de la transmission d'un capital culturel valorisé par le système scolaire.

MOT CLÉ
Le capital culturel défini par Pierre Bourdieu désigne les diplômes, les connaissances (langage, savoir…) ainsi que la possession d'objets culturels comme les livres.

2. Le système scolaire renforce le rôle de l'origine sociale

• On peut expliquer cette valorisation du capital culturel des plus diplômés par la proximité culturelle des enseignants qui ont connu, eux-mêmes, la réussite scolaire. Ces derniers ont donc, inconsciemment, tendance à valoriser la culture des élèves qui maîtrisent le mieux la culture scolaire, privilégiant ainsi ceux issus de milieux favorisés.

• Le manque de mixité sociale des établissements scolaires influence aussi les inégalités de réussite scolaire. On peut l'expliquer par la carte scolaire qui oriente les élèves dans les écoles en fonction de leur lieu de résidence. Il existe également un « effet établissement » : certaines écoles se révèlent plus efficaces, grâce à des pédagogies favorisant la progression des élèves.

À NOTER
En France, on mesure l'« effet établissement » en calculant sa valeur ajoutée, égale à la différence entre les résultats obtenus et ceux attendus en fonction des caractéristiques sociales des élèves.

II. Le rôle de la famille dans la réussite scolaire

1. L'environnement familial favorise la réussite scolaire

• La famille est une instance de socialisation, et plus particulièrement de socialisation selon le genre. Or, celle-ci a des effets sur les inégalités de réussite scolaire. Les filles ont des résultats scolaires supérieurs à ceux des garçons, pourtant, dans l'enseignement supérieur, elles sont surreprésentées dans les filières les moins valorisées (document 4).

MOT CLÉ
La socialisation selon le genre correspond à l'intégration de valeurs et de normes différentes entre les filles et les garçons.

• L'environnement familial joue un rôle important dans les inégalités scolaires. Ainsi, les enfants vivant dans un milieu familial qui les met en contact avec des outils scolaires comme les livres sont favorisés (document 2). De même, l'attention des parents auprès de leurs enfants pour les initier aux pratiques scolaires est également un facteur de réussite scolaire.

2. Attentes et stratégies des familles

• Pour le sociologue Raymond Boudon, les familles définissent des stratégies scolaires selon un calcul coûts-avantages. Les coûts sont ceux liés aux études, les avantages ceux obtenus grâce à un diplôme de niveau élevé. Or, pour les enfants de milieux défavorisés, les coûts sont le plus souvent supérieurs aux avantages, et inversement pour les ménages les plus aisés.

• Les familles, dans le système scolaire français, jouent un rôle important dans les choix d'orientation des enfants. Or, ces choix dépendent des attentes des parents. C'est dans les familles dont l'un des parents a le baccalauréat que les attentes pour des études longues dans les filières valorisées sont les plus importantes (document 3).

Conclusion

[bilan] En France, deux facteurs primordiaux jouent un rôle déterminant pour expliquer les inégalités de réussite scolaire. Le premier tient à l'origine sociale des élèves : ceux issus des milieux favorisés, ayant reçu de leurs parents un capital culturel, auront plus de chances de réussir leurs études. Et ce d'autant plus que ces élèves sont privilégiés par l'École elle-même qui valorise des savoirs scolaires maîtrisés par leurs parents diplômés. Un second facteur tient au milieu familial. Celui-ci tend à défavoriser les filles et peut créer un environnement propice, ou non, à la réussite scolaire. De plus, les stratégies familiales, notamment en matière d'orientation, accentuent les différences d'accès aux diplômes. [ouverture] Ce constat établi, il s'agit alors de s'attacher à réduire ces inégalités de réussite scolaire, la question étant de savoir comment procéder pour y parvenir.

Essor du numérique et mutations de l'emploi

30 min
4 points

INTÉRÊT DU SUJET • L'essor du numérique a bouleversé nos modes de consommation et a également eu un impact sur les emplois d'aujourd'hui et de demain. Entre ingénieurs informatiques et chauffeurs de VTC, quels types d'emplois crée l'économie numérique ?

▶ Montrez que le numérique accroît la polarisation des emplois.

LES CLÉS DU SUJET

Définir les mots clés

• Associé aux technologies de l'information et de la communication (TIC), le **numérique** désigne l'utilisation de nouveaux outils informatiques de travail ou de formation (ordinateurs, smartphones, logiciels, réseau Internet, plateformes de services…).

• La **polarisation des emplois** désigne la déformation de la structure de l'emploi où la part des emplois situés aux deux extrémités de l'échelle des qualifications augmente, tandis que celle des emplois intermédiaires diminue.

Structurer la réponse

• On mettra en évidence que le numérique fait **disparaître certains emplois** fondés sur des actions automatisables.

• On montrera que, parallèlement, l'économie numérique crée à la fois des **emplois très qualifiés** dans la conception et le développement des outils innovants, et des **emplois peu qualifiés et précaires** dans de nombreux secteurs.

32 CORRIGÉ GUIDÉ

Les titres de parties ne doivent pas figurer sur votre copie.

Introduction

L'utilisation croissante de nouveaux outils informatiques de travail ou de formation (ordinateurs, smartphones, logiciels, réseau Internet, plateformes de services…) transforme l'organisation des entreprises et nos modes de consommation. Le numérique a donc des répercussions sur le travail et l'emploi.

Développement

- Si de nombreux marchés et emplois se créent grâce à l'économie numérique, beaucoup de métiers vont disparaître ou devront subir de profondes mutations. Le numérique peut conduire à remplacer des tâches routinières, répétitives qui seraient « numérisables » ou automatisables. Les emplois à qualification moyenne, comme ceux des opérateurs de machines, des employés de bureau ou des chargés de service clientèle, sont menacés par l'automatisation et la robotisation.

- Parallèlement, le numérique crée des activités « non numérisables » qui nécessitent soit une très haute qualification (conception, développement et commercialisation d'outils innovants), soit peu de qualifications mais, encore, une intervention humaine (reconnaissance d'images par les « travailleurs du clic » ou livraison de colis). « L'ubérisation » de l'économie désigne notamment les nouveaux services s'appuyant sur des plateformes qui modifient quantitativement (création d'emplois) mais aussi qualitativement (précarisation) le marché de l'emploi en mettant en relation les consommateurs avec des travailleurs peu qualifiés.

> **À NOTER**
> On parle de « *gig economy* » pour désigner une économie, issue notamment de « l'ubérisation », ayant recours à des emplois en CDD et intérim ou à la sous-traitance avec des indépendants.

Conclusion

Le numérique modifie en profondeur le contenu et la structure des emplois dans notre société en diminuant les emplois de qualification intermédiaire et en accentuant les écarts en haut et en bas de l'échelle des qualifications, ce qui correspond à une « polarisation des emplois ».

33 Étude de document

Statut d'emploi et type de contrat

1 heure
6 points

INTÉRÊT DU SUJET • En plus du chômage persistant, la précarisation des emplois est une autre évolution importante du marché du travail. Certaines populations sont-elles plus touchées que d'autres par ce phénomène qui fragilise l'intégration sociale ?

DOCUMENT Statut d'emploi et type de contrat en 2019

	Ensemble		Sexe (en %)		Âge (en %)	
	en milliers	en %	Femmes	Hommes	15-24 ans	50 ans ou +
Indépendants	3 297	12,1	8,8	15,3	2,7	10,8
Salariés	23 876	87,9	91,2	84,7	97,3	89,2
Emploi à durée indéterminée	20 284	74,6	77,3	72,1	44,6	77,9
Contrat à durée déterminée	2 472	9,1	11,1	7,2	28,4	8,5
Apprentissage	454	1,7	1,3	2,0	17,4	0,3
Intérim	666	2,4	1,5	3,3	6,9	2,5
Ensemble des emplois	27 173	100,0	100,0	100,0	100,0	100,0

Source : Insee, *enquête Emploi* 2019.

Champ : France hors Mayotte, population des ménages, personnes en emploi.

▶ **1.** Faites une phrase précisant le sens de la donnée entourée.

▶ **2.** Mettez en évidence que les emplois précaires sont occupés de manière inégale dans la population.

S'ENTRAÎNER

LES CLÉS DU SUJET

Définir les mots clés

• L'**emploi** correspond à un poste occupé pour exercer une activité professionnelle rémunérée.

• Le **statut d'emploi** désigne les conditions juridiques dans lesquelles un individu exerce son activité.

• Par **salariés**, il faut entendre toutes les personnes qui travaillent, aux termes d'un contrat, en échange d'un salaire ou d'une rétribution équivalente. Les indépendants ou non-salariés se distinguent des salariés par l'absence de contrat de travail ; ils sont rémunérés sous une autre forme qu'un salaire.

• Les **emplois précaires** désignent ces emplois qui s'éloignent de la forme d'emploi typique qu'est le contrat à durée indéterminée (CDI) – ou les emplois de la fonction publique.

Comprendre le document

• Le document présente la **répartition des statuts d'emploi et types de contrat** selon le sexe et l'âge en France en 2019. Il s'agit de sélectionner les données (des proportions en pourcentages principalement) et de les comparer avec pertinence, afin d'identifier les caractéristiques des individus occupant des emplois précaires.

Structurer la réponse à la seconde question

• La question porte sur les emplois précaires. Il convient donc de se focaliser sur l'analyse des types de contrat. Dans un premier temps, on s'attachera à analyser la **répartition selon les différentes tranches d'âge**, en les comparant entre elles et avec les données d'ensemble.

• Puis, dans un second temps, on effectuera la même démarche pour l'autre variable, **le sexe**.

33 CORRIGÉ GUIDÉ

▶ **1.** En 2019, 12,1 % des personnes occupant un emploi en France sont indépendantes (travailleurs non salariés, professions libérales, à leur compte, chefs d'entreprise). Ce chiffre a été calculé à partir des effectifs donnés en milliers dans la colonne adjacente. Sur 27 173 milliers d'emplois, 3 297 sont sous le statut d'indépendant, ce qui revient à dire que sur 100 emplois, 12 sont occupés sous ce statut.

> À NOTER
> Pour une lecture explicite d'une proportion, interrogez-vous sur la façon dont elle a été calculée.

▶ **2.** *Les titres de parties ne doivent pas figurer sur votre copie.*

Introduction

Le document est un tableau à double entrée, publié par l'Insee, qui présente la répartition en pourcentage de la population en emploi selon le statut d'emploi et le type de contrat (pour les salariés), pour deux groupes d'âge et pour les deux sexes. Nous allons montrer l'inégale répartition des emplois précaires (CDD, apprentissage, intérim) selon ces variables : l'âge, puis le sexe.

Développement

• Les moins de 25 ans sont plus fréquemment en contrat à durée limitée, qu'ils soient en CDD (28,4 %), en intérim (6,9 %) ou en apprentissage (17,4 %). La proportion de jeunes en CDD est ainsi trois fois plus importante que celle de l'ensemble de la population en emploi. Concernant l'apprentissage, il faut préciser qu'à ces âges-là, les jeunes en emploi sont souvent peu diplômés ou suivent un cursus professionnalisant.

• Parmi l'ensemble des personnes occupant un emploi, les femmes sont plus souvent que les hommes en CDD (11,1 % contre 7,2 %, soit près de 4 points de différence), mais sont peu concernées par l'intérim et l'apprentissage.

> CONSEIL
> Pour comparer deux proportions, on peut utiliser un coefficient multiplicateur ou exprimer l'écart sous forme de différence en point(s) de pourcentage.

Conclusion

La précarisation des emplois apparaît inégalement répartie dans la population active occupée : cette évolution du marché du travail touche surtout les jeunes et les femmes.

Numérique et emploi

2 h 30
10 points

INTÉRÊT DU SUJET • Pour mieux comprendre les débats sur le numérique et ses effets sur l'activité économique, il est important d'expliquer les conséquences des nouvelles technologies sur l'emploi.

À l'aide du dossier documentaire et de vos connaissances, vous montrerez que le numérique transforme l'emploi.

DOCUMENT 1 Ubérisation et statut de l'emploi

Le terme « ubérisation » fait son apparition pour la première fois dans le dictionnaire. Le Petit Larousse 2017 [...] le définit comme la « remise en cause du modèle économique d'une entreprise ou d'un secteur d'activité par l'arrivée d'un nouvel acteur proposant les mêmes services à des prix moindres, effectués par des indépendants plutôt que des salariés, le plus souvent *via* des plateformes de réservation sur Internet ». [...] L'ubérisation est un processus économique qui, grâce aux nouvelles technologies numériques, contourne les secteurs classiques de l'économie en créant un nouvel intermédiaire. Cet intermédiaire, qui permet de mettre en relation directe les utilisateurs et les prestataires, se matérialise sous la forme d'une plateforme numérique. Intervenant dans de multiples domaines (voitures de transport avec chauffeur, tourisme, services à la personne, etc.), ces plateformes sont monétisées de diverses manières :

– en prélevant une commission sur les transactions (Uber, Airbnb, La Ruche qui dit oui) ;

– en vendant des encarts publicitaires (Leboncoin) ;

– en offrant des services complémentaires payants (Homexchange, GuestoGuest).

[...] L'ubérisation remet en cause le salariat comme norme. Les prestataires effectuent des « missions », ils sont rémunérés à la tâche. On parle de « revenu », de « chiffre d'affaires » et non plus de « salaire ». Les prestataires sont enregistrés sous le statut d'auto-entrepreneur (ou micro-entrepreneur). Ce statut créé en 2008 propose un régime simplifié de l'entreprise individuelle. [...]

Si le travail indépendant permet davantage de liberté dans l'organisation de son temps de travail, il est aussi vecteur d'incertitudes et d'insécurité. La précarisation des indépendants « ubérisés », qui ne bénéficient pas des protections liées au statut de salarié, est régulièrement dénoncée. La loi Travail du 8 août 2016 a introduit l'obligation pour les plateformes de prendre en charge une partie de la protection sociale des indépendants qui leur sont affiliés.

Les critiques dénoncent également un « salariat déguisé » qui accentuerait la sous-traitance et serait un moyen pour les entreprises de se libérer des charges patronales en employant de la main-d'œuvre bon marché.

Source : vie.publique.fr

DOCUMENT 2 Évolution des emplois dans l'économie numérique francilienne entre 2007 et 2016

	2007	2016	Évolution 2007-2016 (en %)
Salariés	460 900	453 100	– 1,7
Non-salariés	47 500	68 100	43,4
Emplois du numérique	508 400	521 200	2,5
Part des non-salariés dans le numérique	9,3	13,1	3,8 points

Source : Insee, *Analyses Île-de-France*, n° 111, 2019.

DOCUMENT 3 Numérique et polarisation du marché du travail

L'emploi numérique n'est pas constitué que d'ingénieurs informatiques : ce sont aussi les chauffeurs de VTC[1], les emplois logistiques de la vente en ligne, les particuliers qui offrent des prestations touristiques, des travaux de réparation, etc. L'économie numérique n'exclut donc pas du tissu productif les travailleurs moins qualifiés. En revanche, elle tend à les déplacer de métiers routiniers, facilement automatisables, vers des tâches qui reposent sur des interactions humaines, pour lesquelles le robot ou l'ordinateur ne sont pas de bons substituts.

Il en résulte une polarisation du marché du travail. Tandis que les professions intermédiaires, situées au milieu de la distribution des salaires, tendent à se raréfier, l'économie numérique crée principalement deux catégories d'emplois : d'une part, des emplois bien rémunérés, à dimension managériale ou créative, requérant une qualification élevée ; d'autre part, des emplois peu qualifiés et non routiniers, largement concentrés dans les services à la personne, qui sont peu rémunérés car leur productivité reste faible.

Ce phénomène est perceptible dans toutes les économies avancées. En France, on observe depuis 1990 une réduction du poids des catégories socioprofessionnelles intermédiaires dans la population active et une hausse conjointe des catégories très rémunérées ou peu rémunérées.

Source : Nicolas Colin, Augustin Landier, Pierre Mohnen et Anne Perrot, « Économie numérique », *Note du Conseil d'analyse économique*, n° 7, 2015.

1. Voiture de transport avec chauffeur.

LES CLÉS DU SUJET

Analyser les termes du sujet et mobiliser ses connaissances

Analyse du sujet

vous montrerez
On vous demande d'expliquer les transformations de l'emploi dues au numérique.

le numérique
Lié aux techniques de l'information et de la communication, le numérique recouvre l'ensemble des terminaux (ordinateurs, téléphones…), des logiciels et applications ainsi que la mise en réseau des données (internet, plateformes…).

transforme
Modifie les caractéristiques liées à l'emploi.

emploi
Forme de travail rémunéré définie par des normes sociales et juridiques.

Exploiter les documents

• **Document 1.** Ce texte porte sur le terme « **ubérisation** ». Il définit cette notion et met en évidence les effets sur les transformations de l'emploi qu'elle induit. Quelles sont les conséquences de l'ubérisation ? Quelles modifications de l'emploi entraîne-t-elle ?

• **Document 2.** Les données statistiques permettent d'étudier les évolutions des **emplois du numérique** dans l'économie de l'Île-de-France entre 2007 et 2016 ainsi que sur la structure de l'emploi en fonction du statut (salariés – non-salariés). Comment évolue l'emploi du numérique en Île-de-France ? Qu'en est-il du statut de l'emploi ?
• **Document 3.** Le texte porte sur les transformations de la **qualification de l'emploi** provoquées par le numérique. Quel est l'effet du numérique sur les qualifications ?

Définir les arguments

Argument 1	Le numérique modifie le statut et les conditions du travail.
Argument 2	Le numérique favorise la polarisation de l'emploi.

34 CORRIGÉ GUIDÉ

Les titres des parties ne doivent pas figurer sur votre copie.

Introduction

Le numérique est lié aux techniques de l'information et de la communication, recouvrant l'ensemble des terminaux (ordinateurs, téléphones…), des logiciels et applications ainsi que la mise en réseau des données (internet, plateformes…). Il transforme les conditions de production et l'emploi, entendu comme la forme de travail rémunéré définie par des normes sociales et juridiques. Le numérique transforme l'emploi car il modifie le statut et les conditions du travail. Il favorise également la polarisation de l'emploi.

I. Le numérique modifie le statut et les conditions du travail

▶ Le secret de fabrication

La première différenciation touchant à l'emploi concerne le statut et les conditions de travail liées à ce statut. Avec ce premier argument, on part de l'élément le plus général de la réflexion sur les mutations du travail, étayé d'abord par les données statistiques fournies par le sujet, puis par un exemple concret de pratique, l'« ubérisation ».

• La nature d'un emploi est d'abord déterminée par son statut, et plus précisément la distinction entre emploi non salarié et emploi salarié, ce dernier impliquant un contrat entre l'employeur et le salarié. Or, en Île-de-France entre 2007 et 2016, tandis que l'emploi du numérique augmente de 2,5 %, la part des non-salariés dans ce secteur s'accroît de 3,8 points et le nombre d'emplois salariés baisse (document 2).

• La place plus importante prise par l'emploi non salarié s'explique pour une large part par le phénomène d'« ubérisation » (document 1). D'un point de vue juridique, les actifs travaillant pour une plateforme numérique ont un statut d'indépendant, le plus souvent auto-entrepreneur. Or, les conditions de travail sont définies par la plateforme qui rémunère ces indépendants, les rapprochant du statut de salariés. De plus, ces conditions de travail sont souvent moins favorables que celles des salariés.

MOT CLÉ
Un auto-entrepreneur ou micro-entrepreneur est un travailleur indépendant disposant d'un régime fiscal et social simplifié par rapport aux autres entrepreneurs indépendants.

S'ENTRAÎNER

II. Le numérique favorise la polarisation de l'emploi

• Le numérique a des effets sur la qualification des emplois (document 3). S'il est à l'origine de créations d'emplois très qualifiés comme les « ingénieurs informatiques », il développe également l'emploi non qualifié comme les « chauffeurs de VTC ». Ces emplois, gérés par des plateformes numériques, ne peuvent être remplacés par des ordinateurs.

• Cette « polarisation du marché du travail » a des effets sur la qualité de l'emploi. Les emplois qualifiés sont des emplois bien rémunérés avec une relative sécurité du contrat de travail. Ils sont néanmoins exposés à des risques psychosociaux liés à une charge de travail importante. À l'inverse, les emplois non qualifiés sont des emplois précaires et mal rémunérés (document 1).

MOT CLÉ
La polarisation signifie que la part des emplois situés aux extrémités de l'échelle des emplois (qualifiés et non qualifiés) augmente au détriment des emplois intermédiaires.

Conclusion

Le numérique transforme profondément l'emploi. Il entraîne une augmentation de la part des indépendants alors que celle des salariés tend à baisser. Cette évolution du statut de l'emploi implique une dégradation des conditions de travail. Le numérique favorise également une « polarisation de l'emploi » car de plus en plus d'emplois qualifiés et d'emplois non qualifiés sont créés avec pour conséquence la baisse du nombre d'emplois intermédiaires. Cette polarisation a des effets, souvent négatifs, sur la qualité de l'emploi.

35 Dissertation

Travail et intégration sociale

4 heures
20 points

INTÉRÊT DU SUJET • L'intérêt de ce sujet est de présenter comment le travail peut favoriser l'intégration sociale, tout en nuançant l'analyse, car les évolutions de l'emploi affaiblissent ce rôle intégrateur.

Le travail est-il toujours source d'intégration sociale ?

DOCUMENT 1 **Niveau de vie[1] et taux de pauvreté[2] selon le statut d'activité en France en 2017**

	Niveau de vie médian (en euros 2017)	Personnes pauvres (en milliers)	Taux de pauvreté (en %)
Actifs occupés	22 920	2 144	8,2
Salariés	22 850	1 625	7,1
Indépendants	24 020	519	17,2
Chômeurs	14 420	953	37,6
Retraités	21 860	1 094	7,6
Autres inactifs	15 830	1 891	31,3
Ensemble	**20 820**	**8 889**	**14,1**

Source : d'après *Insee Première*, n° 1 772, septembre 2019.

Champ : France métropolitaine.
1. Le niveau de vie correspond au revenu disponible d'un ménage en tenant compte de sa composition.
2. Le taux de pauvreté mesure la proportion d'individus appartenant à un ménage dont le niveau de vie est inférieur à un certain pourcentage du niveau de vie médian (ici 60 %).

DOCUMENT 2 **Le sens du travail**

Cette quête de sens des salariés et travailleurs est-elle une tendance réelle ?

Bien sûr ! Quelles que soient les activités dans lesquelles nous sommes engagés, nous en attendons du sens. Pour le travail, c'est encore plus évident. Les enquêtes dont on dispose le montrent, les Français sont nombreux à affirmer que le travail est « très important » pour eux. Et ce, quel que soit leur emploi. Le travail possède à la fois une dimension relationnelle et expressive : on en attend non seulement la possibilité de rencontrer et coopérer avec d'autres personnes, mais aussi de pouvoir exprimer sa singularité, ses capacités, et d'obtenir de la reconnaissance. C'est la raison pour laquelle l'intérêt intrinsèque du travail (c'est-à-dire le contenu concret du travail) nous importe beaucoup. Dans les entretiens que nous avons menés dans plusieurs pays européens nous avons pu prendre la mesure à la fois de l'ampleur de ces attentes mais également de la désespérance qu'entraîne le travail lorsqu'il n'a aucun sens. Les salariés se réfugient alors dans des postures de retrait.

[...] Ma thèse c'est que notre concept de travail est constitué de plusieurs couches de significations, de plusieurs dimensions. Le travail peut être considéré comme un facteur de production, ce qui importe alors n'est pas le travailleur mais la création de richesse et le profit. Pour le travailleur, il est l'essence de l'homme, c'est-à-dire une activité censée apporter du sens, de l'accomplissement, de l'épanouissement. Enfin, c'est aussi le système de distribution des revenus, des droits et des protections, le pivot de la société salariale.

Source : Entretien avec Dominique Méda, directrice de l'Institut de recherche interdisciplinaire en sciences sociales (IRISSO) et professeure de sociologie, Qqf.fr, octobre 2017.

DOCUMENT 3 Répartition de l'emploi salarié selon le statut de 1982 à 2017

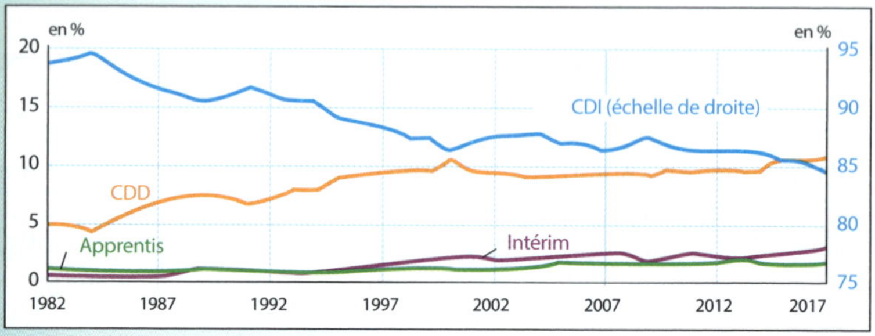

Source : Insee, séries longues sur le marché du travail, *enquêtes Emploi*, septembre 2018.

Champ : France métropolitaine jusqu'en 2013, France hors Mayotte à partir de 2014, population des ménages, personnes en emploi de 15 ans ou plus.
Note : les CDD comprennent les emplois aidés ; pour la fonction publique, les CDI comprennent les fonctionnaires et les contractuels en CDI.

DOCUMENT 4 Le sens donné au travail selon les catégories socioprofessionnelles

Question : Diriez-vous que le travail, c'est d'abord… ? (réponses en %)

	Une façon de trouver sa place dans la société	Une contrainte pour gagner de l'argent	Un moyen d'épanouissement personnel
Ensemble	**37**	**33**	**30**
Cadres	36	28	36
Professions intermédiaires	31	37	32
Employés	29	44	27
Ouvriers	31	52	17

Source : Ifop, « Les Français et le bonheur au travail », avril 2016.

LES CLÉS DU SUJET

Analyser la consigne et dégager une problématique

Analyse du sujet

travail
Activité humaine socialement organisée visant à produire des biens et des services utiles à la satisfaction des besoins humains.

source
Il s'agit d'identifier les éléments constitutifs du travail qui favoriseraient l'intégration des individus.

intégration sociale
Processus par lequel la société (par l'action de la famille, de l'école, du travail notamment) crée entre les individus des liens d'appartenance et de reconnaissance.

toujours
Nuancez le pouvoir intégrateur du travail, en introduisant une dimension temporelle. Le travail a évolué, son rôle intégrateur est-il remis en question ?

- **Problématique.** Il s'agit de comprendre comment l'évolution de la place du travail dans la société modifie le rôle intégrateur du travail et sa capacité à contribuer à l'insertion des individus dans la société.

Exploiter les documents

- **Document 1.** Ce tableau permet de **comparer les différents statuts d'activité** en termes de revenus, de taux de chômage ou de niveau de pauvreté. Est-ce que tous les statuts sont exposés d'une façon égale aux risques de chômage et de pauvreté ? Occuper un emploi rémunéré constitue-t-il une protection ? Ce document alimente la thèse de l'importance du travail dans notre système économique marchand (la détention d'un emploi permet de consommer davantage et ainsi d'accéder aux normes de la société de consommation).
- **Document 2.** Ce texte identifie les **différentes dimensions du rôle intégrateur du travail** (économique, sociale, symbolique…) et l'importance de la « valeur travail ». En creux, il mentionne les risques et les dangers pour l'individu qui ne pourrait compter sur le travail pour être intégré à la société.
- **Document 3.** Ce graphique illustre les mutations de l'emploi avec le **développement de formes atypiques d'emploi** (il peut être utile de caractériser l'évolution de la part de ces emplois). La fragilisation du statut salarial peut provoquer une précarisation économique et sociale de l'individu.

• **Document 4.** Ce tableau explique l'importance des **différentes dimensions du travail** (épanouissement et reconnaissance sociale, au-delà de la dimension économique) en montrant que la place du travail dans la société n'est pas la même pour tous les individus (ce qui renvoie aussi aux inégalités économiques et sociales qui existent entre les différentes catégories socioprofessionnelles).

Définir le plan

I. Le travail permet l'intégration économique et sociale des individus	• Une activité professionnelle rémunérée reste un **élément essentiel** du processus par lequel l'individu participe à la vie collective et se sent appartenir à la société. • Cette activité permet **d'accéder à la société de consommation**, et produit de la solidarité et une **identité sociale** (documents 1, 2, 4).
II. Les mutations du travail et de l'emploi peuvent affaiblir ce rôle intégrateur	• Le **chômage**, la **précarisation** des emplois et les **évolutions du travail** font que les liens qui, par le travail, permettent aux individus d'appartenir à des groupes sociaux ou à la société, sont aujourd'hui moins solides (documents 1, 2, 3).

35 CORRIGÉ GUIDÉ

Les titres de parties ne doivent pas figurer sur votre copie.

Introduction

[accroche] Si le travail a été longtemps considéré comme une activité dégradante et contrainte, les sociétés modernes le valorisent au contraire et en ont fait une condition du bien-être des individus. [présentation du sujet] Ainsi, avec l'avènement de la société salariale, le travail, en tant que facteur de production qui s'inscrit dans une activité de production socialement organisée, apporte bien plus qu'un revenu puisque le travailleur bénéficie d'un statut et de protections. Le travail est devenu de ce fait, avec la famille ou l'école, un vecteur important d'intégration, c'est-à-dire qu'il permet à l'individu de s'insérer dans la société, d'en partager les valeurs et d'instaurer des relations sociales durables. La peur du déclassement social et la stigmatisation des exclus donnent au travail une importance encore plus grande dans notre société. De plus, le droit au travail, qui participe de la dignité de l'être humain, a été repris dans la Constitution de 1958, qui affirme : « Chacun a le devoir de travailler et le droit d'obtenir un emploi. »

[problématique] Si le travail apparaît de façon évidente comme source de lien social, le chômage et les évolutions de l'emploi nous amènent à interroger d'une autre manière le lien entre travail et intégration. Dans quelle mesure la montée du chômage et la précarisation de l'emploi fragilisent-elles de nos jours la capacité du travail à être facteur d'intégration et créateur de lien social ? [annonce du plan] Pour répondre à cette problématique, nous verrons dans un premier temps que le travail est toujours à l'heure actuelle une instance fondamentale d'intégration, parce qu'il contribue à l'identité sociale et permet l'insertion dans l'économie et la société marchande. Pour autant, nous verrons dans un second temps que l'intégration par le travail doit être nuancée par certaines évolutions de l'emploi et les mutations des formes d'organisation du travail apparues ces dernières années.

I. Le travail permet l'intégration économique et sociale des individus

1. Le travail contribue à la construction de l'identité sociale

• Le travail fournit à chacun l'occasion de prouver son utilité sociale et de se créer un statut social (appartenance à une catégorie socioprofessionnelle, place dans le processus de production économique). D'après un sondage Ifop de 2016, 37 % des personnes interrogées estiment que le travail est avant tout un moyen de trouver sa place dans la société (document 4) et donc de s'attirer la reconnaissance d'autrui. Ces différents facteurs participent à la stabilité personnelle, à un sentiment de « vivre ensemble » et forment une protection contre l'isolement social.

> **CONSEIL**
> Dans chaque partie, accompagnez vos exemples de **renvois aux documents** du dossier.

• Le travail est aussi une source d'identité collective par l'appartenance à un collectif de travail (une entreprise, un syndicat) dont les membres partagent conditions et rythmes de travail. Le travail permet notamment de nouer des relations sociales (collègues, clients, fournisseurs…) (document 2). Par ailleurs, la sociabilité professionnelle peut se prolonger par une sociabilité privée qui entretient un réseau amical et d'entraide.

• Le travail constitue une expérience sociale dans laquelle l'individu doit donner la mesure de ses qualités et de ses compétences. Il procure estime de soi, épanouissement personnel (pour 30 % des personnes sondées dans l'enquête du document 4) et reconnaissance (document 2).

2. Le travail assure un revenu d'activité et des droits sociaux

• L'exercice d'un travail, qu'il soit indépendant ou salarié, s'accompagne de l'obtention d'une rémunération. Les actifs occupés ont ainsi un niveau de vie médian de 22 920 euros par an, bien supérieur aux autres statuts d'activité (chômeurs, retraités ou inactifs) (document 1). Cette rémunération donne à l'individu la possibilité de s'intégrer sur le plan économique, c'est-à-dire d'adhérer aux normes collectives de consommation et d'épargne et de s'identifier, à travers ces pratiques, aux autres individus. Cet aspect économique est différencié selon la catégorie socioprofessionnelle et d'autant plus vérifié pour les catégories populaires. 52 % des ouvriers considèrent avant tout le travail comme une contrainte pour gagner de l'argent (document 4).

• Grâce à un travail (document 2), l'individu accède également à une protection sociale qui couvre les risques sociaux (assurances chômage, maladie, accident, famille, retraite) et lui assure une continuité de revenu même après la fin de son activité professionnelle. Par ce système collectif de prélèvements et de prestations, l'individu se sent ainsi « relié » aux autres.

II. Les mutations du travail et de l'emploi peuvent affaiblir le rôle intégrateur du travail

1. La dégradation du marché du travail limite la capacité intégratrice du travail

• La dégradation du marché du travail se caractérise par la persistance d'un niveau de chômage élevé et le développement de formes particulières d'emploi, plus « précaires » (CDD, intérim notamment) : la part de ces formes d'emploi est passée de 6 % à 16 % de l'emploi total entre 1982 et 2017, soit une hausse de 10 points de pourcentage (document 3).

• Le chômage (*a fortiori* de longue durée) et la hausse de la part des emplois précaires, caractérisés par des revenus faibles et instables, augmentent le risque de pauvreté (le taux de pauvreté des chômeurs s'élève à 37 %, soit plus de cinq fois plus que celui des salariés) et favorisent le développement des « travailleurs pauvres » (document 1). On dénombre près de 9 millions de pauvres en France, comprenant, pour 2 millions d'entre eux, des actifs occupant un emploi (document 1). L'exposition à la pauvreté et ses conséquences sur les modes de vie s'accroissent : difficultés à accéder au logement et au crédit, à établir des projets ainsi qu'à consommer selon les normes de la société.

• Ce type d'emplois « précaires » empêche également l'individu de s'inscrire dans des actions collectives comme le syndicalisme et de construire une identité d'appartenance à une entreprise, une équipe, un métier... Le chômage et la flexibilité de l'emploi, avec le recours croissant à des contrats atypiques comme les CDD, les contrats d'intérim ou d'apprentissage (document 3), mettent également de plus en plus en concurrence les travailleurs.

• Chômage et précarisation des emplois nuisent aussi à la sociabilité en dehors de la sphère du travail et fragilisent les relations sociales de l'individu, pouvant entraîner son isolement, voire son exclusion sociale (rupture familiale, perte de confiance en soi, risque de stigmatisation, perte des ressources utiles pour retrouver un nouvel emploi, perte éventuelle de droits sociaux et basculement dans un système d'assistance).

À NOTER
L'exclusion sociale correspond à la non-réalisation des droits sociaux fondamentaux (protection sociale, logement, éducation…) et à la rupture des liens sociaux.

2. Les nouvelles formes d'organisation du travail ont un impact sur le rôle intégrateur du travail

• Les nouvelles formes d'organisation du travail peuvent se traduire par une augmentation des contraintes (rythme, performance, contrôle qualité…) qui pèsent sur le salarié, génèrent des situations de stress, de perte de sens, et l'exposent à des risques psychosociaux. La recherche de performance et de compétitivité accroît aussi le risque de stigmatisation, ce qui peut se traduire par un relâchement du lien entre le salarié et l'entreprise et contrarier l'intégration par le travail (document 2).

• Les mutations du travail et de l'emploi se traduisent aussi par l'individualisation et l'isolement par rapport au collectif de travail. La flexibilité des emplois et des salaires place parfois les membres d'un collectif de travail dans des situations si différentes qu'il leur est difficile d'éprouver une identité et des intérêts communs, et donc de s'engager dans une action collective.

• La flexibilité horaire a aussi des effets sur les emplois du temps des collectifs de travail et des familles. Elle complique l'engagement associatif et affecte les pratiques de sociabilité.

Conclusion

[bilan] Le travail demeure un fondement de l'organisation de la société d'aujourd'hui. Porteur d'une dimension économique, sociale et symbolique, il contribue fortement à la pleine réalisation de l'individu dans la société. Les évolutions de l'organisation du travail dans les entreprises, la montée du chômage et le développement de formes atypiques d'emploi ont cependant réduit le rôle du travail comme instrument d'intégration sociale, en appauvrissant ou excluant certaines populations d'un accès à l'emploi, en fragilisant la relation salariale et les liens sociaux avec les collectifs de travail. [ouverture] Chômage, pauvreté, exclusion, risques psychosociaux : la puissance publique peut-elle prendre en compte l'importance du travail dans toutes ses dimensions ? D'autres instances peuvent-elles compenser l'affaiblissement du rôle intégrateur du travail ?

Pouvoirs publics et justice sociale

30 min
4 points

INTÉRÊT DU SUJET • Dans les sociétés démocratiques, la lutte contre les inégalités est l'un des objectifs traditionnels de l'action des pouvoirs publics. Mais comment s'y prendre concrètement ?

▶ Présentez deux moyens par lesquels les pouvoirs publics peuvent contribuer à la justice sociale.

LES CLÉS DU SUJET

Définir les mots clés

• La **justice sociale** est l'ensemble des principes et valeurs permettant la répartition des ressources (économiques, sociales) essentielles d'une société et l'orientation des actions correctrices à mener.

• Les **pouvoirs publics** désignent l'ensemble des autorités publiques qui détiennent le pouvoir dans l'État. Les principaux moyens par lesquels les pouvoirs publics peuvent contribuer à la justice sociale sont : la fiscalité, la redistribution et la protection sociale, les services collectifs et enfin les mesures de lutte contre la discrimination.

Structurer la réponse

• Il faut en introduction définir la notion de justice sociale et les **conceptions de l'égalité** (ou des inégalités) qu'elle implique.

• Puis on présentera, dans deux paragraphes distincts, deux **modalités d'intervention** des pouvoirs publics pour lutter contre différents types d'inégalités.

36 CORRIGÉ GUIDÉ

Les titres de parties ne doivent pas figurer sur votre copie.

Introduction

La justice sociale vise à une meilleure répartition des richesses, économiques ou sociales selon différentes conceptions de l'égalité : égalité des droits, des chances ou des situations. Si tous les citoyens ont les mêmes droits, les pouvoirs publics peuvent alors orienter leurs actions pour lutter contre des inégalités considérées comme injustes. Parmi ces interventions, on peut distinguer les politiques de « discrimination positive » et la protection sociale.

Développement

- On parle de discrimination lorsqu'un individu ou un groupe d'individus est traité différemment en raison de caractéristiques personnelles : sexe, origine ethnique, handicap… Ainsi, les pouvoirs publics, par la discrimination positive, peuvent favoriser certains groupes sociaux, qui n'ont pas les mêmes chances « initiales » de réussite que les autres. Par exemple, ils peuvent doter de moyens plus importants des établissements scolaires accueillant une population défavorisée. La loi sur la parité entre les hommes et les femmes est un autre exemple de discrimination positive qui permet de lutter contre des inégalités de situations.

- Les pouvoirs publics ont également mis en place un système de protection sociale pour protéger les individus contre les risques sociaux (maladie, vieillesse, chômage…). Il s'agit ainsi, soit de financer un revenu de remplacement pour compenser l'impossibilité de travailler, soit d'effectuer un transfert de revenus des catégories ayant les revenus les plus élevés vers celles ayant les revenus les moins élevés.

À NOTER
À l'origine, la protection sociale en France bénéficiait à ceux qui avaient cotisé (logique d'assurance). Aujourd'hui dans une logique d'assistance, même ceux qui n'ont pas cotisé (les plus démunis) peuvent percevoir des prestations sociales.

Conclusion

Pour lutter contre les inégalités qu'ils considèrent comme non souhaitables au regard de la justice sociale, les pouvoirs publics peuvent, par exemple, mettre en place une discrimination positive pour davantage d'équité ou une protection sociale, dans le sens d'une plus grande égalité de situations.

S'ENTRAÎNER

37 Étude de document

Indicateurs des niveaux de vie en France

1 heure
6 points

INTÉRÊT DU SUJET • La crise économique de 2008 a touché en premier lieu les ménages les plus modestes. Les statistiques peuvent-elles nous préciser si cette crise a réellement aggravé les inégalités de niveau de vie entre les ménages en France ?

DOCUMENT Indicateurs des niveaux de vie[1] (2000-2017)

	2000	2004	2008	2012	2016	2017
Niveau de vie médian (D5)	18 490	19 300	20 670	20 460	20 730	20 820
Niveau de vie moyen	21 480	22 380	24 060	23 950	23 820	23 920
1er décile (D1)	9 210	10 720	11 340	10 840	11 150	11 190
9e décile (D9)	32 210	35 240	38 160	38 370	37 950	38 210
Rapport inter-décile (D9/D1)	3,5	3,3	3,4	3,5	3,4	3,4
Indice de Gini	0,289	0,283	0,292	0,302	0,288	0,289

Source : Insee, *Portrait social*, édition 2019.

Champ : France métropolitaine, personnes vivant dans un ménage dont le revenu déclaré est positif ou nul et dont la personne de référence n'est pas étudiante.
Montants annuels en euros constants 2017.
1. Le niveau de vie correspond au revenu disponible en tenant compte de la composition du ménage.

▶ **1.** Faites une phrase précisant le sens du rapport inter-décile en 2017.

▶ **2.** Mettez en évidence comment ont évolué les inégalités de niveaux de vie en France depuis 2000.

LES CLÉS DU SUJET

Définir les mots clés

• Le **niveau de vie** correspond au revenu disponible en tenant compte de la composition du ménage. Le revenu disponible comprend les revenus d'activité et de remplacement (indemnités chômage, retraite…), les revenus du patrimoine, les prestations sociales perçues, en retranchant les principaux impôts directs (impôt sur le revenu, taxe d'habitation…).

• Le **niveau de vie moyen** correspond au montant total des revenus disponibles de la population, divisé par l'effectif de la population.

• Le **niveau de vie médian** correspond au montant partageant la population en deux : 50 % ont un niveau de vie supérieur, 50 % un niveau de vie inférieur à cette valeur médiane.

• L'**indice de Gini** mesure le degré d'inégalité de la distribution des niveaux de vie. Il varie entre 0 et 1 : la valeur 0 correspondant à l'égalité parfaite (tout le monde a le même niveau de vie) et la valeur 1 à l'inégalité extrême (une seule personne a tout le revenu).

Comprendre le document

Le document est un tableau statistique qui présente différents indicateurs (niveau de vie médian, moyen, déciles, rapport inter-décile) permettant de **mesurer les inégalités de niveau de vie et leur évolution** entre 2000 et 2017 en France. Il s'agit de sélectionner des données de ces séries chronologiques et de les comparer avec pertinence (écart, coefficient multiplicateur, par exemple) pour caractériser leur évolution (hausse, baisse, stagnation, intensité des variations).

Structurer la réponse à la seconde question

• On mettra d'abord en évidence l'**évolution globale** : les inégalités de niveau de vie (après redistribution) sont globalement restées stables à un niveau faible sur la période 2000-2017.

• On observera ensuite l'évolution plus **en détail** : on remarque une dispersion plus importante dans le haut de la distribution ainsi qu'un léger accroissement des inégalités entre 2008 et 2012.

37 CORRIGÉ GUIDÉ

▶ **1.** Le rapport inter-décile D9/D1 permet de mesurer l'ampleur des inégalités (ici des niveaux de vie) en mesurant combien de fois le numérateur (D9, c'est-à-dire le niveau de vie plancher des 10 % d'individus les plus aisés) est plus important que le dénominateur (D1, le niveau de vie plafond des 10 % les plus pauvres). Ainsi, en France, en 2017, le « plus modeste » des 10 % les plus riches a un niveau de vie 3,4 fois plus élevé que le plus « riche » des 10 % les plus pauvres.

> **À NOTER**
> Pour mesurer l'ampleur des inégalités, on utilise l'écart inter-quantile (D9 – D1, pour une répartition en décile) ou le rapport inter-quantile (D9/D1).

▶ **2.** *Les titres de parties ne doivent pas figurer sur votre copie.*

Introduction

Ce document, élaboré par l'Insee, représente l'évolution chronologique de 2000 à 2017 de différents indicateurs du niveau de vie en France. Après avoir dégagé le niveau et la tendance principale de cette évolution, nous soulignerons les mouvements contrastés aux extrémités de la distribution ainsi qu'une légère variation entre 2008 et 2012.

Développement

- Les inégalités de niveau de vie se maintiennent à un niveau plutôt faible et restent globalement stables sur la période. Si les écarts inter-déciles (D9 – D1) sont certes croissants (de 23 000 euros en 2000 à 27 000 euros en 2017), le rapport inter-décile (D9/D1) est lui quasi stable et s'établit à environ 3,4.
- Dans le détail, on peut mesurer la dispersion, c'est-à-dire l'écart par rapport à la médiane. Le rapport D5/D1 en 2000 est proche de 2 et plus faible en 2017 : les inégalités en dessous de la médiane se réduisent. Inversement, les inégalités s'accroissent dans le haut de la distribution avec un rapport D9/D5 qui augmente.
- On constate enfin en utilisant l'indice de Gini que les inégalités de niveau de vie ont légèrement augmenté après la crise économique de 2008 : l'indice passe de 0,283 en 2004 à 0,292 en 2008, jusqu'à 0,302 en 2012, ce qui représente une hausse de près de 0,20 point, soit + 7 % environ.

Conclusion

Les inégalités de niveau de vie sont globalement stables sur la période 2000-2017, et si elles ont légèrement augmenté après la crise de 2008, elles se stabilisent à un niveau équivalent au début des années 2000.

Le caractère cumulatif des inégalités

2 h 30
10 points

INTÉRÊT DU SUJET • Ce sujet traite des différentes formes d'inégalités, mais également des mécanismes de causalité et de renforcement existant entre elles.

Vous montrerez que les inégalités économiques et sociales présentent un caractère cumulatif.

DOCUMENT 1 Montants de patrimoine net début 2015 (en euros)

Revenu disponible[1]	Patrimoine moyen	Patrimoine médian (D5)	1er décile (D1)	9e décile (D9)
Inférieur au 1er quartile	83 900	18 000	1 000	218 500
Du 1er au 2e quartile	132 500	66 900	2 800	296 400
Du 2e au 3e quartile	222 700	157 500	8 100	476 200
Supérieur au 3e quartile	496 800	297 400	42 900	979 700
Ensemble	**235 900**	**113 900**	**3 000**	**534 800**

Source : Insee, *Les revenus et le patrimoine des ménages*, 2018.

1. Revenu utilisable par un ménage pour la consommation ou l'épargne comprenant les revenus d'activité, de patrimoine et de transferts déduits des impôts directs.

DOCUMENT 2 Niveau de vie et espérance de vie

[…] Le niveau de vie[1] peut être la cause directe d'un état de santé plus ou moins bon, et donc d'une durée de vie plus ou moins longue. Ainsi, les difficultés financières peuvent limiter l'accès aux soins. Par exemple, d'après l'enquête Santé et protection sociale de 2014, 11 % des adultes parmi les 20 % les plus modestes disent avoir renoncé pour des raisons financières à consulter un médecin au cours des 12 derniers mois, contre 1 % des adultes parmi les 20 % les plus aisés.

[…] Le niveau de vie a aussi un effet indirect sur la santé, parce qu'il est lié à des facteurs également associés à une santé plus ou moins bonne comme la catégorie sociale, le diplôme ou la région de résidence. Les cadres ont un niveau de vie élevé et sont moins soumis aux risques professionnels (accidents, maladies, exposition à des produits toxiques) que les ouvriers. De même, les comportements moins favorables à la santé sont plus fréquents chez les non-diplômés que chez les diplômés. Par exemple, d'après le Baromètre Santé 2016, 39 % des personnes âgées de 15 à 64 ans sans diplôme fument quotidiennement, contre seulement 21 % des diplômés du supérieur. Par ailleurs, un faible niveau de vie peut également être la conséquence d'une mauvaise santé plutôt qu'en être la cause. Une santé défaillante peut freiner la poursuite d'études, l'exercice d'un emploi, ou l'accès aux emplois les plus qualifiés.

Source : *Insee Première*, 2018.

1. Revenu disponible d'un ménage en tenant compte de sa composition.

DOCUMENT 3 Situation professionnelle trois ans après la fin des études, en fonction du diplôme obtenu

	Taux de chômage (en %)	Emploi à durée indéterminée (en %)	Catégorie socioprofessionnelle[1]				
			CPIS	PI	E	O	Autres
Aucun diplôme	49	35	1	15	37	44	3
CAP-BEP	28	49	0	13	37	48	2
Baccalauréat	19	52	3	26	42	27	2
Bac + 2	12	68	6	44	31	16	3

	Taux de chômage (en %)	Emploi à durée indéterminée (en %)	Catégorie socioprofessionnelle[1]				
			CPIS	PI	E	O	Autres
Bac + 3/4	13	68	17	53	22	6	2
Bac + 5	10	82	59	32	6	1	2
Ensemble	**20**	**62**	**18**	**33**	**27**	**20**	**2**

Source : « Quand l'école est finie. Premiers pas dans la vie active de la génération 2013 », *Céreq Enquêtes*, n° 1, octobre 2017.

Note : CPIS : Cadres et professions intellectuelles supérieures. PI : Professions intermédiaires. E : Employés. O : Ouvriers.

LES CLÉS DU SUJET

Analyser les termes du sujet et mobiliser ses connaissances

Analyse du sujet

Vous montrerez
Exposez des arguments, sans chercher de problématique.

inégalités
Définissez chaque type d'inégalité et ses caractéristiques en distinguant les inégalités économiques et les inégalités sociales.

caractère cumulatif
Montrez que chaque forme d'inégalité en engendre une ou plusieurs autres et que ces inégalités vont s'entretenir et se renforcer mutuellement.

Exploiter les documents

- **Document 1.** Ce tableau permet de voir le **lien de corrélation entre patrimoine et revenu.** Il vous faut ensuite l'expliciter en lien de causalité avec les notions de revenu disponible, épargne…
- **Document 2.** Ce texte met en évidence **les liens entre différentes formes d'inégalités.** Notez-les selon les différentes variables socio-démographiques (niveau de vie, santé, diplôme, emploi…).
- **Document 3.** Ce tableau présente **le lien entre le niveau de diplôme et les conditions d'insertion des jeunes** dans le monde du travail. Il montre que les inégalités sociales sont cumulatives et qu'elles peuvent avoir également des répercussions sur la situation économique.

Définir les arguments

Argument 1	Les inégalités de revenus et de patrimoine se renforcent mutuellement.
Argument 2	Les inégalités sociales sont cumulatives entre elles.
Argument 3	Les inégalités économiques et sociales s'entretiennent mutuellement.

38 CORRIGÉ GUIDÉ

Les titres de parties ne doivent pas figurer sur votre copie.

Introduction

Malgré l'affirmation de la devise républicaine, « Liberté, Égalité, Fraternité », nous vivons dans un pays où les inégalités réelles sont fortes. Les inégalités représentent les différences d'accès aux ressources rares et valorisées dans la société, qu'elles soient économiques ou sociales. Nous montrerons que les inégalités tant économiques que sociales peuvent s'entretenir mutuellement, d'où leur caractère cumulatif et auto-entretenu.

I. Les inégalités de revenus et de patrimoine se renforcent mutuellement

- Les inégalités économiques représentent les inégalités de revenus (flux issus de la rémunération du travail et du capital) et les inégalités de patrimoine (stock des actifs détenus). Elles peuvent se cumuler car les revenus alimentent, par la « mécanique » de l'épargne, le patrimoine. Plus les revenus sont élevés, plus les capacités d'acquérir du patrimoine, sous forme d'actions et de biens immobiliers par exemple, sont importantes.
- La répartition des patrimoines apparaît plus inégalitaire que la répartition des revenus : c'est ce que montre la comparaison des courbes de Lorenz. Ainsi, les 10 % des ménages les plus riches possèdent près de 50 % du patrimoine en France. Ils détiennent plus de 534 800 euros, contre moins de 3 000 euros pour les 10 % les moins bien dotés en patrimoine net (doument 1).
- En outre, le patrimoine génère d'autant plus de revenus qu'il est important (dividendes, intérêts, loyers...). Enfin, il peut se transmettre entre générations par l'héritage, ce qui renforce son caractère cumulatif.

II. Les inégalités sociales sont cumulatives entre elles

• Les inégalités en matière de santé sont en corrélation avec le statut social. L'emploi et la position sociale déterminent des conditions de travail plus ou moins pénibles et dangereuses. Le niveau de diplôme détermine la fréquence des consultations de santé et les pratiques à risques (document 2). L'espérance de vie est moins élevée chez les ouvriers que chez les cadres.

• Il existe également une corrélation entre l'accès inégalitaire aux diplômes et le taux de chômage. Ainsi, en 2016, trois ans après la fin de leurs études, un jeune sur deux sans diplôme est au chômage, soit un taux quatre fois supérieur à celui des jeunes diplômés bac + 2 (document 3). Le niveau de diplôme est également important pour l'acquisition d'une position sociale décisive qui génère elle-même d'autres inégalités sociales. 91 % des jeunes diplômés bac + 5 occupent une position de cadre ou de profession intermédiaire, contre 29 % pour ceux uniquement titulaires d'un baccalauréat.

III. Les inégalités économiques et sociales s'entretiennent mutuellement

• Les inégalités économiques favorisent les inégalités sociales. Des revenus faibles limitent l'accès aux soins et à une alimentation de qualité (document 2). De même, les familles aux faibles revenus ont de moindres possibilités pour financer les études de leurs enfants, générant une reproduction intergénérationnelle des inégalités d'accès aux diplômes. Enfin, les inégalités économiques ont des conséquences sur les conditions de vie (qualité du logement, lieu de résidence…) et sur les pratiques culturelles et de loisirs.

• Réciproquement, les inégalités sociales favorisent les inégalités économiques. Ainsi, l'origine sociale peut déterminer la possession d'un capital culturel plus ou moins favorable à la poursuite d'études, pouvant réduire les chances d'accès à un diplôme, à un emploi à durée indéterminée (document 3) et donc à un salaire élevé. Le niveau de santé peut également avoir un impact sur les possibilités de poursuivre des études ou d'exercer un emploi (document 2).

Conclusion

Les inégalités sont donc multiformes et s'auto-entretiennent les unes les autres, formant un cercle vicieux pour les plus défavorisés et un cercle vertueux pour les plus favorisés : accumulation des handicaps d'un côté et des privilèges de l'autre. Ce système tend à se reproduire d'une génération à l'autre, entraînant une dynamique de creusement des inégalités qui peut menacer la cohésion sociale.

39 Dissertation

L'action publique pour la justice sociale en débat

4 heures
20 points

INTÉRÊT DU SUJET • La justice sociale se trouve au cœur des préoccupations des Français. Cette question fait néanmoins débat. Quelles sont les différentes limites des actions des pouvoirs publics qui nourrissent les critiques ?

▶ Pourquoi l'action des pouvoirs publics en matière de justice sociale fait-elle l'objet de débats ?

DOCUMENT 1 Le sentiment d'injustice face aux différents prélèvements en France (en %)

	Année de création	Principe de calcul	Appréciation des enquêtés		
			Injuste	Juste	NSP[1]
Taxe d'habitation	1791	Caractéristiques du logement et localisation	41	53	6
Taxe foncière	1791	Caractéristiques du logement et localisation	45	44	11
Impôt sur le revenu	1917	Progressif	25	70	5
TVA[2]	1954	Proportionnel	45	43	12
ISF[3]	1981	Progressif	20	67	13
CSG[3]	1990	Proportionnel	48	33	19

Source : Kevin Bernard et Alexis Spire, « Les déterminants sociaux du sentiment d'injustice fiscale », *Revue de l'OFCE*, n° 161, 2019.

Champ : Ensemble de la population de l'enquête.
1. Cette catégorie regroupe trois modalités : ne sait pas, ne connaît pas, n'a pas répondu.
2. Taxe sur la valeur ajoutée. 3. Impôt de solidarité sur la fortune, remplacé en 2018 par l'impôt sur la fortune immobilière (IFI). 4. Contribution sociale généralisée.

DOCUMENT 2 **Indicateurs d'inégalité et de pauvreté de 2000 à 2018**

	2000	2005	2010	2015	2018
Indicateurs d'inégalité après redistribution					
1er décile de niveau de vie (D1) (en euros 2018)	10 220	10 940	11 260	11 190	11 210
9e décile de niveau de vie (D9) (en euros 2018)	35 600	36 480	39 000	38 670	39 130
D9/D1	3,48	3,33	3,46	3,46	3,49
Indices de Gini	0,289	0,289	0,302	0,292	0,298
Indicateurs d'inégalité avant redistribution					
D9/D1	5,68	5,21	5,65	6,11	6,26
Indices de Gini	0,369	0,360	0,375	0,375	0,383
Indicateurs de pauvreté, seuil à 60 % de la médiane					
Nombre de personnes pauvres (en milliers)	7 951	7 881	8 739	8 875	9 327
Taux de pauvreté (en %)	13,7	13,2	14,3	14,2	14,8
Seuil de pauvreté (en euros 2018/mois)	942	1 000	1 051	1 046	1 063

Source : Insee, septembre 2020.

DOCUMENT 3 **Conditions d'attribution du revenu de solidarité active (RSA) et mesures d'accompagnement**

Conditions d'attribution

• Vous avez plus de 25 ans. Il n'y a pas de condition d'âge si vous êtes enceinte et si vous avez déjà au moins un enfant à charge.

• Si vous avez entre 18 et 25 ans, sans enfant, vous devez avoir exercé, en plus des conditions énoncées ci-après, une activité à temps plein […] durant au moins 2 ans sur les 3 dernières années. […]

• Les ressources mensuelles moyennes de votre foyer pendant les 3 mois précédant votre demande ne doivent pas dépasser un certain montant maximal de RSA […].

• Vous devez prioritairement faire valoir vos droits à l'ensemble des autres prestations sociales (allocation chômage, retraite…) auxquelles vous pouvez prétendre.

• Vous ne pourrez pas bénéficier du RSA (sauf si vous êtes parent isolé) si vous êtes :

– en congé parental ou sabbatique, en congé sans solde ou en disponibilité ;

S'ENTRAÎNER

– étudiant et que vous ne percevez pas un revenu d'activité au moins égal à 500 euros par mois (au titre des revenus déclarés chaque trimestre).

Un accompagnement personnalisé

• Si vous êtes sans emploi ou si vous tirez de votre activité des ressources limitées, le conseil départemental désignera un référent (un professionnel de l'emploi ou du secteur social) pour vous aider.

• Vous déciderez avec lui des démarches à entreprendre pour rechercher un emploi, créer votre propre activité et/ou favoriser votre insertion sociale et professionnelle.

• Vous signerez avec lui un projet personnalisé d'accès à l'emploi ou un contrat d'insertion sociale que vous devrez respecter.

Source : site de la Caisse d'allocations familiales (CAF), 2021.

DOCUMENT 4 **Écarts de revenu du travail entre les hommes et les femmes en France entre 1970 et 2012**

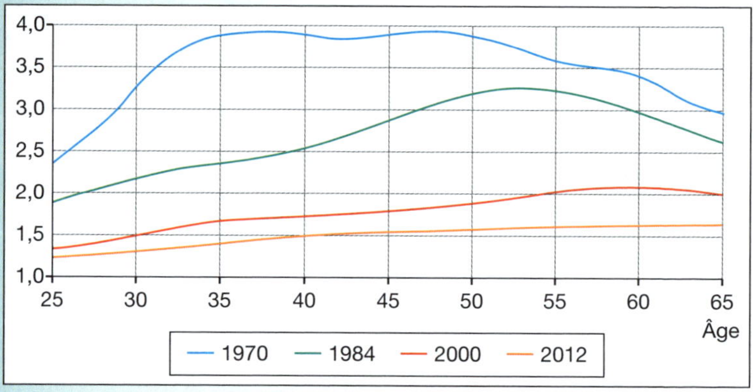

Source : Bertrand Garbinti et Jonathan Goupille-Lebret, « Inégalités de revenu et de richesse en France : évolutions et liens sur longue période », *Économie et statistiques*, n° 510-511-512, 2019.

Note : rapport entre le revenu du travail moyen des hommes et des femmes. Le revenu du travail inclut les salaires, les retraites, les indemnités de chômage et 70 % des revenus mixtes des indépendants.

Lecture : en 1970, les hommes âgés de 65 ans percevaient un revenu du travail en moyenne trois fois plus élevé que celui des femmes.

LES CLÉS DU SUJET

Analyser la consigne et dégager une problématique

Analyse du sujet

- **Pourquoi** — On vous demande de chercher les causes d'un phénomène. Il s'agit d'un sujet de type analytique.
- **action des pouvoirs publics** — Ensemble des mesures prises par l'État et les collectivités locales.
- **justice sociale** — Principes visant à diminuer les inégalités perçues comme injustes dans une société démocratique.
- **objet de débats** — Les mesures prises comportent des limites et font l'objet de critiques.

• **Problématique.** Malgré la réduction des inégalités sur le long terme, les mesures de justice sociale ont des limites en termes d'efficacité et de légitimité.

Exploiter les documents

• **Document 1.** Ce tableau synthétise les résultats d'une enquête permettant de mesurer le **sentiment d'injustice face aux principaux prélèvements obligatoires**. Quels sont les prélèvements considérés comme les plus justes ? Et les plus injustes ?

• **Document 2.** Ce tableau permet de mesurer l'**évolution des inégalités et de la pauvreté** entre 2000 et 2018. Nous disposons du revenu avant redistribution, c'est-à-dire des ressources issues de la répartition primaire des revenus, et du revenu après redistribution, obtenu en ajoutant les prestations et en ôtant les prélèvements. Quels sont les effets de la redistribution sur les inégalités de revenus ? Comment évolue la pauvreté en près de vingt ans ?

• **Document 3.** Ce document rappelle les conditions d'attribution du **revenu de solidarité active** (RSA) et l'accompagnement mis en place pour suivre ses bénéficiaires. Qui peut obtenir le RSA ? Quelles mesures sont mises en place pour favoriser le retour à l'emploi ?

• **Document 4.** Ce graphique permet de comparer les **écarts de revenu du travail entre hommes et femmes** selon l'âge et pour quatre décennies différentes. Comment évoluent les inégalités de revenu du travail selon le sexe ? Ces inégalités sont-elles les mêmes suivant l'âge ?

Définir le plan

I. Des difficultés accrues pour diminuer les inégalités	• Comment évoluent les inégalités économiques avec l'action des pouvoirs publics ? • En quoi la persistance d'inégalités sociales interroge-t-elle sur l'efficacité des mesures prises ?
II. Des risques d'effets pervers et des problèmes de légitimité	• Quels sont les effets pervers provoqués par l'action des pouvoirs publics ? • Pourquoi peut-on remettre en cause la légitimité de l'action des pouvoirs publics pour réduire les inégalités ?

39 CORRIGÉ GUIDÉ

Les titres des parties ne doivent pas figurer sur votre copie.

Introduction

[accroche] Le mouvement des Gilets jaunes, qui a débuté à la fin 2018, a mis en lumière un sentiment profond d'injustice sociale dans une partie de la population française. Paradoxalement, la France fait partie des pays qui consacre une partie importante de sa richesse à des mesures de justice sociale. [présentation du sujet] Les pouvoirs publics, c'est-à-dire les collectives locales et le gouvernement, ont en effet différents moyens à leur disposition pour accorder l'égalité en droits, favoriser l'équité des chances ou encore réduire les inégalités de situation. [problématique] Or, de manière croissante, la capacité des pouvoirs publics est remise en cause. Quelles sont les limites des mesures de justice sociale qui viennent ainsi nourrir ces critiques ? [annonce du plan] Nous montrerons tout d'abord que les pouvoirs publics peinent à réduire efficacement les inégalités, puis que certaines mesures adoptées ont des effets pervers ou posent question quant à leur légitimité.

I. Des difficultés à réduire les inégalités

▶ **Le secret de fabrication**

Il convient de poser les éléments du débat. La réponse est axée sur les limites des actions des pouvoirs publics et les critiques qu'elles nourrissent. Dans cette partie, on montrera que la réduction des inégalités économiques et sociales est imparfaite, interrogeant sur l'efficacité des mesures prises.

1. Une aggravation des inégalités économiques

• La fiscalité progressive, dont le taux de prélèvement augmente avec le revenu ou le patrimoine, doit permettre de réduire les inégalités économiques. Il en est ainsi, en France, de l'impôt sur le revenu ou encore de l'impôt sur la fortune (document 1). Les prestations sociales, ensuite, peuvent soutenir le niveau de vie des moins aisés à l'instar des minima sociaux comme le revenu de solidarité active, le RSA (document 3). La combinaison des prélèvements et des versements permet alors une redistribution monétaire. Ainsi, en 2018, les 10 % les plus aisés (9e décile) gagnent au moins 3,49 fois plus que les 10 % les moins aisés (1er décile), contre 6,26 fois plus avant redistribution (document 2).

• Pourtant on assiste depuis 2005 à un accroissement des écarts de niveaux de vie et de la pauvreté, les coefficients de Gini s'éloignant de 0 (document 2). Le système fiscal n'apparaît pas aussi progressif qu'imaginé : beaucoup de prélèvements sont proportionnels (document 1). Quant à la taxe sur la valeur ajoutée (TVA), elle a en réalité un effet dégressif sur les revenus : ce sont les ménages les plus pauvres qui consacrent une part plus importante de leur revenu à la consommation. En outre, les inégalités de patrimoine se creusent encore plus. Ainsi, depuis une trentaine d'années, les plus riches ne cessent de s'enrichir. Ces écarts croissants posent donc la question de l'efficacité des mesures de justice sociale.

2. Des inégalités sociales persistantes

• Les pouvoirs publics cherchent également à réduire les inégalités sociales. Il en est ainsi de celles de genre. Les écarts de revenu du travail entre hommes et femmes ont certes diminué fortement depuis 1970, mais elles perdurent. En 2012, à l'âge de 25 ans, les hommes gagnent 30 % de plus que les femmes. À l'âge de 65 ans, l'écart est de l'ordre de 60 % (document 4). Les gouvernements ont pris des mesures pour garantir l'égalité en droits des hommes et des femmes. Mais il persiste des inégalités de chances qui renvoient encore aujourd'hui aux rôles sociaux assignés selon le genre. Ainsi, malgré les lois sur la parité en politique et dans les conseils d'administration des entreprises, les femmes restent largement minoritaires dans les instances de pouvoir.

> **MOT CLÉ**
> Si les inégalités économiques portent sur les revenus, le patrimoine ou encore l'emploi, les inégalités sociales renvoient, quant à elles, à des différences de pratiques culturelles, d'éducation ou de conditions de vie.

S'ENTRAÎNER

• En dépit du développement des services collectifs de santé ou d'éducation, les inégalités selon l'origine sociale restent fortes. En termes d'éducation, la massification ne s'est pas traduite par une réelle démocratisation scolaire. Et les formations très sélectives, comme les classes préparatoires aux grandes écoles (CPGE), restent l'apanage des milieux sociaux favorisés. Dans le domaine de la santé, les inégalités d'espérance de vie entre cadres et ouvriers restent fortes, et plus encore si l'on compare l'espérance de vie en bonne santé.

II. Des effets pervers et une crise de légitimité

1. Des effets désincitatifs

• Selon la logique libérale, les minima sociaux ou les indemnités chômage pourraient avoir des effets désincitatifs. Les bénéficiaires feraient un arbitrage, préférant le maintien de leurs prestations à un retour à l'emploi, notamment à bas salaire. Quant aux plus démunis, ils auraient des difficultés à sortir de la pauvreté et pourraient tomber dans des trappes à inactivité malgré les mesures d'accompagnement mises en place (document 3), restant ainsi en dessous du seuil de pauvreté.

• Dans les années 1970, Arthur Laffer, un économiste libéral, a mis en évidence les effets désincitatifs des impôts. Au-delà d'un seuil dit « optimal » d'imposition, les agents économiques auraient tendance à moins produire pour échapper aux prélèvements, voire à pratiquer l'évasion fiscale. Ce principe du « trop d'impôt tue l'impôt » a inspiré des baisses de prélèvements obligatoires importantes en réponse à la défiance de nombreux citoyens.

2. Une crise de légitimité

• Certaines mesures de justice sociale font débat. Le versement du RSA est suspendu à de nombreux critères (document 3). Si certains experts mettent en avant l'effet de trappes, d'autres pointent la situation des non-recours. Cette question s'est ainsi invitée lors de l'élection présidentielle de 2017, certains candidats plaidant pour l'instauration d'un système de revenu universel. Par ailleurs, dans le contexte de la crise sanitaire de Covid-19, la situation des étudiants sans revenu d'appoint, mais ne pouvant percevoir le RSA, pose question. Dans le domaine de l'éducation, si l'instauration récente de quotas de bacheliers boursiers dans certaines formations du supérieur peut sembler légitime, elle est source de critiques : rupture d'égalité pour les uns ou risque de discrimination pour d'autres.

> **À NOTER**
> L'estimation du taux de non-recours au RSA (part des personnes ayant droit au RSA et ne le demandant pas) se situe dans une fourchette de 28 à 35 %.

• Face à l'impôt, on assiste à une hausse du sentiment d'injustice. Une enquête récente montre que différents prélèvements (contribution sociale généralisée, taxe sur la valeur ajoutée, taxe foncière) sont considérés comme injustes pour une majorité de la population, posant ainsi le problème du consentement à l'impôt (document 1). Certains, et notamment les moins aisés, ont ainsi le sentiment de beaucoup plus contribuer au financement du système que d'en bénéficier. Le modèle du citoyen contribuant à l'intérêt général et payant ses impôts par devoir a donc tendance à s'effriter.

Conclusion

[bilan] Depuis une quinzaine d'années, on assiste à l'aggravation des inégalités de niveaux de vie et de patrimoine tandis que persistent des inégalités sociales. Les pouvoirs publics peinent à atteindre leurs objectifs de réduction de ces écarts. En outre, certaines mesures redistributives sont critiquées pour leur effet désincitatif. Parallèlement, c'est l'idée même de prélèvement qui est décriée, délégitimant le principe du consentement à l'impôt. [ouverture] Dans les sociétés démocratiques, la question de l'acceptation des politiques publiques est cruciale pour les gouvernants. Or, la défiance des citoyens ne cesse de progresser, comme en témoignent la montée de l'abstention et les derniers mouvements sociaux. L'organisation de débats de citoyens, notamment en réponse à la quête de justice sociale des Gilets jaunes, suffira-t-elle à légitimer les actions à venir ?

Préparer l'épreuve écrite : le sprint final

L'essentiel du programme en 7 fiches MÉMO

2 SUJETS COMPLETS

Polynésie française, mars 2023

France métropolitaine, septembre 2022

1 Les sources et les défis de la croissance économique

A Les enjeux du thème

B Les points à maîtriser

1. Les sources de la croissance

● **Définition de la croissance**

– **augmentation soutenue**, pendant une période longue, de la production d'un pays

– mesurée par la variation du produit intérieur brut (PIB) réel

> MOT CLÉ **Le PIB mesure les richesses créées par les unités de production résidentes sur le territoire national durant une année.**

● **Deux principales sources**

– accumulation des facteurs de production, travail et capital : croissance dite **extensive**

– amélioration de l'efficacité des facteurs de production (progrès technique), mesurée par la hausse de la productivité globale des facteurs (PGF) : croissance dite **intensive**

2. Le rôle du progrès technique

● Le progrès technique désigne l'**ensemble des innovations** : nouveaux produits, nouvelles méthodes de production, nouvelles manières d'organiser le travail.

● Le progrès technique est **source endogène de croissance**.

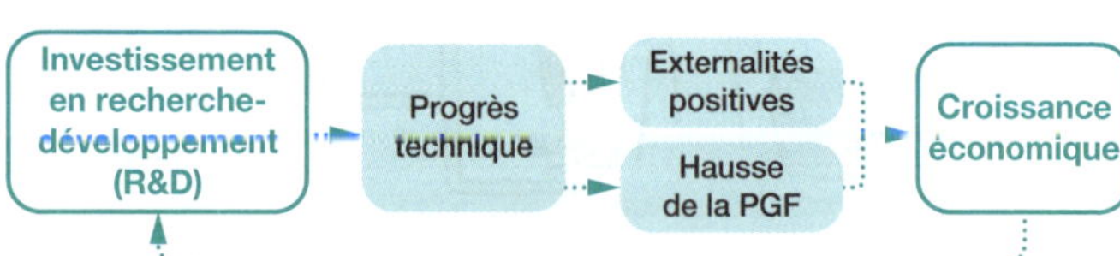

3. Institutions et croissance

● Les institutions désignent l'ensemble des **organisations**, des **règles** (réglementation, lois) et des **pratiques** acceptées par tous, qui encadrent les échanges.

● De « bonnes institutions » (État de droit, droit de propriété, brevets) créent un cadre qui favorise l'**investissement** et l'**innovation**, et donc la croissance.

> MOT CLÉ **Le droit de propriété est le droit, garanti par l'État, de pouvoir utiliser, tirer profit ou disposer (c'est-à-dire vendre ou transformer) des biens dans le cadre prévu par la loi.**

4. Les limites du progrès technique et de la croissance

Un processus de destruction créatrice	Le progrès technique crée de nouvelles activités, mais en détruit d'autres devenues obsolètes.
Des gains inégalement répartis	Les revenus du travail diminuent comparativement à ceux du capital en raison de la modification de la combinaison de production.
La soutenabilité de la croissance ?	• Selon certains économistes, le progrès technique peut repousser les limites de la croissance. • Selon d'autres, la nature est un capital non substituable.

LES DÉPENSES INTÉRIEURES DE R&D

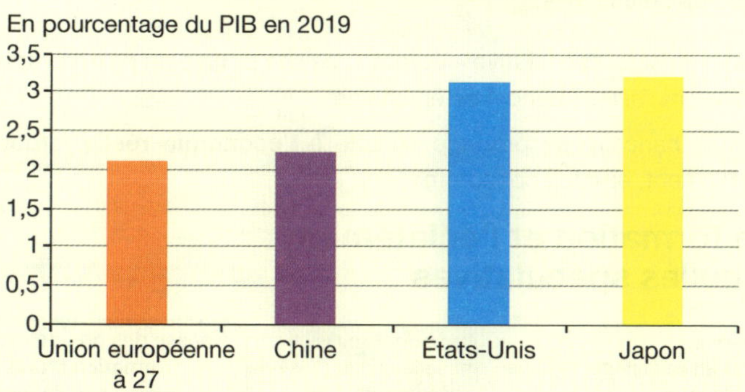

Source : OCDE, 2021.

En 2019, les États-Unis consacraient plus de 3 % de leur PIB à la recherche-développement (R&D), contre à peine plus de 2 % pour l'Union européenne et pour la Chine.

2 Les crises financières et la régulation du système financier

A Les enjeux du thème

Les crises financières et la régulation du système financier

1. Quels sont les mécanismes d'une crise financière ?
2. Comment se forment et éclatent les bulles spéculatives ?
3. Quelles sont les caractéristiques des crises bancaires ?
4. Comment les crises financières se transmettent-elles à l'économie réelle ?
5. Comment peut-on réguler le système financier ?

B Les points à maîtriser

1. Les mécanismes d'une crise financière

● Lorsque le prix d'un actif augmente de manière excessive, à cause de la spéculation dont il est l'objet, il se forme une bulle spéculative.

> MOT CLÉ **La spéculation consiste à acheter des actifs pour les revendre à un prix plus élevé.**

● Lorsque la bulle spéculative « **éclate** » (baisse brutale du prix de l'actif), elle provoque des faillites bancaires en chaîne.

● La crise bancaire se propage ensuite à l'**économie réelle** (production, investissement, emploi, consommation).

2. La formation et l'éclatement des bulles spéculatives

- Anticipations à la hausse en période de confiance → Comportement mimétique des investisseurs → Hausse des prix des actifs : **formation d'une bulle spéculative**
- Anticipations à la baisse du fait d'un événement économique ou politique → Phénomène de prophétie autoréalisatrice → Baisse des prix des actifs : **éclatement de la bulle spéculative**

3. Les caractéristiques des crises bancaires

- Les banques interviennent sur le marché financier en prenant de plus en plus de risques car leur poids dans l'économie crée un aléa moral.

> MOT CLÉ **L'aléa moral est la situation d'un agent économique qui, sur le marché, prend un risque inconsidéré car il est certain d'être couvert contre ce risque.**

- Lorsqu'une crise financière éclate, la valeur des titres détenus par les banques s'effondre, ce qui incite leurs clients à retirer leur épargne en masse. Cette **panique bancaire** entraîne des **faillites en chaîne** de banques, celles-ci manquant de liquidités pour faire face aux retraits de leurs clients.

4. La transmission des crises financières à l'économie réelle

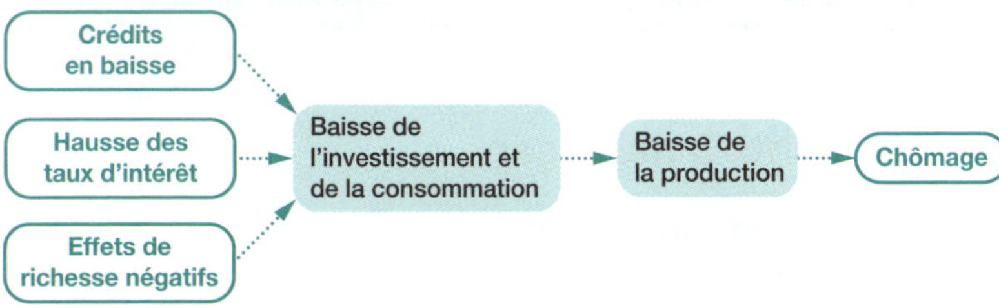

> CHIFFRES CLÉS **La crise des *subprimes* a eu des effets importants sur la croissance du PIB dans la zone euro : de 3 % en 2007, celle-ci est passée à 0,4 % en 2008 et à – 4,5 % en 2009.**

5. La régulation du système financier

- De nouvelles **règles prudentielles** ont été définies afin de protéger les épargnants et les investisseurs, et de limiter le risque systémique.
- Ces règles ont pour but d'augmenter le **ratio de solvabilité**, c'est-dire le rapport entre les fonds propres et les crédits distribués.

1. Encadrement des activités des agences de notation pour éviter les conflits d'intérêts
2. Réduction du secret bancaire et accords d'échanges d'informations fiscales entre États
3. Séparation des activités de financement des banques et de leurs activités spéculatives
4. Mécanisme de supervision bancaire au niveau européen

3 Les politiques économiques dans le cadre européen

A Les enjeux du thème

B Les points à maîtriser

1. Les différents aspects de l'intégration européenne

- Le **marché unique** est l'espace de libre circulation des biens, des services, des capitaux et des personnes. Mis en place par l'Acte unique européen (1986), il entre en vigueur en **1993**.
- L'euro entre en circulation en 2002. Il est la monnaie unique de 19 États de l'**Union européenne** (UE) : la **zone euro**.

> À NOTER **L'Union européenne compte 27 États membres, mais seuls 19 ont adopté l'euro.**

2. Les effets de l'intégration européenne sur la croissance économique

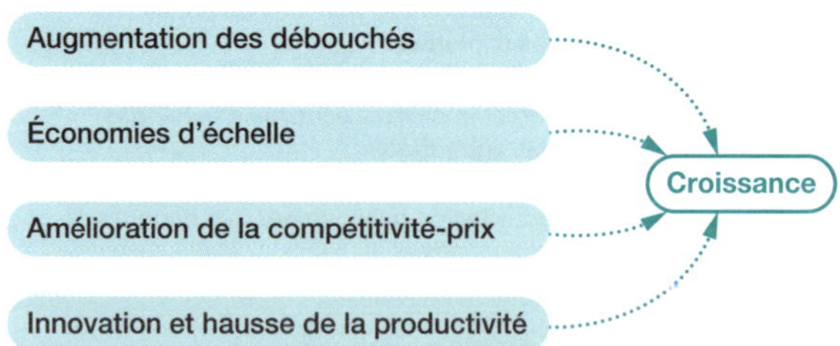

3. Objectifs, modalités et limites de la politique européenne de la concurrence

Objectifs →
- assurer une concurrence libre, loyale et non faussée
- améliorer la compétitivité des entreprises
- favoriser la consommation

Modalités →
- compétence exclusive de l'Union européenne
- mise en œuvre par la Commission européenne
- règles empêchant d'user d'une position dominante
- interdiction des aides d'État et remise en cause des monopoles publics

Limites →
- absence de « champions européens » pour faire face à la concurrence internationale
- remise en cause des services publics

4. La politique économique conjoncturelle

La politique économique conjoncturelle repose sur deux instruments.

● La **politique monétaire** est l'ensemble des moyens mis en œuvre pour contrôler l'offre de monnaie. Elle cherche à limiter l'inflation par des taux d'intérêt élevés.

● La **politique budgétaire** utilise le budget de l'État pour agir sur la conjoncture économique : une hausse des dépenses publiques cherche à relancer la croissance ; une baisse des dépenses publiques vise à limiter le déficit budgétaire et l'endettement.

5. Caractéristiques et difficultés des politiques monétaire et budgétaire au sein de l'UE

● **Caractéristiques**

– politique monétaire unique menée par la Banque centrale européenne (BCE) pour toute la zone euro
– politique budgétaire définie au niveau national
– encadrement de la politique budgétaire : déficit public inférieur à 3 % du PIB ; dette publique inférieure à 60 % du PIB

● **Difficultés**

– politique monétaire aux effets différents selon la conjoncture économique de chaque pays
– existence de chocs asymétriques (qui ne touchent qu'un seul pays ou dont l'effet diffère selon les pays)
– défaut de coordination des politiques conjoncturelles et de solidarité entre les pays

CHIFFRES CLÉS
- **Taux de croissance de l'UE (27 États) en 2020 : – 6,4 %**
- **Taux de croissance de la zone euro (19 États) en 2020 : – 6,8 %**

4 La structure de la société française actuelle

A Les enjeux du thème

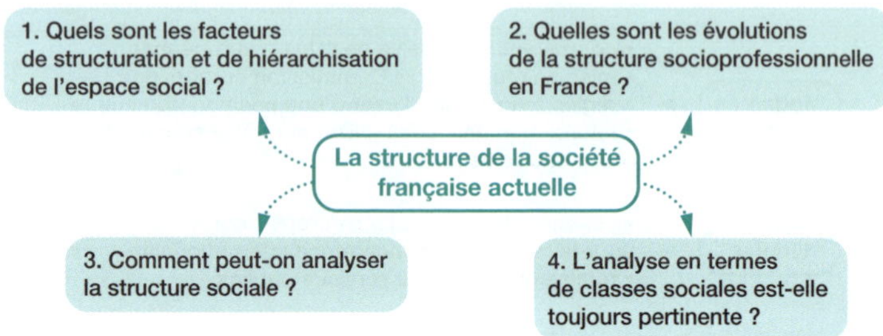

B Les points à maîtriser

1. La société française, un espace social hiérarchisé

● La **profession**, un déterminant central :
– donne accès à de nombreuses ressources, et donc à une **position sociale** ;
– hiérarchisée selon la **nomenclature des professions et catégories socioprofessionnelles** (PCS) en fonction de différents critères (secteur d'activité, statut, niveau de qualification).

● Le **genre** est également un facteur primordial de la hiérarchie sociale.

● Enfin, la **position dans le cycle de vie** (jeunes, seniors), le lieu de **résidence** et la composition de la **famille** sont d'autres facteurs importants de la hiérarchie sociale.

2. Les évolutions de la structure socioprofessionnelle en France

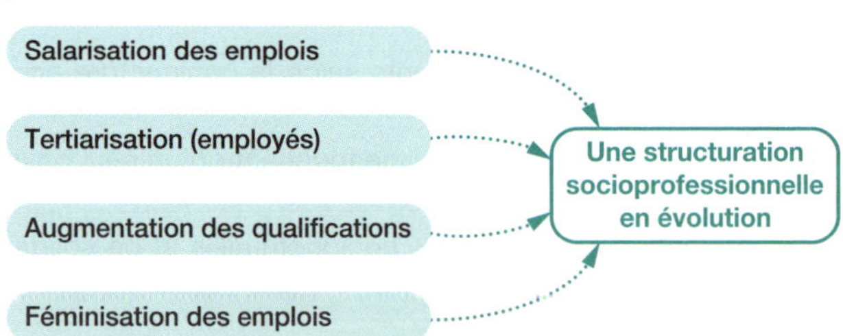

3. Les analyses de la structure sociale

Karl Marx et la lutte des classes

- Des **classes en soi** : le prolétariat et la bourgeoisie
- Des **classes pour soi** : une conscience de classe qui oppose

Max Weber et la stratification sociale

- Dimension **économique** : la classe sociale
- Dimension **sociale** : le groupe de statut
- Dimension **politique** : la participation au pouvoir

4. La pertinence de l'analyse en termes de classes sociales

● L'analyse en termes de classes sociales **reste pertinente** pour traiter des inégalités entre classes sociales.

● Cependant des **mutations** viennent la questionner :
– les inégalités au sein des classes sociales se creusent
– la conscience de classe recule
– le processus d'individualisation progresse

> MOT CLÉ **L'individualisation est le processus par lequel l'individu s'émancipe des institutions et des groupes d'appartenance.**

GENRE ET HIÉRARCHIE SOCIALE

En 2020, en France, selon l'Insee :
- **20,2 % des femmes** de plus 15 ans sont des **employées** (elles représentent **74,9 %** de cette catégorie socioprofessionnelle) ;
- **8,7 % des femmes** de plus de 15 ans sont des **cadres et professions intellectuelles supérieures** (12,8 % des hommes de plus de 15 ans) ;
- **57,5 %** des personnes de plus de 15 ans **n'ayant jamais travaillé** sont des **femmes** (alors que les femmes représentent 52,3 % des personnes de plus de 15 ans).

SPRINT FINAL

5 L'action de l'École

A Les enjeux du thème

1. Quel est le rôle de l'École dans les sociétés démocratiques ?

2. Comment évolue l'accès à l'École et à l'enseignement supérieur ?

L'action de l'École sur les destins individuels et sur l'évolution de la société

3. Quels sont les facteurs d'inégalités de réussite scolaire ?

B Les points à maîtriser

1. Le rôle de l'École dans les sociétés démocratiques

Transmettre des savoirs et des valeurs

- Savoirs élémentaires : lecture, écriture, calcul
- Savoirs rationnels : SES, sciences physiques, SVT...
- Valeurs républicaines : liberté, égalité, fraternité, laïcité

Favoriser l'égalité des chances

- Accès aux emplois qualifiés
- Logique méritocratique
- Éducation prioritaire en faveur des élèves les plus en difficulté

> MOT CLÉ **L'égalité des chances suppose que l'accès des individus aux différentes positions sociales ne dépend que de leurs mérites et non de leur origine sociale.**

2. L'évolution de l'accès à l'École et à l'enseignement supérieur

● Depuis les années 1950, la France, a connu une forte hausse du **taux de scolarisation** : c'est la **massification scolaire**.

● Grâce à la création des baccalauréats technologiques et professionnels, le **taux d'accès** au bac a fortement augmenté.

> MOTS CLÉS **Le taux de scolarisation est le rapport entre le nombre d'élèves et d'étudiants scolarisés d'un âge donné et le nombre d'individus de cet âge. Le taux d'accès désigne quant à lui la part des individus d'une génération qui accèdent à un diplôme ou un niveau d'étude donné.**

● Cependant, des **inégalités** demeurent : la réussite au baccalauréat et l'accès à l'enseignement supérieur restent dépendants de l'origine sociale. La **démocratisation scolaire** reste ainsi **inaboutie**.

3. Les facteurs d'inégalités de réussite scolaire

1. **La socialisation familiale selon le genre :** les garçons sont encouragés à suivre les enseignements les plus valorisés.

2. Le **capital culturel** des parents : la possession de diplômes, de savoirs et d'objets culturels favorise leurs enfants.

3. Les **stratégies scolaires** selon un calcul coûts-avantages : les parents aisés poussent plus leurs enfants vers des études longues car ceux-ci ont plus de chances de réussir.

4. L'**École** elle-même : les enseignants et le contexte scolaire (l'établissement, la classe) peuvent encourager la réussite ou l'échec scolaire.

MOT CLÉ **La socialisation selon le genre est l'intégration de normes et de valeurs différentes selon que l'on est une fille ou un garçon.**

PROPORTION DE BACHELIERS DANS UNE GÉNÉRATION (1950-2020)

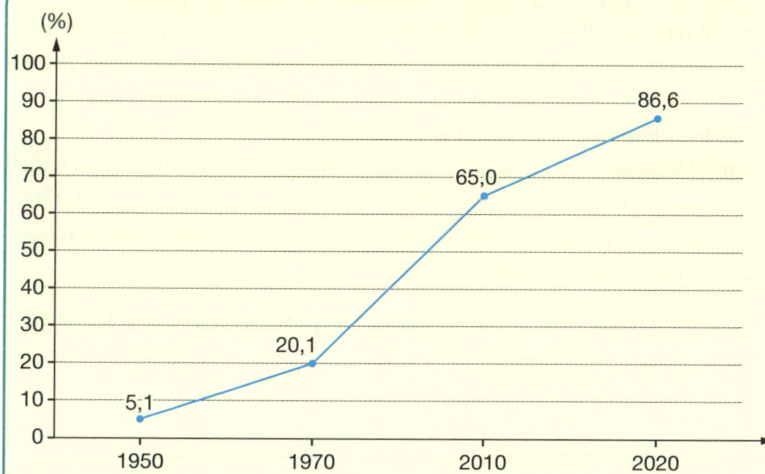

Source : d'après France-examen.

Depuis 1950, la part d'une génération ayant obtenu le baccalauréat a été **multipliée par 17** environ.

6 Les mutations du travail et de l'emploi

A Les enjeux du thème

Les mutations du travail et de l'emploi

1. Quelles sont les frontières entre emploi, chômage et inactivité ?

2. Comment évoluent les formes d'organisation du travail ?

3. Quels sont les effets de l'évolution des formes d'organisation du travail et du numérique sur le travail et l'emploi ?

4. Quel est le rôle du travail et de l'emploi sur l'intégration sociale ?

B Les points à maîtriser

1. Les frontières de l'activité professionnelle

● Trois situations :
– **emploi** : activité rémunérée et déclarée
– **chômage** : situation d'une personne sans emploi et qui en recherche un (un chômeur est un **actif**, comme une personne occupant un emploi)
– **inactivité** : situation d'une personne qui ne peut/veut pas travailler (chômeurs découragés ou radiés des statistiques du chômage, personnes travaillant de manière non déclarée…)

● **Des frontières de plus en plus floues** :
– **emploi atypique** : contrat à durée déterminée (CDD), intérim, temps partiel
– **halo du chômage** : personnes en formation, découragées, non déclarées

● Les formes atypiques d'emploi dégradent la **qualité de l'emploi** (statut, salaire, conditions de travail, formation).

2. L'évolution des formes d'organisation du travail

Taylorisme	Post-taylorisme
• Division horizontale du travail et spécialisation des ouvriers • Division verticale du travail entre ingénieurs et ouvriers (« *one best way* ») • Relation hiérarchique stricte	• Flexibilité et polyvalence • Enrichissement des tâches et responsabilisation des ouvriers • Management participatif valorisant l'implication des ouvriers

3. Les effets de l'évolution des formes de l'organisation du travail et du numérique

- Le **post-taylorisme** permet aux salariés d'être libérés des contraintes du taylorisme et améliore les conditions de travail. Mais la polyvalence et l'autonomie rendent le **travail plus intense**.
- Le **numérique** brouille la frontière entre les temps de travail et hors travail. L'activité du salarié est également **plus contrôlée**.
- Il y a une **polarisation des emplois** : très qualifiés, peu qualifiés.

4. Le rôle du travail et de l'emploi sur l'intégration sociale

Travail → • Reconnaissance et relations sociales • Revenus • Protection sociale → **Intégration sociale**

Chômage et précarisation des emplois → • Stigmatisation et perte des liens sociaux • Perte de revenu • Augmentation des inégalités → **Exclusion sociale**

LE HALO DU CHÔMAGE

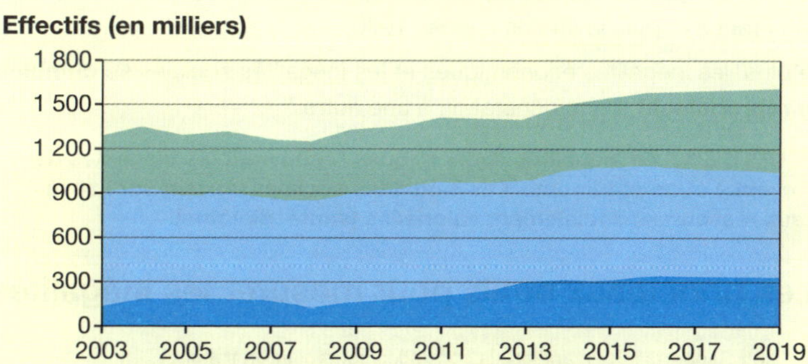

- Sans emploi, pas de recherche d'emploi, souhait de travailler, pas disponible pour travailler
- Sans emploi, pas de recherche d'emploi, souhait de travailler, disponible pour travailler
- Sans emploi, recherche d'un emploi, pas disponible pour travailler

Champ : France hors Mayotte, personnes de 15 ans et plus.
Source : Insee, *Enquête Emploi 2019*.

Ce graphique indique le nombre de personnes appartenant au halo autour du chômage depuis 2003 : elles sont 1,6 million, soit 3,8 % des 15-64 ans, en 2019.

7 Inégalités et conceptions de la justice sociale

A Les enjeux du thème

Inégalités et conceptions de la justice sociale

1. Comment évoluent les inégalités économiques au XXe siècle ?
2. Quels sont les principaux outils pour mesurer les inégalités ?
3. Quelle égalité selon quelle justice sociale ?
4. Les pouvoirs publics peuvent-ils agir en faveur de la justice sociale ?

B Les points à maîtriser

1. Évolution et caractéristiques des inégalités au XXe siècle

- Dans le monde, après avoir augmenté, les inégalités économiques **entre pays** tendent à diminuer depuis une vingtaine d'années.
- Mais les **inégalités économiques internes** aux pays se creusent. C'est le cas en France depuis la fin des années 1970.
- De plus, les inégalités économiques et les inégalités sociales **se cumulent et se reproduisent** d'une génération à une autre.

> MOTS CLÉS **Les inégalités économiques recouvrent les inégalités de revenus et de patrimoine. Les inégalités sociales portent sur l'accès aux ressources socialement valorisées (santé, diplôme).**

2. Les principaux outils pour mesurer les inégalités

1. **Rapports interquantiles :** la population est divisée en tranches en fonction du revenu (10 % pour les déciles, 1 % pour les centiles). On mesure les inégalités en fonction du rapport de revenu entre ces différentes tranches.
2. **Courbe de Lorenz :** représentation graphique permettant de visualiser la distribution d'une variable (patrimoine, revenu) au sein d'une population.
3. **Cœfficient de Gini :** indicateur synthétique d'inégalités de revenus. Il varie entre 0 et 1 : plus il est proche de 1, plus l'inégalité est élevée.
4. **Mesure dynamique des inégalités :** comparaison des revenus des parents et des enfants.

3. Égalité et justice sociale

- Trois formes d'égalité :

– égalité des **droits** devant la loi
– égalité des **chances** d'accéder à une position sociale élevée
– égalité des **situations** avec les mêmes ressources économiques et sociales

- Deux conceptions de la justice sociale :

> MOT CLÉ **La justice sociale est l'ensemble des principes concernant la répartition des ressources économiques et sociales.**

– La conception « **égalitariste** » prône une égalité politique, économique, sociale complète entre tous.
– La conception « **libérale** » privilégie la liberté à l'égalité, justifiant ainsi certaines inégalités.

4. Pouvoirs publics et justice sociale

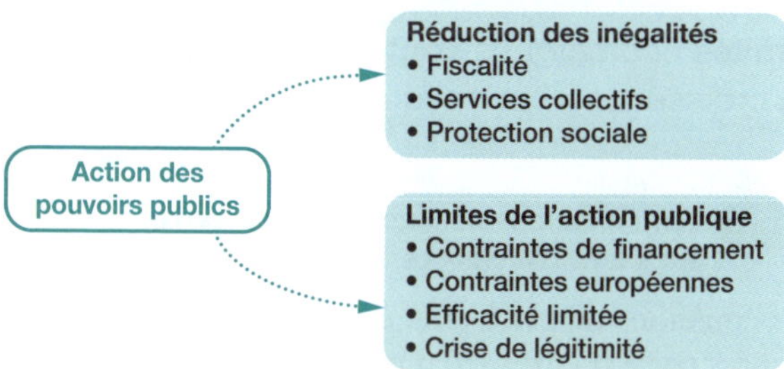

RICHES ET PAUVRES EN FRANCE

• Depuis le début du XXIe siècle, **le taux de pauvreté augmente** en France. Ainsi, le pourcentage de la population dont le niveau de vie est inférieur au seuil de pauvreté est passé de 13,5 % en 2001 à 14,8 % en 2018.

• Dans le même temps, **le nombre de milliardaires augmente** : selon Oxfam, de 15 en 2001, il est passé à 40 en 2018, leur fortune cumulée atteignant alors environ 320 milliards de dollars.

Les défis de la croissance économique

4 heures
20 points

INTÉRÊT DU SUJET • Le plus souvent, l'analyse des limites de la croissance économique se réduit à l'étude de ses effets sur l'environnement. Or, la croissance connaît d'autres limites que ce sujet invite à approfondir.

Les limites écologiques sont-elles le seul défi posé par la croissance économique ?

DOCUMENT 1 Les émissions de gaz à effet de serre dues aux transports

Les émissions de gaz à effet de serre dues aux transports ont été multipliées par 2,5 entre 1970 et 2010, faisant passer leur part dans les émissions globales de 18 % à 21 %. Cette augmentation provient essentiellement d'une explosion des déplacements motorisés de personnes et de marchandises, multipliés par trois sur la période, principalement en Asie en lien avec l'élévation du niveau de vie. Les émissions dues aux transports par route ayant crû plus fortement que celles des autres modes, leur part est passée en 40 ans de 60 % à 72 %. Leur croissance n'est approchée que par celle des émissions des transports aériens internationaux (+180 %). Si ces émissions restent environ 10 fois plus faibles que celles des transports routiers, les enjeux n'en sont pas moindres. Car le transport aérien présente, avec le fret routier, l'intensité émissive[1], obtenue en rapportant les émissions à la tonne (ou au passager) transportée et au kilomètre parcouru, la plus élevée, de l'ordre de 1 kg/t/km pour les longs courriers. À l'opposé, le transport maritime, qui assure 80 % des échanges internationaux de marchandises, a une intensité faible, du même ordre que le fret ferroviaire (environ 50 g/t/km). Les émissions du rail sont d'ailleurs les seules qui aient diminué, alors même que l'activité a augmenté, grâce à l'électrification et à l'abandon du charbon.

Source : Cecilia Bellora, « Émissions de gaz à effet de serre dues aux transports », dans Jézabel Coupey-Soubeyran, *Carnets graphiques. L'économie mondiale dévoile ses courbes*, CEPII, avril 2018.

1. Le niveau d'émissions par tonne et par kilomètre.

DOCUMENT 2 **L'élévation de la température dans le monde (en degrés Celsius) par rapport à la température moyenne observée entre 1851 et 1900**

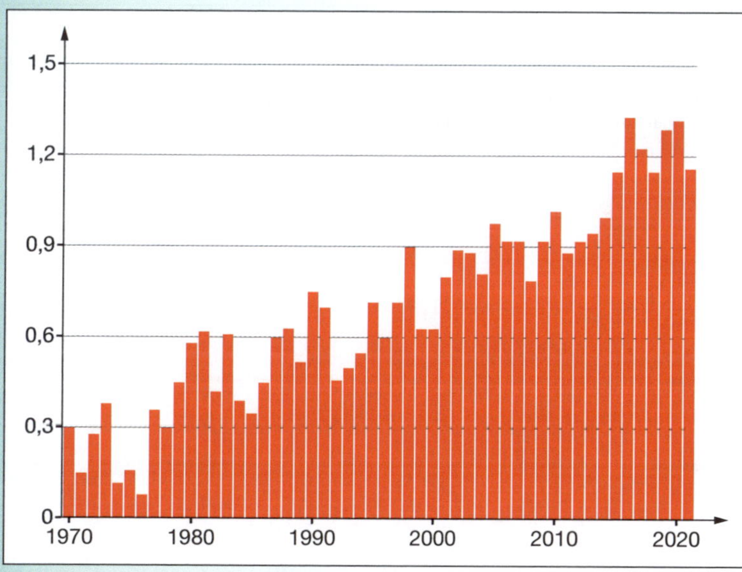

Source : d'après « Environnement : 2021, nouvelle année folle pour le climat », *Les Échos*, 10 janvier 2022.

Lecture : en 1970, la température moyenne dans le monde était supérieure de 0,3 degré par rapport à la moyenne observée entre 1851 et 1900.

DOCUMENT 3 **Part des emplois (en %) fortement menacés par l'automatisation[1]**

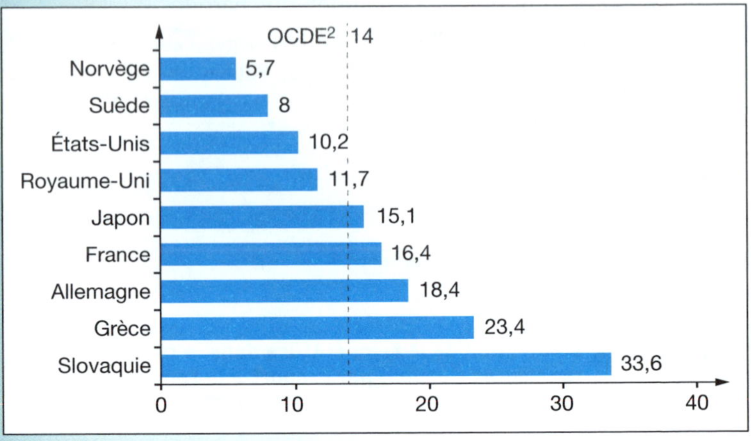

Source : www.brief.eco, 26 septembre 2018.

1. Processus qui remplace le travail humain par des machines.
2. Organisation de coopération et de développement économiques.

DOCUMENT 4 **Salaire horaire moyen par âge pour les travailleurs peu qualifiés des entreprises innovantes[1] et non innovantes au Royaume-Uni en 2004-2016**

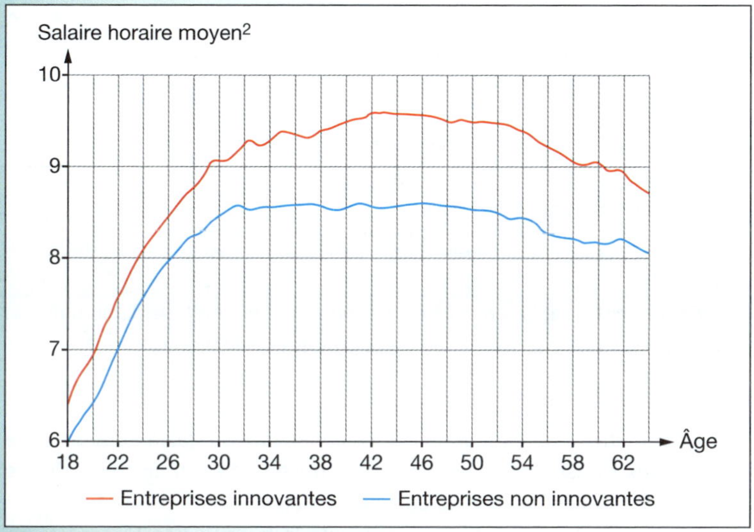

Source : d'après Philippe Aghion, Antonin Bergeaud, Richard Blundell et Rachel Griffith, « Comment l'innovation affecte le salaire des travailleurs peu qualifiés ? », *Bloc-notes Éco*, n° 130, Banque de France, 5 septembre 2019.

1. Entreprise ayant des dépenses en recherche et développement.
2. Exprimé en livres sterling (monnaie officielle du Royaume-Uni).

LES CLÉS DU SUJET

Analyser la consigne et dégager une problématique

Analyse du sujet

- **limites écologiques** Effets négatifs de l'activité économique sur l'environnement.
- **seul défi** Sous-entend que la croissance doit faire face à plusieurs enjeux.
- **croissance économique** Augmentation soutenue et durable des richesses créées, mesurée par la variation du produit intérieur brut réel.

• **Problématique.** La croissance économique connaît des limites qui ne se réduisent pas au problème de la croissance soutenable.

Exploiter les documents

• **Document 1.** Le texte porte sur les **émissions de gaz à effet de serre dues aux transports.** Quels sont ceux qui en émettent le plus ? Quelle relation entretient la croissance avec ces émissions ?

• **Document 2.** Le graphique représente la **hausse des températures de 1970 à 2020.** Dans quelle mesure cette hausse est liée à la croissance ? Quelles en sont les conséquences ?

• **Document 3.** Le graphique permet de comparer la part des **emplois menacés par l'automatisation** de différents pays de l'OCDE. Quel rapport existe-t-il entre l'automatisation et la croissance ?

• **Document 4.** Grâce aux deux courbes, on peut observer les **inégalités de revenus** au Royaume-Uni. Comment évoluent-elles ? Quelle relation y a-t-il avec la croissance économique ?

Définir le plan

I. Les conséquences écologiques de la croissance	• Quels sont les effets de la croissance économique sur le capital naturel (documents 1 et 2) ? • La croissance économique peut-elle être soutenable ?
II. Les conséquences sociales de la croissance	• En quoi la croissance économique influence-t-elle l'emploi (document 3) ? • Quels sont les liens entre croissance économique et inégalités (document 4) ?

40 CORRIGÉ GUIDÉ

Les titres des parties ne doivent pas figurer sur votre copie.

Introduction

[accroche] En 1972, le rapport Meadows intitulé « Halte à la croissance ? » montre les limites de la croissance économique, notamment sur le plan écologique. [présentation du sujet] Entendue comme l'augmentation soutenue et durable des richesses créées mesurée par la variation du produit intérieur brut réel, la croissance économique a des effets négatifs sur l'environnement, rendant difficile une croissance soutenable. Mais celle-ci ne semble pas être le seul défi à relever. [problématique] Si la croissance économique a des limites, celles-ci ne sont pas seulement écologiques, mais également sociales. [annonce du plan] Pour répondre à cette problématique, nous analyserons dans un premier temps les limites écologiques de la croissance économique, puis ses limites sociales.

MOT CLÉ
La croissance est dite « soutenable » lorsqu'elle permet de satisfaire les besoins des générations présentes, sans compromettre la capacité des générations futures à satisfaire les leurs.

I. Les limites écologiques de la croissance économique

▶ Le secret de fabrication
Dans cette partie, il faut commencer par analyser les effets de la croissance sur l'environnement avec la notion d'externalités négatives, afin de montrer que la croissance n'est pas soutenable.

1. La croissance économique est à l'origine d'externalités négatives…

• La croissance économique repose en partie sur le développement de l'activité industrielle et des échanges marchands au niveau international. Or, ces activités sont à l'origine d'externalités négatives. Elles produisent des gaz à effet de serre dus, d'une part à l'utilisation d'énergies fossiles comme le charbon et le pétrole, et d'autre part au développement des moyens de transport. Ainsi, le transport par route joue un rôle important dans ces émissions (document 1).

MOT CLÉ
Les externalités négatives sont les effets de l'action d'un agent économique qui réduisent le bien-être d'autres agents, sans être pris en compte par le marché.

• Les émissions de gaz à effet de serre provoquent une pollution à l'origine du réchauffement climatique. Aujourd'hui, la température moyenne dans le monde est supérieure de plus de 1 degré Celsius à la température moyenne de la période 1851-1900 (document 2).

2. … limitant les possibilités d'une croissance soutenable

• L'activité économique entraîne une surexploitation des ressources naturelles, comme les ressources halieutiques ou les ressources énergétiques non renouvelables. La croissance remet en cause la biodiversité. La déforestation, l'utilisation de produits phytosanitaires sont responsables de la quasi-disparition d'espèces animales et végétales, réduisant le capital naturel.

• L'appauvrissement du capital naturel rend plus difficile une croissance soutenable, c'est-à-dire qui satisfait les besoins immédiats sans compromettre ceux des générations futures. Or, pour être soutenable, la croissance nécessite la transmission d'un stock de capitaux physique, humain, institutionnel et naturel. Le progrès technique pourrait compenser la perte de capital naturel, mais il peut aggraver les inégalités économiques et sociales.

II. La croissance économique, facteur d'inégalités

> ▶ **Le secret de fabrication**
> Il est plus logique de commencer cette partie en évoquant les effets de la croissance sur l'emploi car ceux-ci engendrent des inégalités de revenus.

1. Les évolutions de l'emploi liées à la croissance

• Le progrès technique est le principal facteur de la croissance économique car il permet d'accroître la productivité des facteurs de production. Il recouvre l'ensemble des innovations de produits et de procédés.

> **À NOTER**
> On peut mesurer le progrès technique par l'augmentation de la productivité globale des facteurs (PGF).

• Le progrès technique a des effets sur l'emploi. Il peut en créer grâce au développement de nouveaux produits. Mais il peut également en détruire car les innovations de procédés accroissent la productivité du travail et permettent donc de produire plus avec moins de travail. Par exemple, l'automatisation du processus de production menace 14 % des emplois dans les pays de l'OCDE (document 3), entraînant des inégalités entre ceux qui ont un emploi et ceux qui l'ont perdu.

2. Croissance et inégalités de revenus

• Si le nombre d'emplois dépend de la nature des innovations, celles-ci vont avoir des conséquences sur le niveau de qualification. Les entreprises innovantes créent des emplois, mais ce sont généralement des emplois plus qualifiés. Les emplois détruits sont, quant à eux, le plus souvent des emplois non qualifiés.

• Les inégalités entre les salaires dans les entreprises innovantes et dans les entreprises non innovantes vont s'accentuer car les premières créent des emplois plus qualifiés, offrant donc des salaires plus élevés. Ces inégalités concernent également les emplois non qualifiés suivant l'âge : au Royaume-Uni, les écarts de salaires sont les plus faibles à 22 ans et les plus élevés à 46 ans (document 4).

Conclusion

[bilan] Aujourd'hui, l'objectif de la croissance économique se trouve confronté à ses limites écologiques. En effet, la croissance se traduit par une exploitation des ressources naturelles, une augmentation de la pollution favorisant le réchauffement climatique et un appauvrissement de la biodiversité. Si la croissance économique est de moins en moins soutenable, elle connaît un autre défi, celui des inégalités relatives à l'emploi et aux salaires. Ces inégalités résultent la plupart du temps du progrès technique, moteur indispensable de la croissance économique. [ouverture] Face à ces défis, il reste à trouver les solutions envisageables pour maintenir une croissance soutenable qui n'aggrave pas les inégalités sociales.

41 Polynésie française, mars 2023
ÉPREUVE COMPOSÉE

Action publique et environnement • Commerce entre pays comparables • Structure socioprofessionnelle

4 heures
20 points

INTÉRÊT DU SUJET • Une épreuve composée qui fait la part belle aux sujets d'actualité : environnement, commerce international et emploi, notamment des femmes. N'hésitez donc pas à mobiliser des exemples récents dans vos réponses.

Mobilisation des connaissances (4 points) Les échelles de l'action publique pour l'environnement

▶ À partir d'un exemple, vous montrerez que l'action publique pour l'environnement articule différentes échelles.

Étude de document (6 points) Comprendre le commerce entre pays comparables

▶ **1.** À l'aide des données du document (voir page suivante), vous comparerez le montant des importations de l'Union européenne en provenance de la Chine à celles en provenance des États-Unis sur la période janvier-avril 2022. (*2 points*)

▶ **2.** À l'aide des données du document et de vos connaissances, vous présenterez les facteurs permettant d'expliquer le commerce entre pays comparables. (*4 points*)

DOCUMENT **Échanges commerciaux de l'Union européenne avec ses principaux partenaires (en milliards d'euros)**

	Exportations de l'Union européenne à destination de :			Importations de l'Union européenne en provenance de :		
	Janvier-avril 2021	Janvier-avril 2022	Taux de variation	Janvier-avril 2021	Janvier-avril 2022	Taux de variation
Chine	73,8	72,8	– 1,4 %	139,6	194,9	39,6 %
États-Unis	125,6	157,2	25,2 %	71	103,9	46,3 %
Royaume-Uni	88,3	103,5	17,2 %	42,5	65,8	54,8 %
Russie	27,9	21,4	– 23,3 %	42,6	84,0	97,2 %
Norvège	17,6	20,4	15,9 %	18,1	44,4	145,3 %
Turquie	26,4	29,7	12,5 %	24,8	32,2	29,8 %
Japon	19,8	24	21,2 %	20,4	22,0	7,8 %
Corée du Sud	16,8	18	7,1 %	17,9	21,5	20,1 %
Inde	13,5	13,9	3,0 %	14,3	21,5	50,3 %

Source : d'après Eurostat, « Déficit de 32,4 milliards d'euros du commerce international de biens de la zone euro », *Euroindicateurs*, juin 2022.

Raisonnement (10 points)
Les évolutions de la structure socioprofessionnelle en France

▶ À l'aide de vos connaissances et du dossier documentaire, vous montrerez que, depuis la seconde moitié du XXe siècle, la structure socioprofessionnelle française a connu des évolutions importantes.

DOCUMENT 1 **Évolution des métiers en France depuis 30 ans (en %)**

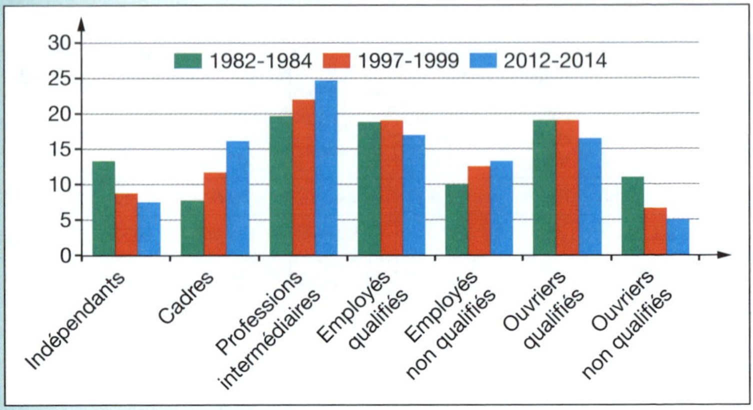

Source : d'après Charline Babet, « Comment ont évolué les métiers en France depuis 30 ans ? Forte progression des métiers du tertiaire et des métiers les plus qualifiés », *Dares (Direction de l'animation de la recherche, des études et des statistiques) analyses*, janvier 2017.

DOCUMENT 2 **Trois grandes tendances de l'emploi des femmes entre 1960 et 2000**

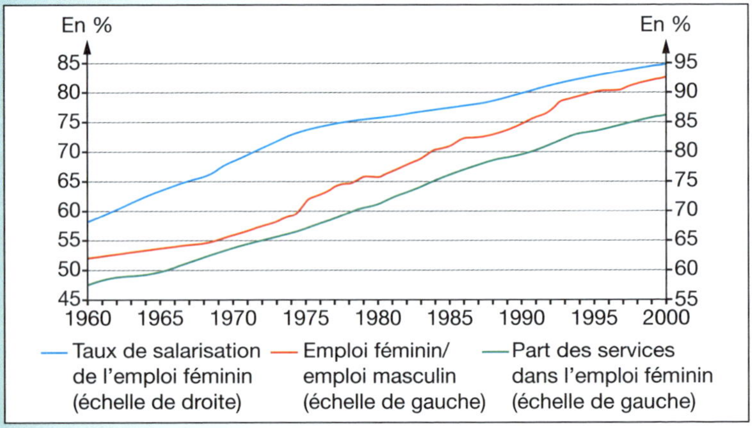

Source : d'après Michel Husson, « L'emploi des femmes en France depuis 1960 », *La revue de l'IRES (Institut de recherches économiques et sociales)*, mai 2018.

Lecture : En 2000, l'emploi féminin représentait 92,5 % de l'emploi masculin.

DOCUMENT 3 Les femmes et le travail depuis les années 1960

Depuis le début des années 1960, les femmes ont massivement investi le marché du travail. Le taux d'activité[1] des femmes a fortement augmenté : de 46 % au début des années 1960, il est passé à 67,2 % en 2017 pour les femmes de 15 à 64 ans. Dans le même temps, celui des hommes s'est réduit, passant de 89 % à 75,6 %, sous l'effet de l'allongement de la durée des études [...].

C'est un changement majeur. Au sein des couples, la norme n'est plus celle de la femme au foyer, mais celle du ménage à double apporteur de revenu.

Cela ne signifie pas que les femmes n'ont jamais travaillé, dans l'histoire, mais que leur activité n'était pas, le plus souvent, rémunérée. Une partie des évolutions décrites pour la période 1960-2017 résulte de l'intégration à la sphère marchande d'un travail invisible et gratuit (épouse d'agriculteurs, d'artisans, de commerçants, etc.). Mais elle ne s'y réduit pas. Et l'intégration au salariat, donc au travail rémunéré, change la donne.

La volonté d'indépendance financière, d'indépendance tout court, a conduit les femmes, à partir des années 1960, à s'insérer dans les études et dans l'emploi bien plus massivement qu'elles ne l'avaient fait auparavant. La croissance économique des Trente Glorieuses a facilité cette insertion (besoin important de main-d'œuvre), en même temps qu'elle en a résulté. De force d'appoint, les femmes sont devenues partie prenante de la population active. Elles représentent 48,8 % de la population active en 2017 et 49,8 % des salarié.e.s.

Source : Louis Chauvel, Anne Lambert, Dominique Merllie, Françoise Milewski, *Les mutations de la société française*, 2019.

1. Le taux d'activité correspond au nombre d'actifs rapporté à l'ensemble de la population en âge de travailler. On considère comme étant en âge de travailler les personnes âgées de 15 à 64 ans.

SPRINT FINAL

LES CLÉS DU SUJET

Mobilisation des connaissances

Définir les mots clés

• L'**action publique** désigne les mesures prises et leur mise en œuvre par une autorité publique, seule ou avec des partenaires, pour traiter une situation problématique, ici celle de l'environnement (pollution, dérèglement climatique, extinction de la biodiversité).

• Les **échelles** de l'action publique renvoient aux différents niveaux de décision et d'application de celle-ci : local, national, européen, mondial.

Structurer la réponse

• Après avoir défini l'action publique pour l'environnement en introduction, on en présentera les différentes échelles dans un premier paragraphe, à travers la **lutte contre le changement climatique**.

• Puis, un second paragraphe permettra de mettre en évidence la **nécessaire articulation** de ces différentes échelles.

Étude de document

Définir les mots clés

• Le **commerce entre pays comparables** désigne les importations et les exportations croisées – notamment de produits similaires (**commerce intrabranche**) – entre pays ayant des niveaux de développement proches.

• Les **nouvelles théories du commerce international** expliquent ce phénomène par la différenciation des produits, la qualité des produits et la fragmentation de la chaîne de valeur.

Comprendre le document

Le document nécessite d'identifier les pays comparables à l'Union européenne : États-Unis, Royaume-Uni, Norvège, Japon et Corée du Sud. **Seules les données concernant ces pays sont pertinentes** pour la question 2. Les taux de variation sur une année ne sont pas utiles pour expliquer le commerce entre pays comparables.

Structurer la réponse à la seconde question

• Après avoir explicité ce qu'est le **commerce intrabranche** en introduction, il faudra en présenter les différents **facteurs explicatifs**.

• On pourra consacrer un premier paragraphe à la **différenciation** et à la **qualité des produits**, puis un second à la **fragmentation de la chaîne de valeur**.

Raisonnement

Analyser les termes du sujet et mobiliser ses connaissances

Analyse du sujet

vous montrerez
On vous demande de caractériser et d'illustrer les évolutions de la structure socioprofessionnelle.

depuis la seconde moitié du XXe siècle
Depuis la fin de la Seconde Guerre mondiale, période incluant les Trente Glorieuses (1945-1973).

structure socioprofessionnelle
Répartition, durable mais évolutive, des activités professionnelles et des actifs mesurée au moyen de la nomenclature des professions et catégories socioprofessionnelles (PCS).

Exploiter les documents

- **Document 1.** Le graphique présente **les mutations de la structure de la population active** en France, depuis 1982. Quelles sont les PCS dont la part recule parmi les actifs ? Quelles sont celles qui progressent ? Comment évoluent la proportion d'indépendants ? Qu'en est-il du niveau de qualification ?
- **Document 2.** Le graphique regroupe trois indicateurs dont les évolutions illustrent **le processus de féminisation de l'emploi.** Le déséquilibre de l'emploi féminin par rapport à l'emploi masculin s'est-il résorbé ? Les emplois féminins sont-ils concernés par la salarisation de l'emploi et la tertiarisation de l'économie ?
- **Document 3.** Le texte caractérise et explique la **féminisation de l'emploi.** Le travail des femmes est-il un phénomène récent ? Peut-on parler d'une normalisation du rapport à l'emploi des femmes ? Quelles sont les motivations profondes à l'origine de ces changements sociétaux ?

Définir les arguments

Argument 1	La structure socioprofessionnelle se transforme radicalement avec la salarisation, la tertiarisation et l'élévation du niveau de qualification.
Argument 2	La féminisation de l'emploi illustre ces mutations et y contribue fortement.

41 CORRIGÉ GUIDÉ

Mobilisation des connaissances

Les titres des parties ne doivent pas figurer sur votre copie.

Introduction

« Penser global, agir local » : cette expression du spécialiste en écologie René Dubos (1901-1982) illustre la problématique de l'action publique pour l'environnement. Celle-ci désigne l'ensemble des décisions prises et mises en œuvre par les acteurs publics pour traiter des problèmes liés aux ressources naturelles et aux conditions de vie sur notre planète, par exemple le changement climatique.

Développement

• Le climat est un bien commun perturbé au niveau mondial par les émissions nationales de gaz à effet de serre (GES). En toute logique, il doit donc être pensé au niveau mondial – c'est le rôle du Groupe d'experts intergouvernemental sur l'évolution du climat (GIEC) – et nécessite des accords de coopération entre États signés lors des conférences des parties (COP). L'Union européenne (UE) est un acteur majeur de cette action publique, entre autres avec la mise en place d'un marché du carbone. Les États ont également un rôle central, notamment par la mise en œuvre d'une taxe carbone équitable, la fiscalité étant une fonction régalienne. Enfin, l'échelon local est crucial tant par sa capacité d'initiative que du fait de l'hétérogénéité des territoires. La végétalisation des centres urbains est, par exemple, un moyen de réduire localement la température.

• Ces différentes échelles sont complémentaires, nécessitant une articulation de leurs actions pour éviter des effets contradictoires. L'UE, à travers son principe de subsidiarité, a intégré cet objectif d'efficacité. Au niveau mondial, on a longtemps appliqué une approche descendante (« top down ») partant du global pour arriver au local, comme avec la mise en œuvre du protocole de Kyoto signé en 1997. Aujourd'hui, il semble que l'on privilégie une approche ascendante (« bottom up ») permettant de construire une action

> **À NOTER**
> Le principe de subsidiarité adopté par l'UE prévoit que celle-ci intervient en lieu et place des États membres seulement si elle est plus efficace que les acteurs locaux ou nationaux.

globale à partir de l'implication des acteurs : c'est le cas de l'accord de Paris sur le climat de 2015 (COP 21) auquel ont participé pouvoirs publics, experts et organisations non gouvernementales.

Conclusion

La multiplicité des échelles nous alerte sur la complexité de l'action publique pour l'environnement et sur sa nécessaire coordination. Elle met en évidence la perte de centralité de l'État et révèle des logiques d'acteurs qui peuvent coopérer mais aussi être en conflit en raison d'intérêts divergents.

Étude de document

▶ **1.** D'après Eurostat, sur la période janvier-avril 2022, les importations de l'Union européenne (UE) en provenance de Chine s'élèvent à 194,9 milliards d'euros. Sur la même période, la valeur des importations de l'UE venant des États-Unis est de 103,9 milliards d'euros.

La Chine se place ainsi au premier rang des importations de l'UE, les États-Unis au deuxième rang. Les importations européennes en provenance de Chine sont 1,9 fois plus élevées que celles venant des États-Unis.

▶ **2.** *Les titres des parties ne doivent pas figurer sur votre copie.*

Introduction

On appelle « commerce intrabranche » les échanges de produits substituables entre pays ayant des niveaux de développement comparables. Plusieurs facteurs l'expliquent, que nous détaillerons en se basant sur les nouvelles théories du commerce international.

Développement

• Le premier facteur explicatif est « l'échange de différences » : la demande des consommateurs de pays aux niveaux de vie similaires porte sur des produits de qualité différente (différenciation verticale) ou ayant des différences de marques, de design (différenciation horizontale). Par exemple, les consommateurs européens importent des Ford américaines, tandis que les Américains commandent des Porsche allemandes. Ces demandes différenciées participent, de janvier à avril 2022, aux 103,9 milliards d'euros d'importations américaines vers l'Union européenne (UE) et aux 157,2 milliards d'euros d'exportations européennes vers les États-Unis.

SPRINT FINAL

• Le second facteur explicatif est lié aux stratégies des entreprises. Celles-ci ont intérêt à conquérir des parts de marchés à l'étranger pour bénéficier de rendements croissants ou d'économies d'échelle. Par ailleurs, les firmes multinationales (FMN) exploitent les avantages comparatifs des différents pays grâce à la fragmentation de la chaîne de valeur, ce qui génère du commerce international, notamment intra-firme. Par exemple, Airbus importe du Royaume-Uni des moteurs Rolls-Royce pour ses avions, lesquels sont ensuite vendus à British Airways. Ces flux contribuent, de janvier à avril 2022, aux 65,8 milliards d'euros d'importations britanniques vers l'UE et aux 103,5 milliards d'euros d'exportations européennes vers le Royaume-Uni.

À NOTER
La fragmentation de la chaîne de valeur désigne la répartition entre un grand nombre de pays des différentes étapes du processus de production (conception, logistique, fabrication, distribution…).

Conclusion

Le commerce entre pays comparables s'explique ainsi par deux facteurs principaux : la demande de produits variés par les consommateurs et les stratégies des entreprises.

Raisonnement

Les titres des parties ne doivent pas figurer sur votre copie.

Introduction

La structure socioprofessionnelle française a profondément changé depuis 1945. Elle se révèle au moyen de l'analyse de la nomenclature des professions et catégories socioprofessionnelles (PCS). Quelles en sont les principales évolutions ? Après avoir montré que la structure socioprofessionnelle connaît une triple transformation du fait des changements du système productif, nous analyserons la place de la féminisation de l'emploi dans ces mutations.

I. Les mutations du système productif et leur impact sur l'emploi

• Tout d'abord, durant les Trente Glorieuses, la mécanisation et l'automatisation ont diminué les besoins en main-d'œuvre des secteurs primaire (activités agricoles) et secondaire (activités industrielles), au profit du secteur tertiaire, marchand et non marchand. Cette tertiarisation des activités et de l'emploi se traduit logiquement au niveau des PCS. En 2012-2014, les employés représentent 30 % des actifs, soit le groupe socioprofessionnel le plus important. La part des ouvriers non qualifiés a, quant à elle, été divisée par deux entre 1982-1984 et 2012-2014 (document 1).

• Ensuite, le développement d'une « société de services » et la montée en gamme de l'industrie favorisent l'élévation du niveau de qualification des emplois. En 2012-2014, 25 % des actifs sont des professions intermédiaires et 16 % sont des cadres, la part de ces derniers ayant doublé depuis 1982-1984 (document 1). Cependant, il faut noter dans le même temps la progression (+ 3 points de pourcentage) des employés non qualifiés : on parle de polarisation des emplois.

> **MOT CLÉ**
> La polarisation des emplois désigne la tendance, sur le marché du travail, à la croissance forte des emplois très qualifiés et à la croissance modérée de certains emplois peu qualifiés, au détriment des emplois intermédiaires.

• Enfin, la population active a connu un déclin prononcé des indépendants (agriculteurs exploitants, artisans commerçants) au profit des salariés. Ce processus de salarisation de l'emploi se traduit au niveau des PCS : alors qu'ils regroupaient un tiers des actifs dans les années 1950, les indépendants en représentent 8 % en 2012-2014, avec un recul de 5 points de pourcentage en 30 ans (document 1).

II. La féminisation de l'emploi, une évolution sociétale majeure

• La structure socioprofessionnelle a également connu une transformation majeure avec la féminisation de l'emploi. Alors que seules 46 % des femmes étaient actives au début des années 1960, elles sont 67,2 % à l'être en 2017, soit seulement 8,4 points de pourcentage de moins que les hommes (document 3). Cette évolution a produit un net rééquilibrage du poids des femmes dans la population active, avec une quasi-parité (48,8 % des actifs en 2017).

> **À NOTER**
> La féminisation de l'emploi désigne l'entrée massive, à partir des années 1960, des femmes sur le marché du travail.

• L'arrivée des femmes sur le marché du travail s'est opérée grâce à la tertiarisation. Si, en 1960, 48 % des emplois féminins étaient des emplois de service, en 2000, ils en constituent 76 % (document 2). L'intégration des femmes dans l'emploi s'est également accompagnée d'une scolarisation prolongée des filles, permettant une hausse du niveau de qualification des actives (document 3). Mais on constate des disparités importantes entre des emplois féminins très qualifiés (médecin, infirmière) et d'autres peu qualifiés (aide à la personne).

SPRINT FINAL

• Enfin, l'emploi féminin a connu également un processus de salarisation. Le taux de salarisation de l'emploi féminin a été multiplié par 1,4 entre 1960 et 2000, pour atteindre 95 % (document 2). Or, « l'intégration au salariat, donc au travail rémunéré, change la donne » (document 3), en procurant aux femmes un revenu autonome, librement géré et en leur ouvrant des droits sociaux, notamment en matière de retraite.

Conclusion

Les mutations économiques de la France depuis 1945 ont profondément modifié la structure des emplois, plus salariés, plus qualifiés, localisés dans le secteur des services. Les femmes ont saisi les opportunités engendrées par ces mutations et y ont fortement contribué. Cependant, l'emploi féminin demeure marqué par des inégalités de genre, en termes de représentations, de rémunération et de carrière.

42 France métropolitaine, septembre 2022
DISSERTATION

Formes d'organisation du travail et conditions de travail

4 heures
20 points

INTÉRÊT DU SUJET • La question des effets de l'organisation du travail constitue un aspect essentiel des débats actuels sur la valeur travail, éclairant sans doute une partie des crispations concernant la réforme des retraites en France.

Quels sont les effets de l'évolution des formes d'organisation du travail sur les conditions de travail ?

DOCUMENT 1 Les horaires de travail en France en 2016

Un peu plus d'un quart des salariés travaillent le dimanche selon les données 2016 du ministère du Travail, en décalage avec le rythme de la majorité de la population. Ce chiffre a augmenté de deux points par rapport à 2005. Le travail dominical est le lot commun de 34 % de l'ensemble des employés, et plus encore des employés de commerce (46 %). Les employés administratifs sont les moins concernés (8 %). Entre 2005 et 2016, la part des salariés qui travaillent le dimanche a progressé de dix points chez les employés de commerce, mais également de neuf points chez les ouvriers non qualifiés. Deux fois plus de ces salariés sont concernés aujourd'hui qu'il y a onze ans.

15 % des salariés sont à leur poste la nuit, au moins occasionnellement, entre minuit et cinq heures du matin, une proportion stable depuis 2005. La proportion est légèrement inférieure à la moyenne chez les cadres supérieurs, les professions intermédiaires et les employés, avec des taux situés entre 12 et 14 % en moyenne. [...] Les ouvriers non qualifiés, comme les qualifiés, sont davantage concernés en 2016 qu'onze ans plus tôt : leur proportion est passée respectivement de 15 % à 17 % et de 23 % à 25 % au cours de la période.

SPRINT FINAL

5 % des salariés ont des horaires qui alternent sur deux équipes, soit le matin (souvent de 5 h à 13 h), soit l'après-midi (de 13 h à 21 h), avec un changement d'horaires toutes les semaines. Ce rythme est aussi appelé « travail posté » ou « en 2 × 8 » […]. Les ouvriers non qualifiés sont les plus concernés.

Source : Observatoire des inégalités, « Horaires de travail : La France flexible des peu qualifiés », 2021.

DOCUMENT 2 Enquête sur les conditions de travail en France en 2016 (en %)

Les tableaux indiquent le point de vue exprimé par les enquêtés sur chaque affirmation.

« *Je peux organiser mon travail de la façon qui me convient le mieux.* »

	Pas du tout d'accord	Pas d'accord	D'accord	Tout à fait d'accord	Non concernés
Cadres	1,4	6,6	50,7	40,8	0,5
Employés	6,1	12,3	50,3	29,9	1,4
Ouvriers	6,8	14,6	53,9	23,1	1,6
Ensemble	4,3	11,7	52	31	1

« *J'ai l'occasion de développer mes compétences professionnelles.* »

	Pas du tout d'accord	Pas d'accord	D'accord	Tout à fait d'accord	Non concernés
Cadres	3,7	13,5	55,9	26,3	0,7
Employés	12,6	21,1	47,5	12	6,9
Ouvriers	15,7	20,1	47,4	13,2	3,6
Ensemble	9,6	18,6	52	16,3	3,4

« *Vu tous mes efforts, je reçois le respect et l'estime que mérite mon travail.* »

	Pas du tout d'accord	Pas d'accord	D'accord	Tout à fait d'accord	Non concernés
Cadres	2,4	16,4	52,9	27,4	0,9
Employés	7,5	16,6	47,9	24	3,9
Ouvriers	8,4	17,4	49,4	22,8	2,1
Ensemble	6,1	17,8	49,9	24,2	2

« *Vu tous mes efforts, mes perspectives de promotion sont satisfaisantes.* »

	Pas du tout d'accord	Pas d'accord	D'accord	Tout à fait d'accord	Non concernés
Cadres	12,2	28	39,3	14,4	6
Employés	20,3	23,7	30,6	9,6	15,7
Ouvriers	19,1	23,9	37,9	12,2	7
Ensemble	17,7	26,5	34,9	11,4	9,4

Source : Dares, enquête « Conditions de travail », 2019.

Champ : ensemble des salariés ; France métropolitaine.

DOCUMENT 3 **Implication dans l'amélioration de l'organisation du travail en France, en fonction de la profession exercée (en %)**

Question posée aux salariés de France métropolitaine : « *Êtes-vous impliqué(e) dans l'amélioration de l'organisation du travail ou des processus de travail de votre service ou organisation ?* »

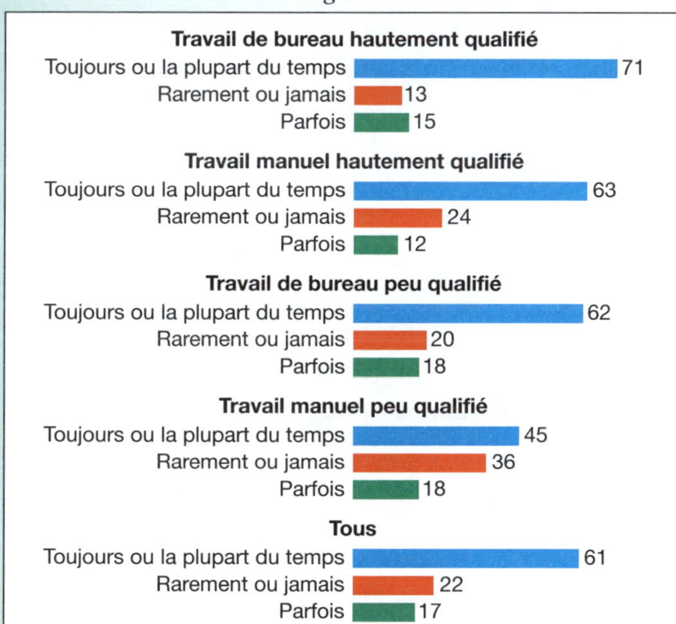

Source : Fondation européenne pour l'amélioration des conditions de vie et de travail, 2015.

Champ : salariés de France métropolitaine.

DOCUMENT 4 **Intensité du travail et pression temporelle entre 1984 et 2016**

Proportion de salariés qui déclarent (en %) :		Cadres	Professions intermédiaires	Employés de commerce et services	Ouvriers qualifiés	Ouvriers non qualifiés	Ensemble
Avoir au moins trois contraintes de rythme	1984	3,5	4,8	2,3	8,7	10,5	5,8
	1998	19,6	29,3	20,9	47	45,3	31
	2005	22,8	32,4	19,9	47,3	46,1	31,6
	2016	23,9	35,1	29,2	53,4	49,1	35,2
Ne pas pouvoir quitter son travail des yeux	1984	6,1	9,8	7,5	25,5	27,3	15,5
	1998	16,5	25,9	28,3	49,3	43,2	31,9
	2005	17,3	29,5	32,9	53,6	46,5	33,7
	2016	27,1	41,5	42,9	65,8	51,6	43
Devoir fréquemment abandonner une tâche pour une autre plus urgente	1984	–	–	–	–	–	–
	1998	59,3	60,7	54,1	51	40,8	55,7
	2005	66,5	66,5	55,9	51,1	41,8	59,5
	2016	75,5	74,8	60,9	49,7	43,2	65,4

Source : Dares, enquêtes « Conditions de travail », 2016.

Champ : salariés de France métropolitaine.

LES CLÉS DU SUJET

Analyser la consigne et dégager une problématique

évolution de l'organisation du travail
Transformations dans les méthodes de travail et la répartition des tâches dans une entreprise.

effets
Vous devez mettre en évidence les conséquences de l'évolution de l'organisation du travail.

Analyse du sujet

conditions de travail
Caractéristiques liées au poste de travail et à son environnement : horaires, pénibilité, contraintes psychosociales.

• **Problématique.** Le passage d'une organisation taylorienne à une organisation post-taylorienne du travail a-t-il permis une amélioration des conditions de travail ?

Exploiter les documents

• **Document 1.** Le texte porte sur les **horaires de travail** en 2016, notamment le travail dominical, le travail de nuit, ainsi que le « travail posté ». Comment évoluent ces horaires de travail ? Tous les salariés sont-ils concernés de la même façon par ces évolutions ?

• **Document 2.** Le tableau livre les résultats d'une enquête sur les **conditions de travail**, en 2016, en fonction de l'appartenance socioprofessionnelle. Les conditions de travail sont-elles plutôt bonnes ? Peut-on mettre en évidence des différences selon les catégories socioprofessionnelles ?

• **Document 3.** Le graphique présente les réponses à une question posée aux salariés sur leur **implication** dans l'amélioration de l'organisation du travail. Les salariés ont-ils tendance à considérer qu'ils sont impliqués ? Cette implication est-elle différente suivant la nature du travail et la qualification des salariés ?

• **Document 4.** Le tableau reprend les résultats d'enquêtes portant sur l'**intensité du travail** et la **pression temporelle**, entre 1984 et 2016, selon l'appartenance socioprofessionnelle. Les réponses des salariés montrent-elles une amélioration des conditions de travail ? Peut-on mettre en évidence des différences selon les catégories socioprofessionnelles ?

Définir le plan

I. La nouvelle organisation du travail améliore les conditions de travail…	• Comment évolue l'organisation du travail ? • En quoi les effets de cette évolution sont-ils positifs pour les conditions de travail (documents 2 et 3) ?
II. … cependant, ces améliorations doivent être nuancées	• Les effets de l'évolution des conditions de travail sont-ils positifs pour tous les salariés (documents 2 et 3) ? • Quels sont les effets négatifs de l'évolution de l'organisation du travail (documents 1 et 4) ?

SPRINT FINAL

42 CORRIGÉ GUIDÉ

Les titres des parties ne doivent pas figurer sur votre copie.

Introduction

[accroche] La réforme des retraites en France en 2023 a relancé les débats sur les conditions de travail. [présentation du sujet] Définies par les caractéristiques liées au poste de travail et à son environnement, celles-ci dépendent des formes d'organisation du travail, c'est-à-dire les méthodes de travail et la répartition des tâches dans une entreprise. [problématique] Le passage d'une organisation taylorienne à une organisation post-taylorienne du travail a-t-il ainsi permis d'améliorer les conditions de travail ? [annonce du plan] Pour répondre à cette question, nous verrons que l'évolution de l'organisation du travail a eu effectivement des effets positifs sur les conditions de travail, mais que cette amélioration doit être nuancée.

I. Les effets positifs de l'évolution des formes d'organisation du travail

> **▶ Le secret de fabrication**
> Il est indispensable d'analyser l'évolution de l'organisation du travail, même si aucun document ne porte sur ces transformations elles-mêmes. Commencer le développement par des connaissances personnelles permet de montrer que la problématique du sujet est bien maîtrisée.

1. Du taylorisme au post-taylorisme

• À la fin du XIXe siècle, Frederick Winslow Taylor, ingénieur états-unien, définit une « organisation scientifique du travail » qui repose sur une double division du travail. La première, horizontale, consiste à séparer le travail d'exécution en une multitude de tâches simples réalisées par des ouvriers spécialisés (OS), peu qualifiés. La seconde division du travail est verticale, opérant une stricte séparation entre ceux qui conçoivent la production et son organisation et ceux qui exécutent les ordres donnés par le bureau des méthodes.

> **MOT CLÉ**
> La division du travail est la décomposition du travail en de nombreuses opérations afin d'accroître l'efficacité du travail.

• L'organisation post-taylorienne du travail a pour objectif de mettre fin à la contestation du taylorisme à partir des années 1960. Elle tend à flexibiliser le travail en enrichissant les tâches des OS, ceux-ci devenant plus polyvalents.

La division verticale du travail est remise en cause, les travailleurs peuvent désormais organiser et répartir eux-mêmes les tâches au sein d'une équipe.

2. L'amélioration des conditions de travail

- L'un des objectifs de l'organisation post-taylorienne est de donner une plus grande autonomie aux travailleurs. Cet objectif semble atteint puisque lorsque l'on interroge les salariés sur leur implication dans l'amélioration de leurs conditions de travail, 61 % répondent qu'ils le sont « toujours ou la plupart du temps » (document 3).
- En conséquence, questionnés sur leurs conditions de travail en 2016, plus de 80 % des salariés estiment qu'ils peuvent organiser leur travail selon leur convenance et près de 70 % pensent qu'ils ont l'occasion de développer leurs compétences professionnelles. De plus, toujours selon la même enquête, près des trois quarts déclarent recevoir du respect et de l'estime pour leur travail (document 2).

II. Inégalités et différences de conditions de travail

> **▶ Le secret de fabrication**
> Dans cette seconde partie, l'analyse précédente est remise en cause de manière graduelle, d'abord en montrant que les améliorations ne concernent pas tous les salariés, puis que les conditions de travail propres à l'organisation post-taylorienne du travail doivent être questionnées.

1. Des améliorations selon l'appartenance socioprofessionnelle

- Si d'une manière générale, les salariés ressentent une amélioration de leurs conditions de travail, les perceptions sont différentes selon la nature et la qualification du travail. Les salariés hautement qualifiés, ayant un travail de bureau, sont relativement les plus nombreux à considérer qu'ils sont impliqués dans l'amélioration de l'organisation du travail. À l'inverse, ceux qui ont un travail manuel peu qualifié sont relativement moins nombreux à exprimer le même ressenti (document 3).
- Les salariés qui sont les plus satisfaits de leurs conditions de travail sont les cadres : plus de 90 % d'entre eux déclarent, par exemple, organiser leur travail selon la façon qui leur convient le mieux, alors que 77 % des ouvriers ont la même opinion. De même, plus de la moitié des cadres considèrent que leurs « perspectives de promotion » sont satisfaisantes, quand 6 employés sur 10 pensent le contraire (document 2).

SPRINT FINAL

2. Un travail et une pression temporelle plus intenses

• Avec l'organisation post-taylorienne du travail, l'intensité du travail s'accentue, ainsi que la pression temporelle. Entre 1984 et 2016, la part des salariés ayant au moins « trois contraintes de rythme » a été multipliée par plus de six. 65,4 % d'entre eux doivent « fréquemment abandonner une tâche pour une autre plus urgente » en 2016, alors qu'ils étaient 55,7 % dans cette situation en 1998 (document 4).

CONSEIL
Si vous citez un extrait de document dans votre développement, vous devez utiliser des guillemets.

• L'évolution des horaires de travail a tendance à se dégrader pour une part croissante des travailleurs qui sont de plus en plus nombreux à travailler le dimanche et la nuit, ce qui les éloigne de la vie sociale car ils sont « en décalage avec le rythme de la majorité de la population » (document 1).

Conclusion

[bilan] Les enquêtes sur le ressenti des salariés passés d'une organisation taylorienne (ou scientifique) à une organisation post-taylorienne du travail montrent que leurs conditions de travail se sont améliorées. Cependant, il faut nuancer cette conclusion car tous les travailleurs ne sont pas concernés de la même façon : les moins qualifiés, le plus souvent ouvriers, sont relativement les moins nombreux à percevoir cette amélioration. En outre, la flexibilité demandée aux salariés tend à les éloigner de la vie sociale. [ouverture] De plus en plus, on constate une remise en cause de la valeur travail et on peut se demander si l'organisation post-taylorienne du travail n'en est pas la cause.

43 France métropolitaine, septembre 2022
ÉPREUVE COMPOSÉE

Justice sociale • Structure socioprofessionnelle • Croissance soutenable

4 heures
20 points

INTÉRÊT DU SUJET • Justice sociale, féminisation de la structure socioprofessionnelle et croissance économique soutenable : ces sujets questionnent notre modèle de société. En grande partie élaboré durant les Trente Glorieuses, celui-ci est-il encore adapté au monde d'aujourd'hui et à ses limites sociales, économiques et environnementales ?

Mobilisation des connaissances (4 points) Pouvoirs publics et justice sociale

▶ Présentez un moyen par lequel les pouvoirs publics peuvent contribuer à la justice sociale.

Étude de document (6 points) La féminisation de la structure socioprofessionnelle

▶ **1.** À l'aide du document (voir page suivante), caractérisez l'évolution de la structure socioprofessionnelle des femmes entre 1982 et 2020. (*2 points*)

▶ **2.** À l'aide de vos connaissances et du document, vous expliquerez deux évolutions de la structure socioprofessionnelle entre 1982 et 2020. (*4 points*)

DOCUMENT **Répartition de la population active selon la catégorie socioprofessionnelle et le sexe (en milliers et en %), 1982-2020**

Catégorie socio-professionnelle	1982			2020		
	Femmes	Hommes	Ensemble	Femmes	Hommes	Ensemble
Agriculteurs exploitants	6,7	7,3	7,1	0,7	2,0	1,4
Artisans, commerçants, chefs d'entreprise	7,2	9,1	8,3	4,2	9,2	6,8
Cadres et professions intellectuelles supérieures	4,0	10,3	7,8	17,9	22,7	20,4
Professions intermédiaires	19,8	19,2	19,5	29,0	23,3	26,0
Employés	46,8	10,7	25,3	39,9	12,5	25,8
Ouvriers	15,1	40,6	30,3	7,9	29,9	19,2
Non déterminé	0,3	2,8	1,7	0,4	0,4	0,4
Total	**100**	**100**	**100**	**100**	**100**	**100**
Effectif (en milliers)	9 243	13 600	22 843	13 110	13 885	26 995

Source : Insee, enquête « Emploi », 2021.

Champ : France hors Mayotte, personnes en emploi, de 15 ans et plus.

Raisonnement (10 points)
Croissance soutenable et limites écologiques

▶ À l'aide de vos connaissances et du dossier documentaire, vous montrerez qu'il existe des limites écologiques à la croissance économique soutenable.

DOCUMENT 1 Évolution du PIB mondial, du PIB mondial par habitant et des émissions mondiales de CO_2[1], de 1960 à 2018

Année	PIB mondial (en milliards de dollars constants de 2010)	PIB mondial par habitant (en dollars constants de 2010)	Émissions mondiales de CO_2[1] (en milliards de tonnes de CO_2)
1960	11 320	3 733	9,46
1970	19 080	5 182	15,27
1980	27 843	6 281	20,40
1990	37 908	7 179	20,61
2000	50 000	8 177	23,31
2010	66 163	9 558	31,03
2018	83 027	10 935	34,04

Source : Banque mondiale, 2020.

1. Gaz carbonique dont la concentration accélère le réchauffement climatique.

DOCUMENT 2 Le rapport « Halte à la croissance ? » de 1972

Les années 1970, avec les deux chocs pétroliers et la preuve d'une raréfaction d'un nombre croissant de ressources, vont remettre les préoccupations environnementales au goût du jour. [...] Regroupés au sein du Club de Rome, des chercheurs ont publié en 1972 le livre *The Limits to Growth*[1] [...]. Ils y affirment que si les tendances actuelles (économiques et environnementales) se perpétuent, beaucoup de ressources naturelles seront épuisées à moyen terme, ce qui limitera, voire empêchera, toute croissance future. En d'autres termes, une croissance exponentielle[2] conduit le système à un effondrement à terme puisqu'un nombre de plus en plus important d'individus interagissent économiquement et environnementalement (en exploitant les ressources dont certaines sont épuisables, et d'autres, renouvelables, mais utilisées au-delà de leur capacité de régénération) dans un monde qui, lui, est fini. [...]

Dans cette optique, l'environnement, ou le capital naturel, est donc le facteur limitant le développement économique et dont le bien-être humain dépend.

Source : Bertrand Hamaide, Sylvie Faucheux, Martin Neve, Martin O'Connor, « Croissance et environnement : la pensée et les faits », *Reflets et perspectives de la vie économique*, 2012.

---

1. La traduction française du titre est « Halte à la croissance ? ».
2. Rapide et continue.

DOCUMENT 3 **Expansion des forêts et déforestation à l'échelle mondiale (en millions d'hectares par an), 1990-2020**

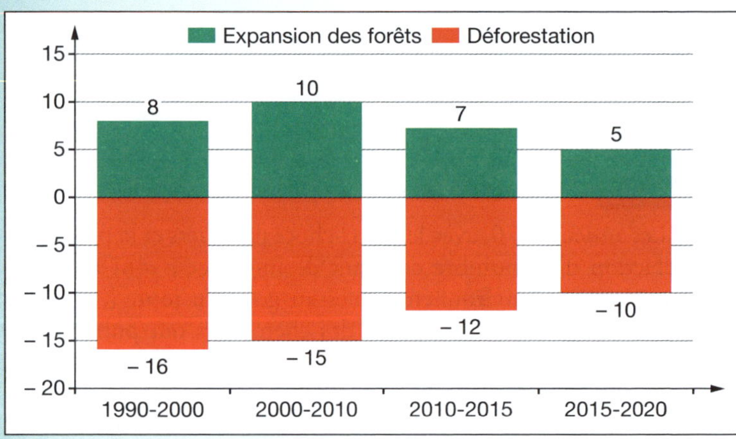

Source : Organisation des Nations unies pour l'alimentation et l'agriculture, 2020.

LES CLÉS DU SUJET

Mobilisation des connaissances

Définir les mots clés

• Les **pouvoirs publics** sont les autorités dont la fonction est de faire appliquer les lois et les règlements en vigueur sur un territoire national.

• La **justice sociale** désigne un principe moral et politique qui vise à l'égalité des droits et à la solidarité collective permettant une répartition équitable des richesses.

• Les **moyens** renvoient ici à la façon de procéder pour atteindre la justice sociale. Il faut donc les identifier.

Structurer la réponse

• En introduction, nous définirons la **justice sociale** et listerons les **différents moyens** mis en œuvre par les pouvoirs publics pour atteindre ce principe.

• Puis, à partir de l'exemple de la **lutte contre les discriminations faites aux femmes dans l'entreprise**, nous montrerons comment les autorités contribuent à assurer l'égalité formelle et réelle des droits.

Étude de document

Définir les mots clés

• La **structure socioprofessionnelle** désigne la façon d'agencer les types d'emplois. En France, on dispose de la nomenclature des professions et catégories socioprofessionnelles (**PSC**) qui classe la population active en emploi en 6 catégories, selon différents critères : secteur d'activité, qualification, statut, etc.

• Les **évolutions** renvoient ici aux transformations qu'a connues la population active en France depuis 1982.

Comprendre le document

Le tableau, dont la source est l'Insee, présente l'évolution de la **population active en emploi** en France entre 1982 et 2020 selon deux critères : le **sexe** et la **catégorie socioprofessionnelle** (CSP). Les données sont en pourcentage. Par exemple, en 1982, 15,1 % des femmes actives en emploi étaient ouvrières, contre 7,9 % en 2020.

Structurer la réponse à la seconde question

• Dans un premier temps, on mettra en évidence le phénomène de **féminisation des emplois.**

• Dans un deuxième temps, on s'intéressera à la **hausse de la qualification** de la population active.

SPRINT FINAL

Raisonnement

Analyser les termes du sujet et mobiliser ses connaissances

Analyse du sujet

vous montrerez
On vous demande d'expliquer les liens entre croissance soutenable et limites écologiques.

limites écologiques
Effets négatifs de l'activité économique sur l'environnement.

croissance économique
Augmentation soutenue et durable des richesses créées mesurée par la variation du produit intérieur brut (PIB) réel.

soutenable
Croissance qui doit préserver l'environnement pour satisfaire les besoins des générations futures.

Exploiter les documents

- **Document 1.** Les données du tableau incitent à comparer l'évolution du **PIB mondial** et du PIB mondial par habitant à celle des **émissions mondiales de CO_2**. Existe-t-il une corrélation entre la croissance économique et les émissions de CO_2 ? Pourquoi l'évolution des émissions de CO_2 remet-elle en cause la croissance soutenable ?
- **Document 2.** Le texte porte sur le **rapport** présenté en 1972 par le Club de Rome, et intitulé « **Halte à la croissance ?** ». Il explique que la croissance contemporaine épuise les ressources naturelles, rendant impossible la croissance future. Pourquoi la croissance économique épuise-t-elle les ressources naturelles ? Quelles sont les conséquences pour la croissance soutenable ?
- **Document 3.** Le diagramme en barres étudie l'évolution de l'**expansion des forêts** et de la **déforestation** entre 1990 et 2020. Il montre que si la déforestation nette (expansion des forêts moins déforestation) a baissé par rapport à 1990, la déforestation reste toujours supérieure à l'expansion des forêts. Quelles sont les conséquences de la déforestation sur la croissance soutenable ?

Définir les arguments

Argument 1	Les effets de la croissance sur l'environnement
Argument 2	La remise en cause de la croissance soutenable

43 CORRIGÉ GUIDÉ

Mobilisation des connaissances

Les titres des parties ne doivent pas figurer sur votre copie.

Introduction

La justice sociale est le principe moral et politique visant à l'égalité des droits et à la solidarité collective. Il existe différents moyens pour les pouvoirs publics d'y parvenir : par la fiscalité et la protection sociale, par les services collectifs et par la lutte contre les discriminations. Nous envisagerons ici plus particulièrement les mesures prises contre les discriminations faites aux femmes dans l'entreprise.

MOT CLÉ
L'égalité des droits correspond à l'égalité des citoyens devant la loi. Elle doit être distinguée de l'égalité des chances (d'atteindre les différentes positions sociales) et de l'égalité des situations (dans les domaines économique et social).

Développement

- On désigne par discriminations faites aux femmes tout traitement inégalitaire lié à une stigmatisation négative en raison du sexe de l'individu. Pour lutter contre ces discriminations dans le cadre de l'entreprise, les pouvoirs publics agissent grâce à la loi et à la réglementation.

- En 1983, la loi Roudy réaffirme le principe de l'égalité femmes-hommes dans le champ professionnel. Ici, c'est donc la recherche de l'égalité formelle qui est mise en avant.

À NOTER
Les discriminations peuvent se fonder également sur la couleur de la peau ou encore les préférences sexuelles, amenant les pouvoirs publics à mettre en place des mesures de lutte contre le racisme ou contre l'homophobie.

- En 2011, la loi Copé-Zimmermann fixe des quotas de femmes dans les conseils d'administration et de surveillance des entreprises. En 2021, la loi Rixain impose 40 % de femmes cadres dirigeantes d'ici à 2030, sous peine de pénalité financière pour les entreprises. Ces lois vont ainsi plus loin, car en fixant des quotas, elles permettent d'atteindre une égalité réelle.

Conclusion

Pour lutter contre les discriminations faites aux femmes dans l'entreprise, les pouvoirs publics cherchent à changer les comportements par la loi. Aujourd'hui, celle-ci combat ces discriminations par des mesures de discrimination positive (quotas), afin de passer d'une égalité formelle à une égalité réelle.

Étude de document

▶ **1.** Selon l'Insee, en 1982, près de la moitié des femmes actives en emploi (46,8 %) étaient des employées contre 39,9 % en 2020 (– 7 points). Mais cette catégorie est celle qui regroupe toujours le plus de femmes actives en emploi.

On lit aussi une augmentation de la part des femmes actives en emploi parmi les professions intermédiaires, de 19,8 % à 29 % (+ 9,2 points) ; et surtout parmi les cadres et professions intellectuelles supérieures, de 4 % à 17,9 %, soit une part qui a quadruplé entre 1982 et 2020.

▶ **2.** *Les titres des parties ne doivent pas figurer sur votre copie.*

Introduction

Le document proposé par l'Insee permet d'illustrer trois tendances de l'évolution de la structure socioprofessionnelle de la France au cours de ces quarante dernières années : féminisation du marché du travail, hausse du niveau de qualification et tertiarisation. Nous choisissons de présenter les deux premières.

Développement

• Tout d'abord, nous constatons une féminisation de l'emploi. En effet, entre 1982 et 2020, le nombre de femmes présentes au sein de la population active en emploi est passé de 9 243 000 à 13 110 000 (multiplié par 1,4). Si la catégorie des employées est la plus importante (39,9 % des femmes actives occupées), on observe une forte augmentation de la part des femmes cadres et professions intellectuelles supérieures (CPIS) parmi les femmes actives en emploi (multipliée par 4).

> **MOT CLÉ**
> La féminisation de l'emploi désigne la hausse significative du pourcentage de femmes sur le marché du travail depuis 1960.

• Cette évolution de la structure socioprofessionnelle s'est accompagnée d'une hausse du niveau de qualification moyen de la population active. La croissance, sur la période étudiée, de la part des professions intermédiaires – qui représente désormais un quart de la population en emploi – en témoigne. De plus, la part des CPIS est passée, quant à elle, de moins de 8 % à plus de 20 % de la population active occupée (multipliée par 2,5).

> **MOT CLÉ**
> La qualification regroupe l'ensemble des savoirs acquis par un individu au cours de sa formation ou de son expérience professionnelle.

Conclusion

Les femmes représentent désormais la moitié de la population active en emploi et le niveau de qualification de celle-ci n'a cessé de progresser, à l'image des CPIS qui représentent 20,4 % de la population active occupée en 2020, contre 7,8 % en 1982.

Raisonnement

Les titres des parties ne doivent pas figurer sur votre copie.

Introduction

De nombreux rapports montrent que la croissance économique est aujourd'hui de moins en moins soutenable. En effet, l'augmentation soutenue et durable des richesses créées mesurée par la variation du produit intérieur brut (PIB) réel risque de compromettre les besoins des générations futures. Pour le montrer, on peut d'abord étudier les effets de la croissance sur l'environnement puis la remise en cause de la croissance soutenable.

I. Les effets de la croissance sur l'environnement

> **Le secret de fabrication**
> Commencer par les effets de la croissance sur l'environnement permet de mieux comprendre pourquoi la croissance n'est pas soutenable.

• La croissance économique s'accompagne d'émissions de plus en plus importantes de CO_2 (document 1). Ce gaz, produit naturellement par les organismes vivants, se retrouve dans l'atmosphère et participe à l'effet de serre. Or, l'activité productrice accroît celui-ci, notamment l'industrie, en consommant de plus en plus de combustibles fossiles comme le pétrole, le charbon ou le gaz naturel. Ces émissions favorisent le réchauffement climatique.

> **MOT CLÉ**
> Le réchauffement climatique est un processus de transformation du climat qui se traduit par une augmentation des températures moyennes.

• La croissance économique implique de plus une surexploitation des ressources naturelles, comme les forêts. Sur la période 1990-2020, la déforestation, c'est-à-dire la réduction de la surface des forêts, est supérieure à leur expansion. Entre 2015 et 2020, elle est même deux fois supérieure à cette dernière (document 3).

SPRINT FINAL

II. La remise en cause de la croissance soutenable

• La croissance est soutenable si le stock de capitaux transmis aux générations futures reste constant. Dans ce stock, on distingue le capital naturel (ressources naturelles), physique (machines), humain (connaissances, niveau de diplôme des actifs), institutionnel (maintien d'un État de droit). La soutenabilité est qualifiée de faible si l'on peut substituer le capital naturel par d'autres capitaux, forte si ce n'est pas le cas.

• Une croissance trop élevée ne permettra plus d'assurer les besoins des générations futures comme le prédisait en 1972 le rapport « Halte à la croissance ? » (document 2). Le réchauffement climatique dû à l'effet de serre provoque des crises alimentaires, tandis que la sécheresse et l'élévation du niveau de la mer entraînent des migrations de population. De plus, la surexploitation des ressources naturelles menace la biodiversité, se traduisant par la disparition d'espèces animales et végétales.

MOT CLÉ
La biodiversité désigne la diversité des espèces vivantes, végétales ou animales sur la terre ou dans les mers.

Conclusion

Pour être soutenable, la croissance économique doit non seulement satisfaire les besoins des générations actuelles mais également ceux des générations futures. Or, la croissance s'accompagne d'une augmentation des émissions de gaz à effet de serre, responsable du réchauffement climatique, provoquant famines et sécheresses. De plus, elle remet en cause la biodiversité car elle détruit des espèces animales et végétales. Dès lors, il apparaît qu'aujourd'hui la croissance économique est de moins en moins soutenable.

Réussir le Grand Oral

Les fiches MÉTHODE

Trois SIMULATIONS de Grand Oral

1 Choisir une question en SES

Selon le BO du 13 février 2020, qui définit le « Grand Oral », vous devez choisir une question pour chacun de vos deux enseignements de spécialité. Vous serez interrogé(e) sur l'une de ces deux questions le jour de l'épreuve.

A Le « cahier des charges »

Le choix de la question doit répondre à ces **trois conditions**.

La question
1. met en lumière un des grands enjeux du programme de spécialité
2. se prête à une explicitation aisée, sans support et sans notes
3. permet de nourrir une réflexion sur votre projet d'orientation

B Des idées de sujets en SES

- **Quel rôle les nouvelles technologies jouent-elles dans la croissance économique ?**

Vous pourrez puiser dans le thème 1 du programme de SES « Les sources et les défis de la croissance économique » et dans le thème 6 de la **spécialité HGGSP** : « L'enjeu de la connaissance ».

> À NOTER **Les sciences économiques et sociales sont riches de sujets à la croisée des disciplines.**

- **La mondialisation est-elle profitable à tous ?**

Le thème 2 « Les fondements du commerce international et de l'internationalisation de la production » s'articule logiquement avec le grand thème de l'enseignement de tronc commun en géographie : « Les territoires dans la mondialisation : entre intégrations et rivalités ».

- **Comment les transformations de l'emploi nuisent-elles à la fonction intégratrice du travail ?**

Deux thèmes du programme sont nécessaires pour répondre exhaustivement à ce sujet : le thème 3 « La lutte contre le chômage », qui revient sur les politiques de l'emploi et, en particulier, sur la flexibilisation du marché du travail, et le thème 9 « Les mutations du travail et de l'emploi », qui interroge directement le lien entre l'organisation du travail, ses mutations et l'intégration par le travail.

- **La structure sociale en France peut-elle être analysée en termes de classes sociales ?**

Les arguments et les théories nécessaires sont présentés dans le thème 6 « La structure de la société française actuelle ».

● **Comment a évolué l'action collective depuis 1970 ?**

La réponse peut être construite en articulant le thème 10 « L'engagement politique dans les sociétés démocratiques » et des références à l'art contestataire dans la littérature ou le cinéma.

● **La croissance est-elle compatible avec l'environnement ?**

Dans le programme de SES, les thèmes 1 « Les sources et les défis de la croissance économique » et 12 « L'action publique pour l'environnement » soulèvent le problème et apportent des pistes de solution. Vous pourrez aussi vous appuyer sur le thème 5 du programme de la **spécialité HGGSP** qui aborde « L'environnement, entre exploitation et protection : un enjeu planétaire » ou encore sur l'enseignement scientifique, avec le cours sur les nouvelles énergies dans le thème 2 « Le futur des énergies ».

● **En France, les inégalités économiques ont-elles diminué ?**

À partir du thème 11 « Des inégalités compatibles avec les différentes conceptions de la justice sociale ? », vous analyserez les inégalités de salaire, de revenu, de niveau de vie et de patrimoine pour montrer, grâce aux outils statistiques (écarts et rapports interdéciles, moyennes, médianes, etc.), que l'évolution des inégalités dépend en partie de l'outil de mesure.

FOCUS

« Pitcher » son sujet auprès de ses proches

● N'hésitez pas à exposer brièvement votre sujet à vos parents ou vos amis. Ce premier « pitch » vous aide à délimiter votre sujet et vous permet de tester l'intérêt qu'il suscite.

Doc. « Ma Thèse en 180 secondes : la science pour les nuls »

● Ainsi, dans le cadre du concours « Ma thèse en 180 secondes », les doctorants doivent résumer en trois minutes un sujet de recherche qu'ils ont développé dans une thèse de plusieurs centaines de pages.

GRAND ORAL

2 Concevoir sa présentation

Les recherches sur les questions choisies peuvent débuter assez rapidement dans l'année. Pour chacune, vous devez vous documenter et organiser vos idées, au fur et à mesure, en vue d'un exposé structuré.

A Se documenter, chercher des idées

1. Se constituer une bibliographie pertinente

● Pour chaque question, établissez une **liste de mots-clés** : ils vont vous permettre d'interroger Internet, mais aussi le catalogue de votre CDI ou de la médiathèque de votre quartier.

● Consultez les documents ainsi sélectionnés, **des plus généraux** (manuels, encyclopédies) **aux plus spécialisés**.

● Dans le cas de recherches sur Internet, pensez à **vérifier les sites** que vous consultez à l'aide de ces questions :

1. Qui est l'auteur du site ? Quelle est son expertise sur le sujet ?
2. De quand datent les informations ?
3. L'exposé est-il clairement construit, solidement argumenté ?

> CONSEIL **Commencez par lire les informations données par la page de présentation du site, souvent intitulée « À propos ».**

2. Garder la trace de ses recherches

● **« Fichez » chacun des documents** consultés : le support peut être, selon votre préférence, physique (fiche Bristol) ou numérique.

● Reformulez les idées qui vous paraissent essentielles, en distinguant bien les arguments des exemples.

> CONSEIL **Notez précisément la source : le titre de l'ouvrage ou du site, le nom de l'auteur, la date de publication, ainsi que les pages consultées.**

FICHE DOCUMENT

Source :

Sujet :

Idées clés :

•

•

•

Citation :

B Organiser ses idées

1. Plusieurs méthodes de classement

● Au fil de vos prises de notes, vous allez être conduit(e) à regrouper vos idées autour de lignes directrices : une organisation de votre exposé se dessine progressivement. Essayez de la traduire sous forme de « **carte mentale** ».

● Si vous avez du mal à faire émerger les grands axes, vous pouvez recourir à la **méthode des post-it**.

1. Écrivez une idée clé par post-it.
2. Ajoutez, le cas échéant, des exemples sur des post-it d'une autre couleur.
3. Sur un mur, déplacez les post-it jusqu'à ce qu'ils s'enchaînent logiquement.

2. Le choix du plan

Votre plan dépend de la question et du type de réflexion proposé.

	Objectif	Question
Plan thématique	Il permet d'approfondir les différents aspects d'un sujet.	Il correspond à une question qui se subdivise en différentes sous-questions.
Plan dialectique	Il oppose deux thèses puis opère une synthèse des points de vue.	Il correspond à une question qui implique une discussion, un dilemme.

FOCUS

Mettre son plan sous forme de carte mentale

1. Prenez une feuille blanche A4, en format paysage.
2. Notez la question au centre, dans un « noyau ».
3. Créez autant de « branches » que de grands axes (une couleur par axe).
4. Ramifiez les branches de manière à faire apparaître les idées clés.

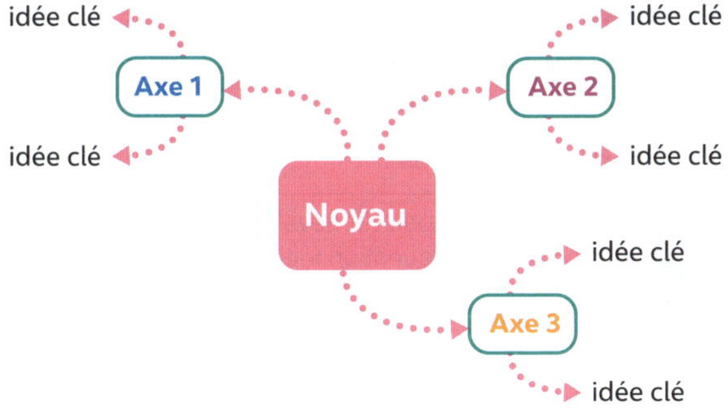

GRAND ORAL

3 Préparer efficacement l'exposé

Le jour J, vous devrez faire votre présentation en cinq minutes, sans notes. Cela suppose un travail préparatoire important : de rédaction, de mémorisation et d'entraînement à la prise de parole.

A Rédiger une trame précise

Une fois que vous êtes au clair sur la structure générale de votre exposé, vous devez mettre par écrit le déroulement de votre argumentation, sous la forme d'un plan semi-rédigé.

1. L'introduction

- L'introduction doit montrer :
  - que **votre sujet est intéressant** ;
  - que vous l'avez bien cerné ;
  - que votre plan découle de la question posée et y répond.
- Elle comprend **trois étapes** qui s'enchaînent logiquement.

1. L'accroche	En une ou plusieurs phrases, amenez progressivement votre sujet.
2. La question	Posez clairement la question à laquelle vous allez répondre et explicitez-la.
3. Le plan	Annoncez les deux ou trois grands axes, de manière à ce que le jury comprenne d'emblée l'organisation de l'exposé.

2. Le corps de l'exposé

- Recopiez le plan que vous avez établi et remplissez-le de manière télégraphique, à l'aide de listes à puces.
- N'oubliez pas d'**appuyer chaque argument** par un exemple vérifié.
- Distinguez bien les informations nécessaires à la bonne compréhension du sujet de celles qui sont secondaires et que vous pourrez préciser dans l'entretien.

3. La conclusion

- La conclusion est l'étape de l'exposé qui reste en mémoire : rédigez-la complètement pour être sûr(e) qu'elle marque votre auditoire.
- Elle se compose de **deux parties** :

1. Le bilan	Reprenez les étapes du développement et répondez à la question initiale.
2. L'ouverture	Élargissez le champ de la réflexion à l'aide d'une citation, d'un fait d'actualité, d'une question proche.

B Mémoriser la présentation, puis simuler l'épreuve

Vous êtes désormais au clair sur le contenu de votre exposé. Il s'agit maintenant de préparer sa restitution orale.

1. Faire travailler sa mémoire

- Vous devez posséder votre exposé « sur le bout des doigts », de telle manière que les idées se rappelleront à vous naturellement le jour de l'épreuve et que vous pourrez consacrer toute votre attention à votre auditoire.
- Pour ce faire, sollicitez vos différentes mémoires (visuelle, auditive, kinesthésique…) pour fixer le déroulement de l'exposé puis récitez-le plusieurs fois, de manière à vous en souvenir durablement.

> À NOTER **Des chercheurs ont prouvé qu'il faut refaire au moins sept fois le chemin vers un souvenir pour l'ancrer durablement.**

2. Simuler un Oral blanc

- C'est à ce moment-là, quand vous avez mémorisé votre exposé, que vous devez faire appel à votre entourage – vos professeurs, vos parents ou vos amis – pour leur demander de constituer votre premier auditoire.
- Demandez-leur d'évaluer votre présentation selon ces trois critères :

1. Pertinence. Ai-je bien répondu à la question posée ?
2. Clarté. Qu'est-ce qui était clair ? moins clair ?
3. Efficacité. Ai-je retenu votre attention ? Comment puis-je le faire mieux ?

- N'hésitez pas également à leur demander de vous poser des questions sur le contenu de la présentation : cela vous entraînera pour l'entretien qui suit.

FOCUS

Comment fonctionne la mémoire ?

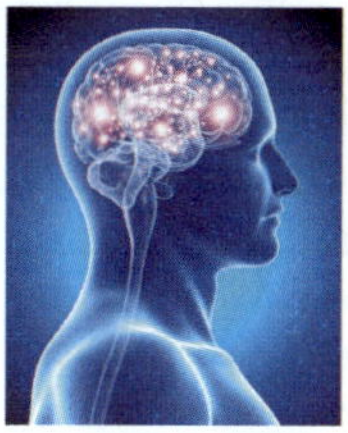
Ph © pankajstock123 – stock.adobe.com

- La mémorisation est le résultat d'un processus biochimique dans lequel les neurones jouent un rôle essentiel.
- Elle se déroule en trois étapes :

1. L'encodage : enregistrement d'une nouvelle information
2. Le stockage : rangement, consolidation de l'information
3. Le rappel : recherche du souvenir afin de le restituer

- Plus on rappelle un souvenir, plus on l'ancre durablement dans la mémoire.

GRAND ORAL

4 Présenter la question au jury

Votre présentation doit être synthétique et rendre compte efficacement du questionnement. Vous êtes principalement évalué(e) sur la solidité de vos connaissances et votre capacité à argumenter.

A Optimiser le temps de préparation

Le jury vient de choisir l'une des deux questions préparées. Vous avez alors 20 minutes pour mettre en ordre vos idées et préparer – si vous vous sentez suffisamment sûr(e) de vous – un support pour le jury.

1. Mettre en ordre vos idées au brouillon

20 minutes de préparation, c'est à la fois long et court. Comment les utiliser ?

Pensez à…	Évitez de…
rédiger l'introduction et la conclusion	rédiger tout l'exposé
noter le plan	noter des idées en désordre
résumer les principales idées	ajouter du contenu au dernier moment

2. Préparer un support pour le jury

- Si vous avez bien en tête votre exposé, mettez à profit les 20 minutes pour préparer un support destiné au jury.
- L'objectif est de permettre à votre auditoire de **mieux suivre votre présentation**. Votre support peut ainsi prendre des formes variées.

> CONSEIL **Bien que non évalué, le support doit être pertinent et lisible pour bien disposer le jury.**

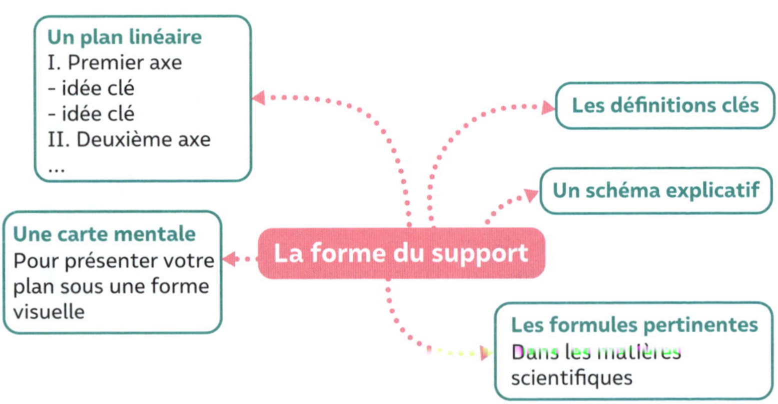

B Faire une présentation claire et fluide

1. Soigner les étapes clés de l'exposé

- Vous devez prêter une attention particulière à l'introduction et à la conclusion.

L'introduction	La conclusion
• amène la question • pose clairement la question • annonce le plan	• fait le bilan des recherches • répond à la question • ouvre de nouvelles perspectives

- Quand vous annoncez le plan, vous pouvez recourir à des formules telles que :

  Tout d'abord nous nous intéresserons…
  Puis nous étudierons…, avant de montrer que…

2. Mettre en évidence la progression de l'exposé

- Plus encore qu'à l'écrit, vous devez soigner vos **transitions** de sorte que votre auditoire comprenne bien la progression de votre présentation.

Les passages d'une partie à l'autre doivent être ainsi explicités :

Nous venons de voir que…
Nous allons maintenant essayer de comprendre comment ce processus…

CONSEIL **Tout au long de votre présentation, n'hésitez pas à rappeler le fil conducteur en reprenant les mots clés de la question.**

- Les **liens entre les idées** d'une partie doivent être clarifiés au moyen de connecteurs logiques : de cause (*car, en effet*…), de conséquence (*donc, c'est pourquoi*…), d'opposition (*mais, cependant*…), de concession (*certes…*), d'addition (*de plus, en outre…*).

FOCUS

Parler debout

- Placez-vous face à votre jury, bien au centre.
- Ancrez vos pieds au sol, de manière à être bien stable.
- Placez dès le départ vos mains à hauteur de votre ventre, sans les laisser pendre le long du corps. Vous pouvez les croiser devant vous et les dénouer lorsqu'il sera nécessaire d'appuyer le propos.

ph © Prod DB © Ingrid Chabert – My Box Productions / DR

Image extraite du film *À voix haute* de Ladj Ly et Stéphane de Freitas, 2017.

GRAND ORAL

5 Répondre aux questions en lien avec la présentation

Lors de la deuxième partie de l'épreuve, le jury revient sur la présentation et évalue plus largement vos connaissances dans les disciplines correspondant à vos spécialités.

A Anticiper les questions

1. Les questions sur la présentation

- Le jury va en premier lieu revenir sur certains points de la présentation pour vous **demander des précisions**.
  - *Vous avez affirmé que... : pouvez-vous donner un exemple ?*
  - *Vous avez cité... : quelle est votre source ?*
  - *Comment définissez-vous le mot... ?*
- Afin de ne pas être surpris(e), efforcez-vous d'anticiper les questions lors de l'élaboration de l'exposé.

2. Les questions sur le programme

- Cependant, le jury peut aussi vous poser des questions sur d'autres thèmes de vos **programmes de spécialité**.

> ATTENTION **Ces questions peuvent porter sur des thèmes hors du programme limitatif de l'épreuve écrite.**

- C'est pourquoi vous devez travailler tout au long de l'année les notions au programme, en imaginant cette interrogation. Voici 4 conseils clés :

4 conseils clés

1. Faites des fiches pour chaque chapitre
2. Apprenez par cœur les définitions clés
3. Questionnez votre enseignant en cas d'incompréhension
4. Complétez le travail fait en cours avec des recherches personnelles

> CONSEIL **Cette préparation vous servira également pour l'écrit !**

B Développer une posture d'échange

1. Faire des réponses appropriées

● Un(e) seul(e) des deux membres du jury est un(e) spécialiste des domaines concernés par votre question. Votre réponse doit donc être **précise mais pas trop jargonneuse**.

● D'autres conseils utiles :

Pensez à…	Évitez de…
prendre quelques secondes pour « ingérer » la question	vous précipiter : vous risquez de ne pas répondre à la question
donner des réponses brèves pour des précisions, plus longues pour un avis personnel	répondre par oui ou par non, ne pas développer
vous appuyer sur des connaissances précises, des chiffres, des dates…	rester dans les généralités, utiliser le pronom *on*

2. Gérer les difficultés

● Si vous n'êtes **pas sûr(e) de comprendre** la question :

– reformulez-la à voix haute pour vérifier que vous avez bien compris ;

Vous me demandez si… Vous voulez savoir comment…

– demandez des précisions ou un exemple.

Qu'entendez-vous par… ? Pouvez-vous me donner un exemple ?

● Si vous **ne savez pas quoi répondre**, osez le dire : vous pouvez toutefois commencer par faire remarquer la pertinence de la question.

Ce point me semble en effet très intéressant,
mais je n'ai pas eu le temps de l'approfondir.

FOCUS

Éviter les gestes parasites

Apprenez à identifier les gestes d'auto-contact que vous effectuez pour vous rassurer en situation de stress : ils brouillent la communication et traduisent votre inconfort. Or, avec un peu d'entraînement, il est facile de les éviter.

Passer la main dans ses cheveux

Remonter ses manches, tirer dessus

Toucher sa montre, un bijou

Se gratter avec insistance

GRAND ORAL

6 Défendre son projet d'orientation

Au cours de cette partie de l'épreuve, vous exposez votre projet d'orientation : quel domaine vous intéresse, depuis quand, quels choix vous avez faits pour vous en rapprocher.

A Faire le lien entre la question traitée et son projet d'orientation

● Le jury va commencer par vous demander en quoi le travail sur la question traitée **a nourri votre réflexion sur votre projet d'orientation**. Voici quelques éléments de réponse, à adapter en fonction de votre sujet et de votre projet :

- *En travaillant sur ce sujet au croisement de deux disciplines, j'ai acquis la certitude que je souhaitais continuer à les étudier l'une et l'autre : d'où le choix d'un cursus réunissant…*
- *La préparation de cet oral m'a permis de rencontrer des personnes travaillant dans le domaine de…, qui m'ont donné envie de suivre leur voie ; c'est pourquoi j'ai choisi des études dans la filière…*

> CONSEIL **Même si vous avez évidemment envisagé plusieurs choix (sur Parcoursup ou par des candidatures directes), mettez plutôt l'accent sur celui permettant d'établir un lien avec la question traitée. Ainsi votre démarche paraîtra cohérente.**

● Vous pouvez aussi analyser les **compétences acquises** lors de la préparation de cette épreuve orale : mener un travail de recherche, confronter des données, faire un travail de synthèse, faire un exposé oral, et montrer qu'elles vous seront **utiles pour la suite de vos études**.

B Expliquer les étapes de son projet d'orientation

1. Projet professionnel ou projet de poursuite d'études ?

● Si vous avez une idée de métier précise, vous pouvez partir de ce **projet professionnel**, expliquer pourquoi il vous attire ; puis faire le lien avec les études qui y mènent.

● Mais vous avez le droit, à 17-18 ans, de ne pas savoir quel métier vous aimeriez exercer. Contentez-vous alors d'expliquer quel domaine vous intéresse et **quels choix d'études** après le bac vous avez faits **en conséquence**.

CONSEIL Quand vous vous êtes inscrit(e) sur Parcoursup ou si vous avez candidaté à des écoles, vous avez dû rédiger des lettres de motivation. Utilisez-les pour préparer cette partie de l'oral.

- Si vous hésitez encore entre **deux voies**, vous pouvez exposer les différentes possibilités envisagées.

2. La genèse et la mise en œuvre du projet

- Pour retracer la **genèse** du projet, expliquez :

– comment l'idée de ce projet d'orientation vous est venue ;
– comment elle a guidé vos choix de spécialités ;
– comment elle s'est renforcée à travers différentes activités et expériences.

CONSEIL N'hésitez pas à détailler des expériences vécues ou à rapporter une anecdote pour rendre votre présentation plus personnelle.

- Mentionnez la **filière choisie**, l'école ou l'université que vous souhaiteriez intégrer et les enseignements qui vous attendent. Décrivez concrètement la manière dont vous souhaitez mener ce projet : cursus envisagé, diplôme visé.

- Faites le bilan de vos atouts et de vos limites pour le domaine envisagé. Montrez que vous disposez d'une **bonne connaissance de vous-même** et de vos capacités.

FOCUS

Développer une argumentation personnelle

Pour mieux convaincre le jury de votre motivation, vous devez mettre en évidence que ce projet est vraiment le vôtre.

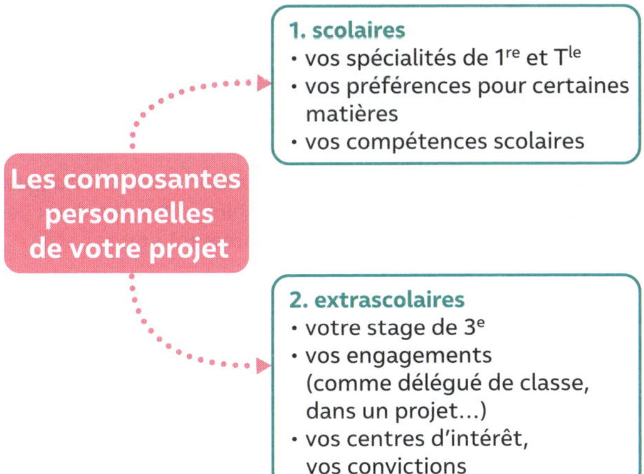

7 Retenir l'attention du jury

Lors de l'épreuve orale, il ne suffit pas de maîtriser son sujet, il faut aussi communiquer de manière efficace pour convaincre le jury. Le visage et ses expressions, ainsi que la gestuelle, sont alors essentiels pour renforcer le propos.

A Établir le contact

- Le premier contact est essentiel. Dès l'entrée dans la salle, donnez l'impression d'être ouvert(e) à l'échange, avenant(e), sans être trop familier(ère).
- Le **sourire** est l'atout indispensable pour détendre l'atmosphère et gagner la sympathie du jury. Il ne s'agit pas de rire faussement ou de sourire en permanence, mais d'afficher une attitude aimable.
- La **politesse** est de mise, même si parfois le stress fait oublier les fondamentaux de la courtoisie : saluer vos interlocuteurs, remercier, attendre d'être invité(e) à s'asseoir ou à partir avant de le faire.
- Laissez à vos examinateurs le temps de s'installer et montrez-vous **à l'écoute de leurs attentes**, sans foncer tête baissée dans votre exposé.

B Communiquer efficacement

1. Regarder l'examinateur

- Se retrouver face à face avec un jury composé de deux professeurs inconnus peut vous paraître impressionnant. Cependant, votre réussite à l'oral repose aussi sur votre capacité à **surmonter ce stress** et à vous adresser réellement à vos interlocuteurs à travers ce que vous dites, mais aussi par le regard.
- Ne fixez pas vos interlocuteurs, mais accordez-leur **des regards réguliers**, afin de capter leur attention. Évitez de regarder ailleurs : vous donneriez l'impression d'être fuyant(e). Inutile donc de fixer vos pieds, le plafond ou le mur au fond de la salle.

> CONSEIL **Si vous avez des difficultés à regarder votre interlocuteur dans les yeux, vous pouvez imaginer un point entre ses deux yeux, ce qui vous évitera d'être mal à l'aise en croisant son regard.**

2. Soigner la gestuelle

- **Évitez de rester trop statique** pendant votre intervention, mais ne surchargez pas non plus votre intervention par des gestes répétitifs ou sans lien avec le propos.
- Vos gestes doivent intervenir à des moments essentiels de votre prise de

parole afin d'**appuyer ce que vous dites**. Ils doivent donc coïncider avec ce que vous cherchez à exprimer : enthousiasme, opposition, implication personnelle… (voir la rubrique « Focus » ci-dessous).

3. Éviter la monotonie

- **Variez les intonations** pour donner de la vivacité à ce que vous dites et ne pas ennuyer votre jury.
- **Insistez sur les aspects essentiels** en appuyant sur certains segments de phrases ; marquez les interrogations ou les exclamations par une intonation expressive.
- **Ayez l'air convaincu(e)** de ce que vous affirmez en adoptant une voix claire et en apparaissant sûr(e) de vous.

> INFO **La relation interpersonnelle est un phénomène complexe. Les variations de la voix, la gestuelle comptent pour beaucoup dans la bonne réception du message de fond. Les acteurs le savent bien.**

FOCUS

Appuyer son propos par des gestes signifiants

Il est important d'appuyer son discours par des gestes qui retiennent l'attention et soulignent les moments clés.

Mains tendues vers l'auditoire : impliquer le public.

Mains à gauche puis à droite : souligner une opposition.

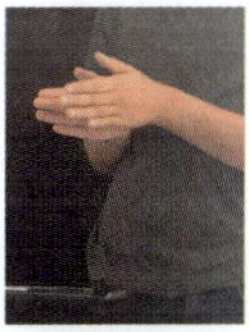

Compter avec ses doigts : énumérer.

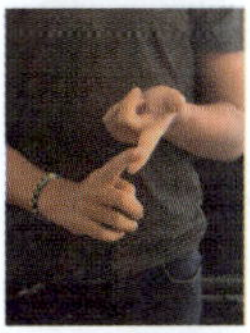

Mains écartées ou rapprochées : exprimer l'union ou la désunion.

Lever ou baisser un doigt : exprimer un doute ou un questionnement.

Main sur la poitrine : montrer son implication personnelle.

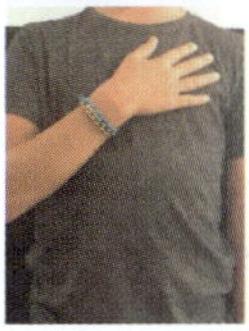

GRAND ORAL

8 S'exprimer de manière claire et fluide

Si une bonne partie de la communication repose sur l'attitude non verbale, il ne faut évidemment pas négliger l'aspect verbal de l'échange. Choisir les mots justes, articuler, faire des pauses sont autant d'atouts dans la prise de parole.

A Utiliser un vocabulaire juste et précis

1. Choisir ses mots

- Vous êtes jugé(e) sur la qualité de votre expression, d'où l'importance de bien choisir vos mots. Il est parfois difficile de trouver la bonne formulation : prenez le temps de chercher les **termes les plus appropriés**.
- Si un terme familier vous échappe, reformulez dans un **registre plus soutenu**. Évitez les contractions (« j'sais pas », « j'pense ») : prononcez correctement les négations en incluant un « ne » audible.

2. Varier son expression

L'examinateur appréciera que vous fassiez un effort pour varier les tournures que vous utilisez.

Varier les expressions utilisées

- **Donner son opinion :** *à mon sens, pour ma part, il me semble, je suis d'avis que…*
- **Appuyer le propos :** *clairement, évidemment, naturellement, nettement…*
- **Introduire une analyse :** *on remarque, on constate, on peut souligner, il est à noter que…*

3. Bannir les tics de langage

Variables d'une époque à une autre, ces petits marqueurs de la communication sont à proscrire le jour de votre oral.

- Commencez par **repérer ceux que vous employez le plus souvent** et essayez de vous en débarrasser lors de vos prises de parole. Il peut s'agir :
  – d'expressions en vogue (« genre », « carrément », « trop », « j'avoue »…) ;
  – de mots de liaison (« donc », « alors », « et voilà », « en fait »…) ;
  – d'onomatopées (« euh », « ben », « bah »…).
- Bannissez également **la mise entre guillemets** (geste à l'appui) qui indique que vous n'avez pas trouvé le mot juste pour vous exprimer.

B Soigner son élocution

- **Parlez distinctement** en articulant pour être bien compris(e). Faites particulièrement attention à ne pas « avaler » les fins de phrases et les fins de mots.
- **Adaptez le volume de votre voix** en fonction de la proximité avec votre auditoire. Ni trop fort, ni pas assez, vous devez trouver le juste équilibre. N'hésitez pas à demander si l'on vous entend.

> CONSEIL **Parler face à un public ne s'improvise pas et, pour éviter de bafouiller, il est nécessaire d'exercer sa voix et de s'entraîner.**

C Adopter le bon rythme

- Ne parlez **ni trop lentement**, pour avoir le temps de tout dire, **ni trop vite**, pour laisser au jury la possibilité d'intégrer ce que vous dites et de prendre des notes.
- Trouvez le juste équilibre en ralentissant ou en accélérant le débit **selon la nature de votre propos** :
  – ralentissez lorsque vous présentez le plan, lorsque vous abordez un aspect essentiel, lorsque vous voulez particulièrement retenir l'attention ;
  – accélérez au moment des exemples, des énumérations, des citations.
- N'hésitez pas à **reformuler** plusieurs fois un aspect important de votre intervention et à **faire des pauses** entre deux idées.

FOCUS

Recourir à des figures de style

Pour renforcer votre propos, vous pouvez recourir à des figures de style, en particulier à des **figures de construction** (qui jouent sur la syntaxe).

4 figures de construction

- **l'anaphore :** répétition d'un terme en tête de phrase
- **la gradation :** énumération de termes de force croissante
- **le parallélisme :** répétition d'une même construction
- **l'antithèse :** rapprochement de deux propositions de sens contraire

44 Sujet d'oral

La croissance est-elle compatible avec l'environnement ?

PRÉSENTATION, SUIVIE D'UN ENTRETIEN

20 min
20 points

INTÉRÊT DU SUJET • Nos sociétés contemporaines ont tendance à considérer que la croissance pourrait, grâce à l'innovation en particulier, sauver l'environnement. Cependant, les faits semblent prouver le contraire.

44 PISTES POUR L'ORAL

1. PRÉSENTATION D'UNE QUESTION — 5 min

Les titres en couleurs mettent en évidence la structure de cette présentation.

Introduction

[accroche] Début 2020, avec la crise du Covid-19, la production chinoise est au plus bas depuis 30 ans. Mais c'est aussi la pollution de l'air qui a diminué. D'où une amélioration globale de l'environnement. [présentation du sujet] L'environnement ? C'est notre planète tout entière, les ressources renouvelables, comme les poissons, et non renouvelables, comme le pétrole. Comment la croissance économique – c'est-à-dire l'augmentation soutenue du produit intérieur brut (PIB) –, pourrait-elle le préserver ? Par l'innovation ? Ou serions-nous fous de penser que la croissance est infinie ? [formulation de la problématique] J'ai voulu étudier la question : « L'augmentation du PIB est-elle forcément compatible avec la préservation des ressources naturelles ? » [annonce du plan] Dans un premier temps, je montrerai que certains économistes considèrent que la croissance préserve l'environnement, puis dans, un deuxième temps, je discuterai ce lien pour, enfin, « décortiquer » la politique climatique actuelle.

> **▶ Le secret de fabrication**
> Prouvez que vous avez une vision globale du programme de SES en « piochant » dans plusieurs chapitres. Les deux premières parties nourrissent une opposition théorique et la troisième une application pratique.

I. La croissance économique préserve l'environnement

• Les théoriciens de la soutenabilité faible supposent que le capital naturel peut être substitué par d'autres capitaux (technologique, physique, humain). Ainsi, le manque de pétrole sera compensé par le travail d'ingénieurs (capital humain) inventant les éoliennes (capital technologique) produites en grand nombre (capital physique).

• L'innovation les rend optimistes ! Pour la financer, la développer, il faut aussi de la croissance économique. Et celle-ci peut être durable. La croissance économique n'est donc pas le problème mais la solution.

[transition] Pourtant il faut admettre que la planète se porte mal et que son état s'améliore quand la croissance économique ralentit.

> **CONSEIL**
> Respectez la logique **A-E-I**. D'abord **A**ffirmez une idée, puis **E**xpliquez (théories, mécanismes…) et enfin **I**llustrez, par l'actualité si possible.

II. La croissance économique nuit à l'environnement

• Les économistes de la soutenabilité forte s'opposent aux premiers. D'après eux, le capital naturel n'est pas substituable. Comment imaginer remplacer la forêt amazonienne ?

• La croissance économique produit systématiquement des externalités négatives, tout comme les innovations d'ailleurs. La voiture électrique se révèle ainsi polluante à produire et à recycler en raison des métaux rares que nécessite sa batterie.

[transition] Les gouvernements sont conscients de la dégradation de l'environnement. Mais en font-ils assez ? Grâce aux sommets internationaux, aux initiatives nationales ou locales, des instruments climatiques existent.

III. L'exemple de la politique climatique

• Le climat est un bien commun. Chacun d'entre nous peut le dégrader mais nous en sommes tous dépendants, et son utilisation n'est pas illimitée.

• Aujourd'hui, des réglementations nationales et internationales interdisent l'utilisation des gaz CFC nocifs à la couche d'ozone. Un marché européen des quotas d'émission de CO_2 a été créé. Enfin, presque tous les pays subventionnent l'achat des innovations écologiques.

> **CONSEIL**
> Vous devez enchaîner les idées de manière logique et fluide pour ne pas « perdre en route » votre auditoire.

• Ces instruments de la politique climatique sont un moyen pour nos économies de continuer à consommer et produire, soit un moyen de soutenir leur croissance, mais en limitant les externalités négatives qui affectent l'environnement. Malgré tout, le réchauffement climatique perdure…

Conclusion

[bilan] En somme, la théorie de la soutenabilité faible mise pleinement sur l'innovation alors que celle de la soutenabilité forte s'inscrit dans une diminution volontaire de la croissance économique. L'exemple du climat semble donner raison à la seconde. [ouverture] La dégradation de l'environnement ne présage-t-elle pas de nouvelles formes d'inégalités ?

2. ÉCHANGE AVEC LE CANDIDAT — 10 min

Voici quelques-unes des questions que le jury pourrait vous poser. N'oubliez pas qu'on peut vous interroger sur d'autres thèmes du programme.

Si la croissance n'est pas une solution, quels changements économiques cela implique-t-il ?

- L'inverse de la croissance économique, c'est la décroissance : une diminution volontaire et organisée du PIB. Cela nécessite la production de biens durables, facilement réparables, et surtout moins de consommation.

> CONSEIL
> Le jury vous demande en priorité d'approfondir les points abordés dans votre présentation. En amont, vous devez donc repérer les questions possibles et préparer les réponses.

Pourriez-vous citer des exemples concrets de taxation en France ?

- Si vous achetez une voiture électrique, productrice d'externalités positives, alors vous toucherez une subvention ; à l'inverse, vous payerez une taxe si votre véhicule est responsable d'externalités négatives.

En proposant une définition de la notion d'inégalité, pourriez-vous préciser votre ouverture en conclusion ?

- Une inégalité c'est une différence qui crée des hiérarchies dans l'accès aux ressources valorisées, comme l'eau par exemple.

3. ÉCHANGE SUR LE PROJET D'ORIENTATION — 5 min

Comment avez-vous choisi le sujet de votre exposé ? Celui-ci est-il en lien avec votre projet d'orientation ?

- C'est l'actualité qui a motivé mon choix. La crise du Covid-19 est impressionnante, mais ses conséquences sur l'environnement m'ont vraiment marqué, d'autant plus que les effets sont visibles autour de moi.
- Professionnellement, j'ai l'ambition de faire carrière dans l'environnement. Ce serait l'occasion d'allier une passion et une implication citoyenne. J'envisage des formations du type Master 2 dans une filière économique pour travailler, par exemple, dans la promotion des énergies vertes.

45 Sujet d'oral

Comment lutte-t-on contre le chômage en France ?

PRÉSENTATION, SUIVIE D'UN ENTRETIEN

20 min
20 points

INTÉRÊT DU SUJET • L'économie française fait face depuis des décennies à un chômage important, aux formes diverses. Les politiques économiques ont-elles su s'adapter pour lutter efficacement contre ce fléau ? Un sujet sur ce thème pourrait vous intéresser si vous suivez l'actualité et si vous vous orientez vers des études économiques.

45 PISTES POUR **L'ORAL**

1. PRÉSENTATION D'UNE QUESTION

5 min

Les titres en couleurs mettent en évidence la structure de cette présentation.

Introduction

[accroche] En 1980, le nombre de chômeurs dépassait pour la première fois la barre du million. Fin 2020, après la crise de Covid-19, ce nombre a été multiplié par quatre. [présentation du sujet] Un chômeur, c'est une personne sans emploi qui en recherche activement un. Malgré la simplicité apparente de cette définition, il existe différentes formes et causes de chômage. Le chômage structurel s'explique par l'existence de rigidités durables sur le marché du travail alors que le chômage conjoncturel est au contraire lié à un contexte économique défavorable. [formulation de la problématique] J'ai voulu étudier la question de la lutte contre ces deux types de chômage, en France, aujourd'hui. [annonce du plan] Dans un premier temps, je montrerai que la France lutte contre un chômage conjoncturel dans un contexte de pandémie qui a provoqué l'effondrement de la demande globale. Dans un deuxième temps, je soutiendrai que la lutte contre le chômage structurel n'a pas été abandonnée.

GRAND ORAL

▶ **Le secret de fabrication**

Montrez que vous êtes capable d'utiliser l'actualité pour la relier à votre cours et aux grandes polémiques économiques. Les exemples enrichissent votre argumentation et la rendent vivante.

I. La lutte contre le chômage conjoncturel

• Le chômage conjoncturel s'explique par une insuffisance de la demande globale, c'est-à-dire une consommation, un investissement ou des dépenses publiques trop faibles.

• Le constat est sans appel. Presque 7 millions de salariés se sont retrouvés en activité partielle dès le premier mois de l'épidémie de Covid-19. La consommation a diminué d'un tiers, et la baisse de 15 % du produit intérieur brut (PIB) est la plus forte de notre histoire.

• Les solutions mobilisées par le gouvernement sont classiques mais d'une ampleur inédite. Tout d'abord, la mise en place d'un chômage partiel ainsi que le renforcement de la plupart des revenus de transfert : le montant des allocations chômage est maintenu, les pertes de revenus salaires sont compensées par l'État. Des aides exceptionnelles aux indépendants ont été attribuées, et l'embauche de salariés de moins de 24 ans fait l'objet d'une prime de 4 000 euros.

> **CONSEIL**
> Pour ce sujet d'actualité vous devez mobiliser quelques données chiffrées et les tenir à jour jusqu'à la dernière minute.

• L'objectif de cette politique conjoncturelle est d'augmenter les composantes de la demande globale (la consommation, l'investissement public et privé, etc). De cette façon, les entreprises anticipent cette hausse et continue à investir et à embaucher, en espérant maximiser leurs profits.

[Transition] La lutte contre le chômage conjoncturel passe par le soutien de la demande globale, mais le gouvernement a aussi mené une politique économique apte à lutter contre le chômage structurel.

II. La lutte contre le chômage structurel

• Le chômage structurel est dû à des facteurs économiques durables, comme un coût du travail trop élevé, le manque de formation, etc., et non à la conjoncture économique.

• La France a donc agi sur ces leviers : d'abord en prenant en charge une partie des salaires, ce qui a allégé le coût du travail pour les entreprises et leur a permis de ne pas licencier des salariés devenus moins productifs.

- En juin 2020, un plan de relance a été mis en place avec des baisses durables de cotisations sociales et une incitation à relocaliser les entreprises grâce à une diminution des impôts sur la production.
- L'objectif est d'agir sur certaines rigidités du marché du travail (salaire minimum, prélèvements obligatoires…) pour diminuer le chômage, conformément à la théorie néoclassique.

Conclusion

[bilan] En somme, deux types de politiques économiques complémentaires permettent de lutter contre le chômage. Si elles sont opposées par leurs moyens, elles poursuivent les mêmes objectifs économiques. [ouverture] Mais ne risquent-elles pas d'avoir des répercussions sur l'endettement des États, ce qui finirait par pénaliser la création de nouveaux emplois ?

> **CONSEIL**
> L'ouverture est une question sur laquelle le jury peut vous demander plus de précisions. Préparez toujours votre réponse en amont !

Support écrit

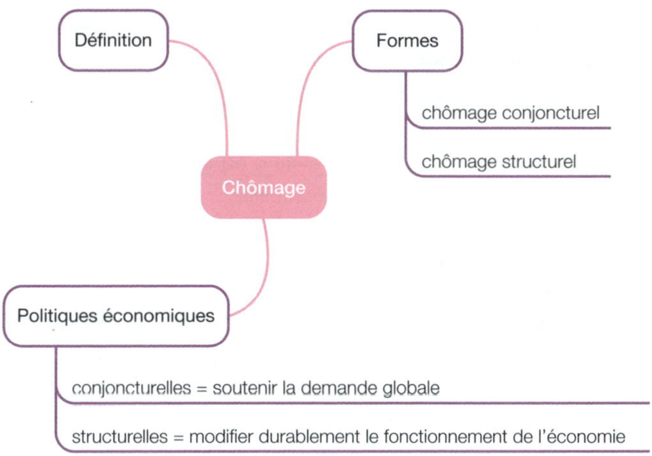

2. ÉCHANGE AVEC LE CANDIDAT — 10 min

Voici quelques-unes des questions que le jury pourrait poser en lien avec votre présentation, ainsi que des réponses possibles. N'oubliez pas que l'on peut vous interroger sur d'autres thèmes du programme.

Pourriez-vous citer les deux mesures officielles du chômage ? Comment s'effectue le calcul du taux de chômage ?

• Il existe deux mesures officielles du chômage. La première est assurée par l'Institut national de la statistique et des études économiques (Insee), qui a adapté au cas français la définition du Bureau international du travail (BIT). La seconde mesure est celle de Pôle emploi, qui comptabilise les demandeurs d'emploi en fin de mois.

CONSEIL
Les questions du jury sont prévisibles car elles portent nécessairement sur votre cours. À vous de les anticiper pour préparer vos réponses.

• Le taux de chômage quant à lui s'obtient en divisant la population active inoccupée par la population active, le tout multiplié par 100.

Quels sont les effets à long terme du confinement sur l'organisation du travail ?

• Dans notre cours, nous avons analysé différentes formes d'organisation du travail comme le fordisme ou le toyotisme. Grâce aux nouvelles technologies, les entreprises ont constaté que le travail à distance était possible et même efficace. Il est possible que l'entreprise entièrement ou partiellement virtuelle se généralise, bouleversant ainsi en profondeur l'organisation du travail.

Par rapport à votre programme, expliquez quels problèmes posent l'absence de travail pour l'intégration sociale.

• Le travail n'est pas seulement une ressource financière, c'est aussi une instance d'intégration. Il permet d'avoir une identité, de se socialiser en apprenant de nouvelles valeurs comme le travail d'équipe, de rencontrer d'autres personnes et donc de développer sa sociabilité.

3. ÉCHANGE SUR LE PROJET D'ORIENTATION — 5 min

Quels liens faites-vous entre votre sujet et votre choix d'orientation ?

• Le choix de ce sujet s'est imposé comme une évidence. Je suis passionné·e par l'actualité et l'économie, et la crise de Covid-19 m'a donné la possibilité d'articuler ces deux centres d'intérêt, puisque quasiment tous les leviers économiques ont été utilisés dans cette situation exceptionnelle.

• Pour approfondir mes connaissances sur ces deux sujets, j'ai décidé dans un premier temps de m'inscrire dans une université d'économie et je compte tenter par la suite une école de journalisme. L'idéal pour moi serait de devenir journaliste économique dans la presse écrite ou enseignant·e à l'université.

À NOTER
Ne confondez pas les filières que vous avez choisies pour l'an prochain et les idées de métiers, que vous avez encore le temps d'affiner. Pour cette raison, n'hésitez pas à proposer plusieurs débouchés possibles.

46 Sujet d'oral

Les filles à l'école, les grandes gagnantes ?

PRÉSENTATION, SUIVIE D'UN ENTRETIEN

20 min
20 points

INTÉRÊT DU SUJET • Ce sujet de sociologie permet de mobiliser des savoirs issus à la fois du programme de première (thème de la socialisation) et de celui de terminale (thèmes de l'action de l'École et de la mobilité sociale).

46 PISTES POUR L'ORAL

1. PRÉSENTATION D'UNE QUESTION — 5 min

Les titres en couleurs mettent en évidence la structure de la présentation.

Introduction

[accroche] En 1993, les sociologues Christian Baudelot et Roger Establet publiaient un ouvrage, fruit de plusieurs années d'enquête, intitulé *Allez les filles !* [présentation du sujet] En effet, il apparaît que les filles réussissent mieux à l'école que les garçons, du primaire à l'université. Mais de quelle réussite parle-t-on ? Comment l'expliquer ? Et si les filles semblent avoir un réel avantage à l'école, comment comprendre leur sous-représentation dans certains secteurs ou encore à des postes à responsabilité ? [formulation de la problématique] J'ai ainsi choisi d'intituler mon sujet « Les filles à l'école : les grandes gagnantes ? » [annonce du plan] Je vais commencer par mettre en évidence la réussite scolaire des filles, puis je nuancerai mon propos en montrant que cette réussite est entachée de paradoxes.

I. La réussite scolaire des filles : un fait social indéniable

> **▶ Le secret de fabrication**
> Pour appuyer votre propos, il est nécessaire de présenter quelques données statistiques bien choisies. Apprenez-les par cœur sans oublier la source. Gardez en tête que votre démarche de collecte d'informations peut susciter des questions du jury.

• En France, différentes études mettent en évidence les meilleures performances des filles. Par exemple, en 2020, la proportion de filles entrant en sixième avec un an de retard est plus faible que celle des garçons. Quelle que soit l'orientation choisie, le taux de réussite scolaire des filles est aussi toujours plus élevé que celui des garçons. En 2019, 90 % des filles qui se sont présentées aux épreuves du baccalauréat l'ont eu, contre 86 % des garçons.

• Les filles gardent l'avantage dans de nombreux cursus de l'enseignement supérieur. Elles sont majoritaires en droit et sciences politiques mais également en médecine et dans les écoles vétérinaires, et elles occupent plus de 70 % des places sur les bancs de l'École nationale de la magistrature.

• La meilleure réussite des filles s'explique par la socialisation primaire : des stéréotypes de genre sont transmis par la famille, l'école et les pairs dès le plus jeune âge. Les filles adoptent alors des comportements favorisant la réussite, à l'inverse des garçons.

> **À NOTER**
> En sociologie, on préfère employer le terme « genre » qui désigne une construction sociale, alors que le terme « sexe » renvoie aux caractéristiques biologiques d'une personne.

[transition] Si la socialisation primaire tend à favoriser la réussite scolaire des filles, est-il possible d'affirmer que ces dernières restent des « grandes gagnantes » ?

II. Mais une réussite en demi-teinte

• Les stéréotypes vont également favoriser une division genrée des disciplines scolaires. À résultats égaux, les filles se jugent moins performantes en mathématiques, matière considérée comme masculine. Ainsi, elles restent sous-représentées dans les écoles d'ingénieurs. En outre, les filles sont toujours moins nombreuses à poursuivre leurs études jusqu'au doctorat.

• Par ailleurs, aux inégalités de genre se superposent des inégalités selon les milieux sociaux. En 2020, à l'entrée en sixième, on constate par exemple que le pourcentage de filles d'ouvriers ayant déjà redoublé est près de cinq fois plus élevé que celui de filles de cadres ou d'enseignants. Les filles de milieux favorisés apparaissent donc comme beaucoup plus « gagnantes » à l'école que celles de milieux populaires.

• Enfin, les attentes de la société évoluent très lentement. On sait que les inégalités salariales perdurent et que les femmes restent minoritaires dans les postes à responsabilité ainsi que dans les fonctions encadrantes. La socialisation genrée affecte leurs trajectoires individuelles.

CONSEIL
Cherchez à orienter les questions lors de l'échange. Vous gagnerez en assurance et montrerez que vous maîtrisez bien votre sujet.

Conclusion

[bilan] C'est une certitude : les filles réussissent mieux à l'école. Elles redoublent moins et ont des taux de réussite supérieurs aux garçons. Si la « révolution » est en marche, on peut difficilement qualifier les filles de « grandes gagnantes » : les choix d'orientation restent genrés tandis que les femmes sont victimes d'inégalités professionnelles. [ouverture] Dans un tel contexte, on peut se demander si les lois récentes visant à accélérer l'égalité économique et professionnelle vont contribuer à convertir cette réussite en trajectoire individuelle « gagnante ».

Support écrit

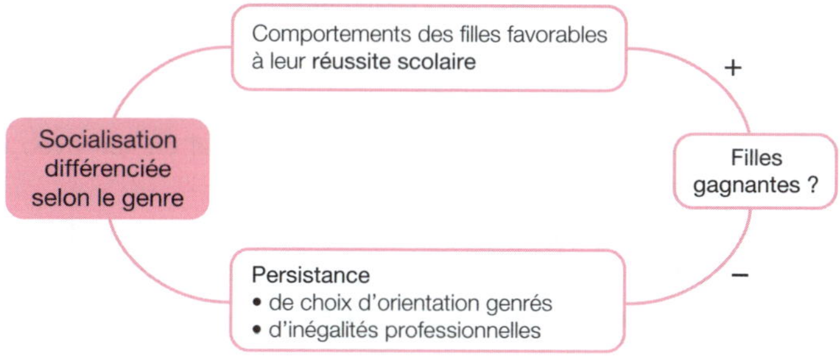

2. ÉCHANGE AVEC LE CANDIDAT

10 min

Voici quelques-unes des questions que le jury pourrait vous poser. N'oubliez pas que l'on peut vous interroger sur d'autres thèmes du programme.

Quelle démarche avez-vous adoptée pour traiter ce sujet ?

• J'ai fait des recherches au CDI de mon lycée pour trouver des articles écrits par des chercheurs. Les données statistiques proviennent du site du ministère de l'Éducation, précisément de la direction de la prospective et de la performance (DEPP). J'ai par ailleurs lu l'ouvrage *Allez les filles !* sur les conseils de mon enseignant.

Vous avez évoqué les trajectoires individuelles des filles. Que savez-vous de la mobilité sociale des filles comparée à celle des garçons ?

• Depuis la fin des années 1970, en pourcentage, la mobilité ascendante des femmes par rapport à leur mère est plus importante que celle des hommes par rapport à leur père. On peut la corréler aux bonnes performances scolaires des filles, même si d'autres éléments entrent en jeu.

> CONSEIL
> Soyez très clair, vous devez être compris du professeur dont ce n'est pas la discipline d'enseignement. Vous devez mobiliser les savoirs exigibles à la fin de la terminale mais sans être trop technique.

Vous avez évoqué des nouvelles lois au terme de votre propos. Pouvez-vous nous en dire davantage ?

• Dans la fonction publique, la loi de 2019 renforce l'égalité professionnelle entre hommes et femmes. Elle oblige par exemple à avoir une répartition équilibrée dans les jurys de concours.

• Pour les entreprises, le Parlement a voté fin 2021 une loi instaurant des quotas de femmes aux postes de direction des grandes entreprises avec des objectifs pour 2027 puis 2030.

3. ÉCHANGE SUR LE PROJET D'ORIENTATION — 5 min

Le jour J, il vous faudrait bien sûr développer la réponse.

Comment avez-vous choisi votre sujet ? En quoi est-il en lien avec votre projet d'orientation ?

• La question des inégalités hommes-femmes est fréquemment évoquée dans les médias mais celle des meilleures performances scolaires des filles, que j'ai découverte en cours de SES, l'est moins.

• J'aimerais devenir psychologue. Je ne sais pas encore précisément dans quel domaine, mais les questions de genre me semblent très importantes, que l'on soit psychologue clinicien ou du travail. D'ailleurs, moi-même, je ne veux pas me conformer aux stéréotypes, ce n'est pas un métier uniquement pour les femmes ! Par ailleurs, je sais que je vais étudier la psychologie sociale, discipline qui est proche de la sociologie, une de mes matières préférées cette année.